SAS

L'OTAGE DU TRIANGLE D'OR

DU MÊME AUTEUR AUX PRESSES DE LA CITÉ

N° 1 S.A.S. À ISTANBUL
N° 2 S.A.S. CONTRE C.I.A.
N° 3 S.A.S. OPÉRATION APOCALYPSE
N° 4 SAMBA POUR S.A.S.
N° 5 S.A.S. RENDEZ-VOUS À SAN FRANCISCO
N° 6 S.A.S. DOSSIER KENNEDY
N° 7 S.A.S. BROIE DU NOIR
N° 8 S.A.S. AUX CARAÏBES
N° 9 S.A.S. À L'OUEST DE JÉRUSALEM
N° 10 S.A.S. L'OR DE LA RIVIÈRE KWAÏ
N° 11 S.A.S. MAGIE NOIRE À NEW YORK
N° 12 S.A.S. LES TROIS VEUVES DE HONG-KONG
N° 13 S.A.S. L'ABOMINABLE SIRÈNE
N° 14 S.A.S. LES PENDUS DE BAGDAD
N° 15 S.A.S. LA PANTHÈRE D'HOLLYWOOD
N° 16 S.A.S. ESCALE À PAGO-PAGO
N° 17 S.A.S. AMOK À BALI
N° 18 S.A.S. QUE VIVA GUEVARA
N° 19 S.A.S. CYCLONE À L'ONU
N° 20 S.A.S. MISSION À SAÏGON
N° 21 S.A.S. LE BAL DE LA COMTESSE ADLER
N° 22 S.A.S. LES PARIAS DE CEYLAN
N° 23 S.A.S. MASSACRE À AMMAN
N° 24 S.A.S. REQUIEM POUR TONTONS MACOUTES
N° 25 S.A.S. L'HOMME DE KABUL
N° 26 S.A.S. MORT À BEYROUTH
N° 27 S.A.S. SAFARI À LA PAZ
N° 28 S.A.S. L'HÉROÏNE DE VIENTIANE
N° 29 S.A.S. BERLIN CHECK POINT CHARLIE
N° 30 S.A.S. MOURIR POUR ZANZIBAR
N° 31 S.A.S. L'ANGE DE MONTEVIDEO
N° 32 S.A.S. MURDER INC. LAS VEGAS
N° 33 S.A.S. RENDEZ-VOUS À BORIS GLEB
N° 34 S.A.S. KILL HENRY KISSINGER!
N° 35 S.A.S. ROULETTE CAMBODGIENNE
N° 36 S.A.S. FURIE À BELFAST
N° 37 S.A.S. GUÊPIER EN ANGOLA
N° 38 S.A.S. LES OTAGES DE TOKYO
N° 39 S.A.S. L'ORDRE RÈGNE À SANTIAGO
N° 40 S.A.S. LES SORCIERS DU TAGE
N° 41 S.A.S. EMBARGO
N° 42 S.A.S. LE DISPARU DE SINGAPOUR
N° 43 S.A.S. COMPTE À REBOURS EN RHODÉSIE
N° 44 S.A.S. MEURTRE À ATHÈNES
N° 45 S.A.S. LE TRÉSOR DU NÉGUS
N° 46 S.A.S. PROTECTION POUR TEDDY BEAR
N° 47 S.A.S. MISSION IMPOSSIBLE EN SOMALIE
N° 48 S.A.S. MARATHON À SPANISH HARLEM
N° 49 S.A.S. NAUFRAGE AUX SEYCHELLES
N° 50 S.A.S. LE PRINTEMPS DE VARSOVIE
N° 51 S.A.S. LE GARDIEN D'ISRAËL
N° 52 S.A.S. PANIQUE AU ZAÏRE
N° 53 S.A.S. CROISADE À MANAGUA
N° 54 S.A.S. VOIR MALTE ET MOURIR
N° 55 S.A.S. SHANGHAÏ EXPRESS
N° 56 S.A.S. OPÉRATION MATADOR
N° 57 S.A.S. DUEL À BARRANQUILLA
N° 58 S.A.S. PIÈGE À BUDAPEST
N° 59 S.A.S. CARNAGE À ABU DHABI
N° 60 S.A.S. TERREUR À SAN SALVADOR
N° 61 S.A.S. LE COMPLOT DU CAIRE
N° 62 S.A.S. VENGEANCE ROMAINE
N° 63 S.A.S. DES ARMES POUR KHARTOUM
N° 64 S.A.S. TORNADE SUR MANILLE

Nº 65 S.A.S. LE FUGITIF DE HAMBOURG
Nº 66 S.A.S. OBJECTIF REAGAN
Nº 67 S.A.S. ROUGE GRENADE
Nº 68 S.A.S. COMMANDO SUR TUNIS
Nº 69 S.A.S. LE TUEUR DE MIAMI
Nº 70 S.A.S. LA FILIÈRE BULGARE
Nº 71 S.A.S. AVENTURE AU SURINAM
Nº 72 S.A.S. EMBUSCADE A LA KHYBER PASS
Nº 73 S.A.S. LE VOL 007 NE RÉPOND PLUS
Nº 74 S.A.S. LES FOUS DE BAALBEK
Nº 75 S.A.S. LES ENRAGÉS D'AMSTERDAM
Nº 76 S.A.S. PUTSCH À OUAGADOUGOU
Nº 77 S.A.S. LA BLONDE DE PRÉTORIA
Nº 78 S.A.S. LA VEUVE DE L'AYATOLLAH
Nº 79 S.A.S. CHASSE À L'HOMME AU PÉROU
Nº 80 S.A.S. L'AFFAIRE KIRSANOV
Nº 81 S.A.S. MORT À GANDHI
Nº 82 S.A.S. DANSE MACABRE À BELGRADE
Nº 83 S.A.S. COUP D'ÉTAT AU YEMEN
Nº 84 S.A.S. LE PLAN NASSER
Nº 85 S.A.S. EMBROUILLES À PANAMA
Nº 86 S.A.S. LA MADONE DE STOCKHOLM
Nº 87 S.A.S. L'OTAGE D'OMAN
Nº 88 S.A.S. ESCALE À GIBRALTAR

L'IRRÉSISTIBLE ASCENSION DE MOHAMMAD REZA, SHAH D'IRAN
LA CHINE S'ÉVEILLE
LA CUISINE APHRODISIAQUE DE S.A.S
PAPILLON ÉPINGLÉ
LES DOSSIERS SECRETS DE LA BRIGADE MONDAINE
LES DOSSIERS ROSES DE LA BRIGADE MONDAINE

AUX ÉDITIONS DU ROCHER

LA MORT AUX CHATS
LES SOUCIS DE SI-SIOU

AUX ÉDITIONS DE VILLIERS

Nº 89 S.A.S. AVENTURE EN SIERRA LEONE
Nº 90 S.A.S. LA TAUPE DE LANGLEY
Nº 91 S.A.S. LES AMAZONES DE PYONGYANG
Nº 92 S.A.S. LES TUEURS DE BRUXELLES
Nº 93 S.A.S. VISA POUR CUBA
Nº 94 S.A.S. ARNAQUE À BRUNEI
Nº 95 S.A.S. LOI MARTIALE À KABOUL
Nº 96 S.A.S. L'INCONNU DE LENINGRAD
Nº 97 S.A.S. CAUCHEMAR EN COLOMBIE
Nº 98 S.A.S. CROISADE EN BIRMANIE
Nº 99 S.A.S. MISSION À MOSCOU
Nº 100 S.A.S. LES CANONS DE BAGDAD
Nº 101 S.A.S. LA PISTE DE BRAZZAVILLE
Nº 102 S.A.S. LA SOLUTION ROUGE
Nº 103 S.A.S. LA VENGEANCE DE SADDAM HUSSEIN
Nº 104 S.A.S. MANIP À ZAGREB
Nº 105 S.A.S. KGB CONTRE KGB
Nº 106 S.A.S. LE DISPARU DES CANARIES
Nº 107 S.A.S. ALERTE PLUTONIUM
Nº 108 S.A.S. COUP D'ÉTAT À TRIPOLI
Nº 109 S.A.S. MISSION SARAJEVO
Nº 110 S.A.S. TUEZ RIGOBERTA MENCHU
Nº 111 S.A.S. AU NOM D'ALLAH
Nº 112 S.A.S. VENGEANCE À BEYROUTH
Nº 113 S.A.S. LES TROMPETTES DE JERICHO
Nº 114 S.A.S. L'OR DE MOSCOU
Nº 115 S.A.S. LES CROISÉS DE L'APARTHEID
Nº 116 S.A.S. LA TRAQUE CARLOS
Nº 117 S.A.S. TUERIE À MARRAKECH

LE GUIDE S.A.S. 1989

GÉRARD DE VILLIERS

SAS

L'OTAGE DU TRIANGLE D'OR

ÉDITIONS
GERARD de VILLIERS

Photo de la couverture : Michael MOORE
Arme fournie par : armurerie COURTY ET FILS, à Paris
Maquillage : Georges DEMICHELIS

ISBN : 2 - 7386 - 5731 - 1

ISSN : 0295 - 7604

PROLOGUE

Le paysage était d'une beauté sauvage. Du promontoire créé à coups de bulldozer on distinguait l'ancienne piste du Kuo-min-tang, un sentier étroit de latérite troué d'ornières qui se transformait en bourbier dès les premières pluies. Partant de la route de Chiangmai-Mae-Hong-Son, il s'enfonçait vers le Triangle d'Or, jusqu'en Birmanie. Le regard de Mike Herald embrassait une végétation d'un vert sombre que recouvrait d'un manteau uniforme une multitude de petites collines séparées de vallées étroites. Les seuls points de repère étaient, à l'est, le mont Doï That, avec ses 1800 mètres, et à l'ouest, le Doï Khu, haut de 1300 mètres.

La frontière entre la Thaïlande et la Birmanie sinuait au nord de ces deux pics, purement théorique. Elle comptait un point de passage contrôlé tous les cent kilomètres environ. Mais elle était traversée par des dizaines de pistes comme celle où se trouvait l'Américain. Des voies impraticables une partie de l'année, même pour des 4 × 4. Quelques postes de la *Border Patrol Police* thaïe étaient censés surveiller la frontière, du côté thaï, mais installés sur des pitons, les policiers ne sortaient guère, et surtout pas la nuit.

Du côté birman, il n'y avait rien. Toute cette zone était sous le contrôle du « général » Khun Sa, métis shan-chinois considéré par la majorité des gens normaux comme un des plus grands trafiquants de drogue du monde, et par quelques naïfs comme un courageux leader indépendantiste désireux d'arracher le pays shan aux griffes du SLORC (1), dernière incarnation de la junte totalitaire birmane.

Depuis plusieurs années, Khun Sa régnait sans partage sur l'Etat shan peuplé de huit millions d'habitants, une zone de vallées perdues, de collines et de hauts plateaux, recouverte d'une jungle épaisse, grande comme le quart de la France et soumise à aucune autorité légale. Les vingt mille soldats de la MTA (2), l'armée privée de Khun Sa, suffisaient amplement à contenir les molles attaques de l'armée birmane ou des bandes rivales du Yunnan ou du Laos. C'est que le Triangle d'Or méritait bien son nom... Chaque année, Khun Sa expédiait en direction du monde civilisé environ cent cinquante tonnes d'héroïne de la meilleure qualité – *White china* ou *Nº 4* – à travers ces innombrables pistes secrètes.

Le pavot était cultivé plus au nord, dans le pays *kachin* birman ou au Laos, les raffineries installées au bord des rivières du pays shan.

Dans la journée, rien n'était visible, les pistes restaient désertes. Le trafic commençait dès la nuit tombée, en pick-up, à cheval, à pied même. Des centaines de « fourmis », qui achetaient le container de 700 grammes d'héroïne 100 000 baths (3) chez Khun Sa pour le revendre 150 000 à Chiangmai, plaque tournante du trafic, quarante kilomètres plus au sud, se mettaient en route.

Mike Herald, au bord de la nausée, contemplait le moutonnement vert. La jungle, il n'aimait pas. Il préférait encore le béton bourgeonnant et la pollution de Bangkok, où il dirigeait la station de la *Central Intelligence Agency* depuis cinq ans.

Il avait chaud, le siège était trop petit pour ses cent dix kilos et sa panse de buveur de bière. Excédé, il

(1) State Law and Restoration Council.
(2) Mong Tai Army.
(3) 4 000 dollars.

ouvrit d'un coup d'épaule la portière de la Suzuki louée à Chiangmai, pour aller se dégourdir les jambes sur le petit promontoire gagné sur la jungle. Le silence était absolu, à part le bruissement des insectes, et la chaleur accablante. Des mouches piquaient sa nuque couverte de sueur. Son regard se reporta sur la piste déserte. La circulation locale « officielle » s'arrêtait au village précédent, Nan-mon. Ensuite, vingt kilomètres plus au nord, on trouvait Mai-lun, mais c'était en territoire birman et la frontière était fermée par une barrière en bois symbolique, cadenassée, qui coupait la piste.

Mike Herald alluma l'avant-dernière cigarette de son paquet de Lucky Strike avec l'inusable Zippo qui ne l'avait jamais quitté depuis les rizières de Ca-Mau et portait sur une de ses faces une devise lapidaire : *Live by chance, Love by choice, Kill by profession* (1). Il consulta sa montre.

Cinq heures dix. Matt Grit avait près de deux heures de retard.

Le risque qu'il ait fait une mauvaise rencontre était négligeable. Cette piste était « agréée » par la *Border Police* thaïe. C'est-à-dire qu'en échange de substantiels bakchichs, les policiers thaïs assuraient à leurs supérieurs qu'elle n'était empruntée que par quelques villageois birmans venant se procurer les produits de première nécessité qui manquaient cruellement chez eux.

Pourtant, dès la nuit tombée, des pick-up partaient de Mae-Hong-Son, de Nam-ka, de Pai, chargés de riz, de viande, de munitions. Direction Ho-mong, « capitale » de l'Etat shan, de l'autre côté de la frontière; deux à cinq heures de route, selon l'état de la piste.

Au retour, les véhicules ramenaient de l'héroïne... Bien entendu, jamais leurs propriétaires ne conduisaient eux-mêmes, ils laissaient cet honneur à des jeunes gens qui risquaient dix ans de prison pour 5 000 baths (2).

En effet, quelques malfaisants des *Special Forces* de

(1) Vivre par hasard, Aimer par choix, Tuer par métier.
(2) 200 dollars.

l'armée thaïe, grassement rétribués par la DEA (1) américaine, tendaient parfois des embuscades, et confisquaient quelques kilos d'héroïne, lorsque leur puissance de feu le leur permettait.

Ces velléités légales n'allaient jamais très loin... Quand un de ces chasseurs de prime tapait trop fort, mettant en péril l'approvisionnement en héroïne des gros marchands de drogue, on retrouvait sa tête piquée au bout d'un bambou, à un virage de la piste KMT.

Mike Herald réprimait une sensation de malaise. En dépit du silence et du calme, il se sentait moins en sécurité que dans les rues de Bangkok. Il avait l'impression qu'on l'observait. La Loi s'arrêtait à la route goudronnée aux deux mille virages, entre Chiangmai et Mae-Hong-Son. Au-delà, c'était le Far West, en plus féroce; et en cas d'incident, la « cavalerie » n'arrivait jamais : à l'apparition de la première étoile, les policiers de la *Border Police* se calfeutraient frileusement dans leurs quartiers avec du coton dans les oreilles.

Cinq heures vingt! L'Américain commençait à s'angoisser sérieusement, et pestait intérieurement contre son impuissance. Pas question de s'avancer sur la piste au-devant de Matt Grit. Des « sonnettes » invisibles la jalonnaient, et une rafale de M. 16 pouvait mettre fin à l'audace d'un voyageur imprudent.

Revenu à la Suzuki dont la tôle lui brûlait les doigts, Mike Herald vérifia machinalement la présence de son Uzi glissé dans son sac de sport. Avec l'arme, il retrouva un numéro du jour du *Bangkok Post*, acheté à l'aéroport. Pendant le voyage, il s'était endormi et n'avait pas pris le temps de le lire.

La « une » était inévitablement consacrée aux à-coups de la politique intérieure thaïe. Il ouvrit le quotidien et la manchette de la page 3, sur huit colonnes, lui sauta à la figure : *« TOP AIDE OF DRUG*

(1) Drug Enforcement Administration.

WARLORD KHUN SA READY TO BE EXTRADITED TO U.S. » (1)

Il lut avidement l'article. Grâce à une collaboration sans faille entre la DEA et l'ONCB (2) thaïlandais, la police avait arrêté une dizaine de trafiquants d'héroïne, qui écoulaient la production de Khun Sa.

Aux yeux de la DEA, ce dernier était le Diable en personne. Mike Herald, lorsqu'il était arrivé à Bangkok pour prendre la direction locale de la CIA, avait eu droit à un briefing de ses collègues de la DEA. Ils lui avaient désigné sur une carte les dix-sept laboratoires d'héroïne situés sur le territoire contrôlé par Khun Sa, l'adjurant de n'avoir *aucun* contact avec lui. La CIA avait mauvaise réputation en Asie du Sud-Est... Durant les années 70, à cause de la guerre du Vietnam, l'héroïne du Triangle d'Or avait souvent voyagé sur les avions d'*Air America*. Il fallait alors à tout prix faire basculer du bon côté les Meos et les Yaos producteurs d'opium. La guerre terminée, ceux-ci avaient perdu de leur importance, mais la DEA continuait à se méfier.

Du côté des Thaïs, le gouvernement avait mis à prix la tête de Khun Sa, mais pour 50 000 dollars seulement, ce qui relativisait fortement les déclarations martiales des responsables de l'ONCB. En réalité, Khun Sa faisait entrer chaque année en Thaïlande un bon milliard de dollars. Argent qui celui-là n'était pas théorique. La DEA estimait que 1 % de la croissance annuelle du PNB thaï provenait des coupables activités de Khun Sa. Aussi, les Thaïlandais s'étaient-ils contentés d'arracher les champs de pavot situés sur leur territoire, ce qui avait provoqué la hausse instantanée du prix de l'héroïne, et du même coup une augmentation des profits de Khun Sa...

Les Birmans étaient les seuls qui auraient pu mettre fin aux exploits du trafiquant. Mais ils ne montraient pas un enthousiasme excessif. Les Américains étaient

(1) Le principal adjoint du roi de la drogue, Khun Sa, prêt à être extradé aux USA.

(2) Office of Narcotic Control Board.

persuadés que les officiers supérieurs birmans étaient secrètement les *associés* de Khun Sa. Ils lui fournissaient les produits chimiques indispensables à la transformation de l'héroïne, contre une part de ses fabuleux profits.

La Birmanie était de toute façon un cauchemar pour les responsables de la Maison Blanche. S'obstinant à refuser toute forme de démocratisation, même formelle, ce pays était devenu un univers ubuesque et clos où une poignée d'officiers s'accrochaient farouchement au pouvoir, après avoir mis en résidence surveillée, cinq ans avant, le chef de l'opposition démocratique, la belle Aung San Suu Kyi, et avoir massacré la plupart de ses partisans.

Alors, la CIA avait reçu l'ordre d'évaluer les forces alternatives à la junte au pouvoir. Il n'y en avait que deux : les Karens et les Shans. Concernant ces derniers, cela signifiait évaluer le poids politique réel du général Khun Sa. Mike Herald avait été chargé de cette petite et obscure mission *« Humint »* (1). La Birmanie n'était pas en tête sur l'agenda du président Clinton, et c'était simple, sur le papier.

Peut-être que Mike Herald se serait contenté d'un rapport creux basé sur des on-dit et des sources « ouvertes », si le hasard n'avait pas volé à son secours. Depuis longtemps, le chef de station de la CIA à Bangkok était lié avec Matt Grit, comme lui ancien combattant du Vietnam, qui, amoureux de l'Asie, s'était installé à Bangkok pour y faire des affaires. Officiellement, il dirigeait une société s'occupant de télécommunications et de téléphonie par satellite : la Far East Communication Corporation.

Très peu de gens savaient que Matt Grit travaillait pour la CIA depuis 1963. D'abord, comme *field officer* pour des missions spéciales. Ensuite, comme clandestin, à Bangkok. Sa couverture lui permettait de pénétrer des milieux très divers et d'effectuer de nombreuses mis-

(1) Human Intelligence.

sions ultra-secrètes d'écoutes « classifiées », notamment dans les affaires de blanchiment d'argent. Parlant chinois et thaï, il était précieux.

Un jour, il était venu dîner discrètement chez Mike et lui avait fait part d'une information particulièrement *hot*.

Il avait été contacté par un businessman chinois qui lui avait demandé si sa compagnie pouvait améliorer le système de communication satellite de Khun Sa ! C'était tellement inespéré que Mike l'avait pressé d'accepter. Cela n'avait posé aucun problème.

Pour la forme, Matt Grit avait discuté les tarifs, exigé une importante avance. Quoi d'étonnant à ce que Khun Sa fasse appel à des Américains ? Le trafiquant n'était pas sectaire et professait une admiration sans borne pour des personnages aussi divers qu'Hô Chi Minh et George Washington...

Les Chinois avaient sûrement enquêté sur la Far East Communication Corporation, mais celle-ci était « claire », exerçant une véritable activité.

Matt Grit avait donc donné rendez-vous au représentant de Khun Sa sur cette piste, et s'était fait accompagner par un de ses « collaborateurs », Mike Herald. Cinq jours plus tôt, ils s'étaient retrouvés à l'aéroport de Chiangmai pour prendre la route. A l'endroit indiqué, un Thaï massif aux cheveux coupés en brosse attendait au volant d'un pick-up noir Toyota. Il leur avait exhibé une carte plastifiée jaune de la MTA ornée de sa photo, et il était reparti avec Matt Grit. Il devait le ramener cinq jours plus tard, même heure, même endroit. C'est-à-dire trois heures de l'après-midi...

Mike Herald replia le journal, l'estomac tordu par l'angoisse. Certes, l'opération menée par la DEA n'avait rien à voir avec la sienne, mais ce coup de filet avait pu semer la panique dans la zone frontière ; peut-être l'envoyé de Khun Sa ne voulait-il plus se risquer en Thaïlande. Mike Herald essayait de chasser de son cerveau une autre explication.

Réinstallé dans la Suzuki, il décida que si Matt Grit

n'était pas arrivé à six heures, il reviendrait le lendemain à la même heure au rendez-vous.

Un peu plus tard, alors qu'il scrutait machinalement les tronçons de la piste qui émergeaient de l'océan vert, il aperçut enfin, venant du nord, un véhicule. Celui-ci franchissait un mini-col; il disparut aussitôt dans un creux de la jungle. Mike Herald repéra peu après un nuage de poussière rougeâtre. Il n'avait pas rêvé. Une voiture se rapprochait, venant de la frontière.

Un pick-up Toyota noir émergea du virage précédant le promontoire. Mike Herald sauta de la Suzuki au moment où il s'arrêtait sur le terre-plein. Le conducteur, seul dans la cabine, descendit à son tour. C'était le Thaï massif aux cheveux très courts qui avait emmené Matt Grit.

– Où est Matt Grit? aboya Mike Herald. Ça fait deux heures et demie que j'attends.

L'autre ne se troubla pas.

– Le général lui a demandé de rester à Ho-mong. Je suis venu vous prévenir.

– Jusqu'à quand?

Presque de la même taille, ils se toisaient sans aménité. Avec son visage large au nez épaté, ses petits yeux noirs profondément enfoncés, sa voix tonitruante et sa carrure de lutteur, Mike Herald était plutôt impressionnant.

Lorsqu'il était en colère, comme maintenant, il émanait de lui une brutalité animale, primitive. L'envoyé du général Khun Sa ne parut cependant guère perturbé.

– Je l'ignore, répliqua-t-il. Je suis seulement chargé de vous remettre une lettre de *Khun* (1) Grit.

Il tira de la poche de sa chemise kaki une enveloppe cachetée qu'il tendit à l'Américain, avant de faire demi-tour pour regagner son véhicule.

– *Hold it!* lança Mike Herald d'une voix tremblante de fureur.

Le Thaï s'arrêta. Mike déchira l'enveloppe et décou-

(1) Monsieur.

vrit une carte portant quelques lignes de la main de Matt Grit. Le message était très court : « Mike, il y a un gros problème. Le général sait qui je suis. Il a décidé de me retenir ici. Il exige en échange de ma libération qu'on lui livre Lo Te Ming, le type qui a demandé à être extradé. Fais ce que tu peux. Tout va bien, j'ai le moral. »

Il y avait un post-scriptum : « Tu peux prendre de mes nouvelles ou communiquer des informations en appelant le 01 953 7598. »

Le numéro d'un téléphone portable... L'écriture de Matt Grit était ferme. Et pourtant, il était retenu en otage. Lo Te Ming était le bras droit de Khun Sa que la police avait arrêté. Il avait accepté de collaborer avec elle à condition d'être extradé. Si Khun Sa voulait le récupérer, ce n'était pas pour lui tresser des couronnes...

– Je peux partir?

Le balèze thaï attendait, impassible. Mike Herald se sentit pris d'une brutale envie de meurtre, mais parvint à se dominer. Il lança :

– Alors, Khun Sa a pris Matt Grit en otage!

– Je ne sais pas.

La fureur de Mike Herald redoubla. Il leva un doigt menaçant en direction de l'envoyé de Khun Sa.

– Dis à ton enculé de général que si jamais il touche un cheveu de Matt, je viendrai lui arracher les couilles moi-même.

Le Thaï ne broncha pas, comme s'il n'avait pas compris. Il regagna son Toyota, fit demi-tour et repartit vers la frontière. Mike Herald demeura tétanisé quelques instants, puis se hissa dans la Suzuki. Des questions se bousculaient dans sa tête. Comment Khun Sa avait-il pu savoir que Matt Grit appartenait à la CIA? Jusqu'où irait son chantage? Y avait-il une chance de lui donner satisfaction?

Les prises d'otage étaient monnaie courante en Asie, mais les mobiles étaient souvent crapuleux, et avec de l'argent on pouvait négocier... Pied au plancher, l'estomac plombé, Mike Herald conduisait si vite qu'il rata une ornière et se renversa presque. Jurant comme un charretier, il redressa et continua sa descente vers la route goudronnée. Il aurait donné n'importe quoi pour être déjà à Bangkok.

Néanmoins ses relations avec les Thaïs devaient bien lui permettre de trouver un moyen de récupérer ce Lo Te Ming, même si cela coûtait cher. Pour une affaire semblable, il ne lésinerait pas. Depuis le Vietnam, les Américains pratiquaient une règle absolue : faire *n'importe quoi* pour récupérer un homme tombé aux mains de l'ennemi.

Il était dans un tel état qu'il réalisa à peine qu'il n'était plus secoué comme un prunier et qu'il roulait désormais sur du goudron. Il attrapa son paquet de Lucky, alluma la dernière cigarette, aspira avidement la première bouffée, et la fumée odorante dissipa provisoirement les visions d'horreur qui défilaient dans sa tête.

Il n'aurait pas voulu être à la place de Matt Grit.

***

John Simpson, le numéro un de la DEA en Thaïlande, un Noir fluet à la peau anthracite, bardé de diplômes, dont les grosses lunettes à monture d'acier accentuaient le côté intellectuel, recula derrière son bureau, comme si Mike Herald allait le frapper. Blanc de rage, ce dernier éructait ses reproches d'une voix à faire trembler les murs!

– Vous ne pouviez pas me dire que vous aviez une opération en cours contre Khun Sa! *Shit*! Nous travaillons pour le même gouvernement, non?

Ses petits yeux injectés de sang fixaient Simpson. Le Noir était terrifié, intérieurement, comme face à un éléphant qui va charger. Il n'avait jamais aimé Mike Herald, homme de terrain souvent débraillé qui ne dédaignait pas les virées à Patpong. Un marginal, mais excellent professionnel, alors que lui faisait tout ce qu'il pouvait pour ressembler à un WASP (1), bien convenable, à l'accent bostonien. Il baissa les yeux sur le tiroir où il gardait toujours une arme. Est-ce que son Beretta 92 était armé?

Il avait peur de Mike Herald. Il plaqua sur ses traits tendus un sourire qui se voulait apaisant.

– Mike, nous n'aurions pas divulgué cette information, même au Président! Il y allait du succès de l'opération. « Tiger Trap » va faire beaucoup de mal aux *bad boys*, Khun Sa s'en souviendra. Les hommes que nous avons arrêtés constituent toute son ossature clandestine dans ce pays. Quant à Lo Te Ming, c'est le bras droit de Khun Sa, il sait *tout* de ses affaires. Dès qu'il sera à l'abri, il se mettra à table.

Il s'en pourléchait les babines d'avance... avec un sourire fat.

Mike Herald avait l'impression que son cœur allait éclater. « Enculé de putain de négro », pensa-t-il. Au prix d'un effort surhumain, il réussit à contrôler sa respiration et, attirant une chaise, s'assit. C'est d'un ton plus calme qu'il dit :

– John, il faut me comprendre. Matt Grit est un des meilleurs *assets* (2) de la *Company*. Et un vieil ami. Cela fait trente ans qu'il dirige des opérations spéciales ou clandestines. Il a été pendant quatre ans en charge des *Special operations forces* au Vietnam. Il a commandé, pour la NSA, l'opération « Grand Eagle », pour nous, « Lazarus », pour la DIA, « Velvet Hammer ». Des trucs tellement secrets que je ne suis même pas habilité à vous en parler. Sans parler du boulot qu'il fait ici à Bangkok depuis des années... Il est marié, il a deux enfants. Il a tellement de décorations qu'on pourrait en tapisser le mur de ce bureau : trois Silver Star, deux Purple Heart, deux Légion of Merit! En tout, il en a plus de soixante. *Oustanding*! (3)

Mike Herald reprit à peine son souffle et enchaîna :

(1) White Anglo-Saxon Protestant.
(2) Eléments.
(3) Exceptionnel.

– J'irai en enfer pour chercher ce type. Depuis que je suis revenu du Nord, j'ai eu des contacts avec les « *gooks* » (1). Le *deal* est clair. Khun Sa nous donne un mois pour lui amener Lo Te Ming. Sinon, il nous renvoie la tête de Matt Grit. Alors, il faut m'aider. Ce n'est pas la première fois que vous piquez un de ces putains de Narcos. Vous n'en mourrez pas de le remettre en liberté. Surtout qu'à mon avis, il n'a pas une longue espérance de vie. Et, moi, *I swear to God* (2), je vous revaudrai ça.

En trois jours, à Bangkok, il avait découvert que les autorités thaïes ne maîtrisaient plus l'affaire Lo Te Ming. La DEA avait pris celui-ci sous son aile, en attendant que la demande d'extradition soit acceptée par le gouvernement thaï. La seule personne qui pouvait l'aider à sauver Matt Grit était John Simpson.

Ayant l'impression d'avoir été convaincant, il alluma une Lucky Strike et attendit la réaction du directeur de la DEA. John Simpson le fixait comme s'il venait de lui avouer son appartenance au Ku-Klux-Klan. Le Noir répliqua d'une voix à faire frissonner une banquise :

– Je suis terriblement désolé, Mike. Lo Te Ming n'est pas un Narco ordinaire. C'est un membre important des Triades et le bras droit de Khun Sa. Je l'ai *retourné* personnellement... Jugé ici, il risquait quarante ans de prison. Il a compris où était son intérêt.

– Vous lui avez offert un *prosecution deal* (3)?

Le Noir se rengorgea.

– *Right*! On l'extrade, à sa demande, sinon ce serait impossible puisqu'il est citoyen thaïlandais; on laisse tomber les poursuites, il reçoit une prime d'un million de dollars et une nouvelle identité. En échange, il nous balance tout le réseau de Khun Sa en Thaïlande : les filières d'acheminement d'héroïne, les comptes bancaires secrets, les complices au sein de l'armée thaïlandaise. C'est le coup du siècle!

(1) Bougnoules.
(2) Je le jure sur Dieu.
(3) Accord de repenti.

Un grand classique...

Mike sentait de nouveau la rage l'envahir devant la satisfaction béate du Noir. Il réussit à dire calmement :

– Et cela ne vous gêne pas que Matt Grit se fasse décapiter? Il est Américain comme vous et moi, non?

Mentalement, il ajouta : « Et beaucoup plus que toi, mal blanchi. »

John Simpson baissa les yeux, embarrassé.

– C'est effectivement extrêmement regrettable, reconnut-il. Cela fait des années que nous mettons en garde toutes les autorités contre Khun Sa. Nous avons lancé un mandat international contre lui.

Mike Herald faillit exploser.

– Et il s'est torché le cul avec...

Le Noir ne répondit pas. Ostensiblement, il consulta sa montre.

– Désolé, je dois me rendre à une réunion. En ce qui concerne Mr Grit, je pense que c'est à vous de résoudre le problème, puisqu'il appartient à votre Agence.

Mike Herald s'arracha à son fauteuil avec une lenteur inquiétante. John Simpson vit le meurtre dans ses yeux et posa la main sur la clef de son tiroir.

Le chef de la CIA était en train de se demander s'il allait lui écraser le fauteuil de teck sur la tête. Une autre idée, meilleure, lui traversa l'esprit.

– OK, je comprends, parvint-il à dire d'un ton presque détendu. On peut la voir, votre huitième merveille du monde? Il pourrait peut-être me donner des idées pour discuter avec Khun Sa.

En un clin d'œil, il avait pris sa décision. Dans un petit holster de ceinture, dissimulé par sa veste, il portait un colt 2 pouces. S'il arrivait face à Lo Te Ming, personne ne l'empêcherait de lui en coller deux dans la tête...

Khun Sa se contenterait probablement de cette solution bâclée. Lui s'arrangerait toujours, ensuite. A l'ambassade, il était sur le territoire américain, cela ne relevait pas des Thaïs... Même s'il devait être mis à la retraite d'office, on ne laissait pas tomber un *field officer*. Ou alors, on était une merde, comme ce type en face de lui.

– Désolé, articula John Simpson. Mr Lo Te Ming est « uncommunicado ». Même pour l'ambassadeur. Question de sécurité.

Mike Herald, blême, ne put prononcer un mot pendant plusieurs secondes.

John Simpson l'observait, gris de terreur. Mike Herald aurait pu l'étrangler avec deux doigts. Au lieu de cela, il gagna la porte, l'ouvrit et se retourna, les yeux fixes.

– Khun Sa est un enculé ! lança-t-il. Mais vous, John, vous en êtes un plus gros. Un foutu *mother fucker* d'enculé de négro.

– Je vous int... couina John Simpson.

La fin de sa phrase fut avalée par le claquement de la porte. Comme un buffle blessé, Mike Herald fonça jusqu'à l'ascenseur pour regagner son étage. La fureur l'étouffait.

Trois jours s'étaient écoulés depuis son retour du Nord. Il lui en restait vingt-sept pour sauver Matt Grit. Puisque la DEA ne lèverait pas le petit doigt, il ne pouvait compter que sur un miracle. C'était donc à lui de le provoquer.

CHAPITRE PREMIER

La brise venant de la rivière rendait la température presque supportable. Malko, debout à l'extrémité du *tha* (1) de l'hôtel *Oriental*, observait la foule attendant les navettes de la Chao Praya Taxi Service qui sillonnaient inlassablement la large rivière séparant Bangkok de sa ville jumelle, Dhonburi. La circulation sur le fleuve était toujours aussi intense et variée : remorqueurs poussifs tirant des trains de lourdes péniches, innombrables sampans-taxis, bateaux-mouches, et surtout, les rugissants *long-boats*, ces sampans effilés propulsés par des moteurs de voiture installés à l'arrière, d'où sortait un arbre orientable supportant l'hélice. Le trafic ne cessait ni jour ni nuit. C'était bien la seule voie praticable à Bangkok. La plupart du temps, les voitures immobilisées dans les avenues saturées au milieu d'un nuage de pollution bleuâtre ne se déplaçaient qu'à une vitesse d'escargot. Pour ne pas tomber raides morts, les policiers de la circulation portaient des masques de gaze sur le visage, ou même de vrais masques à gaz!

Une navette arriva, remontant la rivière, et les voyageurs se précipitèrent pour y prendre place, bousculant Malko sans ménagement. Les Thaïs avaient beau toujours sourire, ils se conduisaient souvent comme des bêtes. Le bateau s'éloigna du *tha*, en direction du

(1) Embarcadère.

Sheraton. Pour quelques baths (1), on pouvait ainsi traverser la ville du nord au sud...

Malko demeura seul sur l'embarcadère, en compagnie d'un camelot accroupi devant sa marchandise. Une vieille paysanne glissa le long du *tha*, godillant dans un petit sampan tout noir chargé de légumes. Les guirlandes lumineuses de la terrasse de *L'Oriental* s'allumèrent. Six heures. Dans une demi-heure il ferait nuit noire.

Le regard de Malko se posa sur l'autre rive, où des gratte-ciel flambant neufs s'illuminaient. Là, cinq ans plus tôt, il n'y avait que de vieilles maisons de bois le long des klongs. Le béton envahissait Bangkok à une vitesse prodigieuse. Partout on démolissait à tour de bras les vieilles maisons pleines de charme pour bâtir des monstres de verre et de béton, vides pour la plupart. Mais c'était à qui construirait le plus grand building... Pure spéculation, car les prix étaient trop élevés pour la majorité des Thaïs.

Il était arrivé de Vienne, via Paris, quatre heures plus tôt, par le vol direct Air France, après une escale à Roissy qui avait passé très vite. Le nouveau salon Air France de plus de 400 m² était un havre de silence et de repos, équipé de tout ce qu'un passager en transit pouvait souhaiter : bar, téléphones, fax, télévision, et même des photocopieuses.

Reposé, il avait avalé sans fatigue les onze heures de vol suivantes. Son attention se reporta sur la Chao Praya, dont les eaux limoneuses charriaient toutes sortes de débris. Il aperçut un *long-boat* effilé qui remontait le fleuve, longeant la berge où il se trouvait, et ralentissait avant d'arriver à la hauteur de l'embarcadère pour terminer doucement sa course contre la rangée de vieux pneus destinés à amortir les chocs. Il n'y avait qu'un homme à bord, le pilote, qui jeta un cordage autour d'une bitte d'amarrage et sauta à terre. Il se dirigea vers Malko, un bout de papier à la main. Il le lui mit sous le nez. Il n'y avait que deux mots, en

(1) 25 baths = 5 francs.

capitales : MALKO LINGE. Le Thaï à la peau très sombre demanda après avoir joint ses mains, paume contre paume à la hauteur de son visage pour un *wai* (1) respectueux.

– *Khum* ? (2)

– *Chai* (3), répondit aussitôt Malko.

Sa mémoire le trahissait rarement, et il gardait de ses séjours passés en Thaïlande un vocabulaire restreint mais suffisant pour communiquer.

Le pilote lui désigna son sampan, Malko y sauta. A peine était-il assis sur une des banquettes de bois que le Thaï lança les gaz. L'engin s'élança vers le nord, dans une gerbe d'écume, et gagna le milieu du fleuve, zigzaguant habilement entre les autres embarcations. Concentré sur sa conduite, l'homme n'accordait aucune attention à Malko.

Ils passèrent à toute vitesse devant le *Sheraton* et le River Center, Mecque des antiquaires, puis, plus loin à gauche, devant le Wat Thong. La structure métallique du pont Phra Pok Klao apparut. Le lit de la Chao Praya s'incurvait sur la gauche. Avant de l'atteindre, le sampanier obliqua vers la rive droite, coupant un train de péniches. La nuit était presque complètement tombée. Après avoir ralenti, le *long-boat* vint cogner l'embarcadère de l'avenue Rajdawong. D'un signe de la tête, le sampanier signifia à Malko qu'il devait descendre.

Celui-ci sauta à terre, au milieu de la foule indifférente qui attendait les *river-taxis*. Déjà le *long-boat* filait dans la pénombre, dans le vrombissement de son moteur nickelé...

Malko regarda autour de lui, intrigué. Un Thaï, petit et jeune, en chemise blanche, surgit de la foule et s'inclina devant lui. Malko était le seul étranger présent.

– *Please, follow me*, dit-il en anglais.

(1) Salut traditionnel.
(2) C'est vous ?
(3) Oui.

Une Mercedes 600 noire avec une plaque rouge attendait un peu plus loin. A peine Malko y eut-il pris place qu'elle démarra. Quelques minutes plus tard, la voiture stoppa à un feu rouge au coin de l'avenue Yaowarat, au cœur du quartier chinois. En plus des innombrables enseignes en caractères chinois, des banderoles rouges étaient déployées, célébrant l'anniversaire du roi. Les trottoirs disparaissaient sous les étals des marchands ambulants, les increvables « tuk-tuk » (1) se frayaient péniblement un chemin dans la circulation anarchique.

La Mercedes repartit au vert, coupa Yaowarat et fila vers le nord. Malko se pencha vers le chauffeur.

– *Where are we going* ? (2)

Le chauffeur sourit et répondit une phrase en chinois...

Ils remontèrent encore deux kilomètres, traversant des quartiers pauvres. La Mercedes changea plusieurs fois de direction avant de déboucher dans une grande avenue très animée. La circulation était bloquée à l'entrée d'un pont enjambant un des innombrables klongs transformant Bangkok en Venise extrême-orientale. La Mercedes obliqua dans une contre-allée, à gauche, longeant des marchands de pièces détachées pour voitures. La coupole d'un temple, violemment éclairée, apparut brièvement au fond d'un *soi*. Encore un virage et la Mercedes stoppa. Malko regarda autour de lui. Il se trouvait dans un petit *soi* bordé de maisons en bois, au sol encombré de détritus, en contrebas du pont. Un klong assez large coulait à quelques mètres.

Le chauffeur descendit et vint lui ouvrir la portière. Il souriait. Malko sortit de la Mercedes, crispé. Cette balade devenait bizarre. Le sourire du chauffeur ne voulait rien dire. En Thaïlande, il avait vu des gens en égorger d'autres, un sourire d'excuse aux lèvres.

Le grondement de la circulation parvenait faiblement

(1) Taxi-triporteurs.
(2) Où allons-nous ?

jusqu'au *soi*. Il s'appuya à la portière de la Mercedes, mesurant du regard la distance qui le séparait de l'endroit où le *soi* désert se jetait dans une voie plus fréquentée...

Un bruit de moteur grandit, venant du klong et, quelques instants plus tard, un *long-boat* apparut, stoppant le long d'un petit embarcadère pourri. A nouveau, le chauffeur s'inclina devant Malko, désignant le klong de la main.

A ce moment, Malko réalisa, à la forme de son visage, qu'il était chinois et non thaï... Sans se poser plus de question, il gagna l'embarcadère et sauta dans le bateau. Ce fut aussi rapide que sur la rivière. Le *long-boat* filait à au moins 20 nœuds, longeant des taudis sur pilotis. A part quelques enfants barbotant dans l'eau tiède, véritable bouillon de culture, pas un chat. Où diable allait-il?

D'après ses calculs, il se dirigeait maintenant vers l'est. Cinq cents mètres plus loin, le klong en rejoignait un autre, à angle droit. Le sampanier prit le virage sans douceur, faisant jaillir une gerbe d'écume et coupant presque en deux une jonque lourdement chargée, menée à la godille. Ce klong-là, beaucoup plus large et fréquenté, courait parallèlement à une grande avenue. Il sembla à Malko qu'il descendait vers le sud. Sur sa droite, il aperçut des rangées de wagons à l'arrêt, ce qui lui donna un point de repère : il longeait la gare centrale de Bangkok, non loin du quartier chinois.

La grande avenue disparut, laissant place à des masures noirâtres. Des lumières devant lui éclairaient un énorme bâtiment blanc. Sur une des faces, il reconnut le S distinctif du *Sheraton*! A trois cents mètres de *L'Oriental*! Il était revenu dans la Chao Praya, presque à l'endroit où le premier *long-boat* l'avait embarqué, après une longue boucle dans Bangkok. La jonque ralentit et accosta avec douceur le long d'un embarcadère désert, juste avant le *Sheraton*, sur la rive sud du klong. Avant même de quitter le bateau, Malko aperçut une Mercedes noire, exactement semblable à l'autre.

Mais étant donné la circulation, impossible que ce soit la même. D'ailleurs, le chauffeur, debout à côté de la voiture, était un Chinois mince, en livrée blanche.

La voiture ne portait aucune plaque d'immatriculation. Le chauffeur ouvrit la portière arrière et s'inclina très bas devant Malko. Ce dernier ne bougea pas. Ce périple commençait à l'agacer sérieusement.

Lorsqu'un correspondant anonyme parlant anglais avec l'accent chinois l'avait appelé dans sa suite de *L'Oriental*, lui fixant rendez-vous à l'embarcadère et raccrochant aussitôt, il ne s'était pas posé trop de questions, persuadé qu'il s'agissait d'un correspondant de Mike Herald et qu'il allait retrouver l'Américain.

Assommé par la chaleur lourde contrastant avec la fraîcheur de l'Airbus A 340 d'Air France, il n'avait guère parlé avec le chef de station de la CIA. Maintenant, une chose était certaine : le circuit qu'on lui avait fait effectuer avait pour but de s'assurer qu'il n'était pas suivi. Mais s'il montait dans cette voiture, il pouvait très bien disparaître à jamais. Pour avoir déjà rempli une mission à Bangkok (1), il savait de quoi les Thaïs et les Chinois étaient capables. Or, si ce n'était pas Mike Herald; *qui* lui avait donné rendez-vous? Et pourquoi?

Il se rassura : si peu de temps après son arrivée, il ne pouvait représenter de danger pour personne. Et d'après Herald, l'atmosphère était plutôt à la négociation qu'à la guerre.

Il se décida et s'installa sur le siège de cuir. La portière refermée dans un bruit feutré, le chauffeur prit le volant; une glace épaisse le séparait de l'arrière. A peine avait-il démarré que les quatre portières se verrouillèrent avec un petit bruit sec... Malko avait beau savoir qu'il en était ainsi sur toutes les voitures haut de gamme modernes, une pointe d'inquiétude lui tarauda l'estomac, plus vive lorsqu'il appuya sur le poussoir de sa glace électrique, et qu'il ne se produisit rien. Ou le

(1) Voir SAS n° 10 : *L'or de la rivière Kwaï*.

chauffeur était *très* prudent ou on était en train de l'enlever... Il était pris au piège. Le Chinois pouvait le mener où il voulait. Il se trouvait dans un petit coffre-fort agrémenté de haut-parleurs d'où jaillit une musique criarde.

Refusant de s'affoler, Malko regarda au dehors et reconnut les lieux. La Mercedes remontait au pas l'avenue Si Praya, parallèle à Silom et à Suriwongse. Il n'était pas loin de *L'Oriental*. Le visage émacié d'un conducteur de tuk-tuk, arrêté le long de la Mercedes, cigarette aux lèvres, le regard vide, apparut à quelques centimètres. Le regard du Thaï glissa, indifférent, le long de la vitre, et Malko comprit qu'il ne le voyait pas à cause de la glace fumée...

Au même moment, la Mercedes déboîta et tourna dans un *soi* désert, longeant le haut mur du Saint-Joseph Hospital. Elle cahota sur le sol défoncé, évitant des tas d'immondices. Malko, impuissant, se rencogna sur le siège, attendant la suite.

Ils coupèrent Suriwongse, puis Silom, puis Sathorn Road... Se faufilant toujours dans des *sois* sans nom. A en avoir le tournis. Enfin la Mercedes ralentit et franchit un portail, pour s'arrêter dans une grande cour bordée d'un bâtiment blanc, juste en face d'un perron sur lequel se tenaient une douzaine de jeunes femmes en *cheong-sam* (1). Les quatre portières se déverrouillèrent et le chauffeur sauta à terre, se précipitant pour ouvrir la portière de Malko. Celui-ci mit pied à terre. Il aperçut immédiatement une autre entrée, donnant sur une large avenue dont le centre était occupé par un *expressway* soutenu par d'énormes piliers de ciment.

Il se trouvait sur Rama IV, une des grandes avenues de Bangkok, devant un restaurant dont la façade principale donnait sur l'avenue.

Pourquoi lui avoir fait accomplir tout ce périple?

Le chauffeur glissa quelques mots à l'oreille d'une des hôtesses. Elle vint se casser en deux devant Malko,

(1) Robe chinoise.

gazouillant, les mains jointes devant son visage, paume contre paume.

– *Sawadee Kha* ! (1)

Après une douzaine de courbettes, elle invita par gestes Malko à la suivre. Ils traversèrent un hall animé desservant plusieurs salles pour s'engager dans un majestueux escalier au tapis rouge. Au premier, Malko aperçut d'autres salles bourrées à craquer, puis l'hôtesse s'arrêta devant une porte close. Elle frappa un coup timide avant d'ouvrir puis s'effaça, de nouveau pliée en deux, pour laisser entrer Malko.

Quatre Chinois se trouvaient dans une petite salle, autour d'une table ronde qui disparaissait sous les victuailles. Tous étaient en costume-cravate, en dépit de la chaleur étouffante. Le plus âgé, qui faisait face à Malko, se leva. Il avait des cheveux gris rejetés en arrière, un visage banal, des sourcils étonnamment noirs et flottait dans son costume bleu. On aurait dit un petit fonctionnaire. Il vint vers Malko et emprisonna sa main droite entre les siennes.

– Bienvenue à Bangkok, M. Linge, dit-il d'une voix zézayante qui tremblait de chaleur. Je suis extrêmement flatté de vous rencontrer. Mon nom est Su Wan Ho. Voici mes amis, M. Lao Liang, M. Lu Chum Nan et M. Wanko Sae.

Au fur et à mesure qu'il les présentait, ses amis s'inclinaient profondément devant Malko, avant de se rasseoir. La litanie terminée, celui-ci, plutôt surpris, demanda :

– M. Herald n'est pas là?

Su Wan Ho dissimula sa gêne sous un petit rire grelottant.

– Non, non. C'est vous, M. Linge, qui êtes notre invité.

Malko s'assit à son tour. On ne l'avait certes pas attiré dans ce restaurant pour l'assassiner, mais pourquoi ce rendez-vous secret?

(1) Bonjour monsieur.

– Qui êtes-vous et qu'attendez-vous de moi? demanda-t-il.

Une nuée d'hôtesses surgit comme un vol de moineaux, s'affairant autour d'eux, disposant des serviettes sur leurs genoux, apportant des empilements de *dim-sun* fumants. Trois bouteilles de cognac Gaston de Lagrange XO étaient posées sur la table, dont l'une déjà bien entamée. Le verre de Malko fut aussitôt rempli de liquide ambré.

Les Chinois ne boivent pas le cognac comme digestif, mais tout au long d'un repas, comme du vin. A leurs yeux, le cognac est « yang », synonyme de force et de puissance. Les pauvres se contentent de « Mékong », horrible « brandy » thaï, les riches ne veulent qu'un grand XO français, comme le Gaston de Lagrange. Une des hôtesses, rondelette sous un *cheong-sam* bleu électrique, disposa une serviette sur les genoux de Malko avec des frôlements si équivoques qu'il se demanda si elle n'allait pas faire autre chose.

Su Wan Ho jeta un aboiement sec et elles s'égaillèrent sans un mot.

– M. Linge, dit le Chinois, je suis un businessman, comme mes amis, et j'aimerais vous entretenir d'un problème qui nous tient à cœur. Mais auparavant, faisons honneur à ce repas préparé spécialement en votre honneur.

D'un geste délicat, il prit un beignet de crevettes et le déposa dans l'assiette de Malko, après l'avoir brièvement trempé dans la soucoupe contenant la sauce adéquate.

*
**

Malko avait l'impression d'être une oie qu'on gave! Les plats se succédaient à une cadence infernale et l'ineffable Su Wan Ho insistait pour qu'il les goûte *tous*. Le Gaston de Lagrange XO coulait à flots.

Entre deux bouchées, il examinait les convives. Ils n'offraient rien de remarquable, avec leur visage plat, leurs traits sans relief et leur allure effacée. Seuls, leurs regards vifs indiquaient leur intelligence.

Su Wan Ho leva son verre avec un sourire de crocodile.

– A votre séjour en Thaïlande!

A peine le toast terminé, les Chinois replongèrent sur la nourriture comme des porcs, faisant tourner le plateau central chargé de plats variés pour se servir plus vite : *dim-sun*, *Beggar chicken*, canard *Setchouen*, crevettes, beignets, poissons. Tous s'empiffraient comme s'ils n'avaient jamais mangé...

Silencieuses, les hôtesses apportaient sans cesse de nouveaux plats, des serviettes chaudes, et enlevaient les bols de riz vides. Ils mangeaient tous comme des requins : vite, avidement, sans choisir. Cette voracité mettait Malko mal à l'aise.

Su Wan Ho se pencha vers lui après un rot sonore.

– Il faut nous pardonner le parcours compliqué que nous vous avons imposé. Nous tenions à ce que cette rencontre soit entourée de la plus grande discrétion. Et nous voulions aussi vous faire goûter l'excellente cuisine de notre ami Wanko Sae.

De ses baguettes, il désigna le convive assis en face de Malko. Un rabougri à la tête ronde, sans âge, avec des mains potelées et une chemise trop grande.

– C'est lui qui a fait la cuisine?

Malko avait volontairement provoqué le Chinois. Ce dernier pouffa dans sa serviette et lança quelques mots en chinois. Les trois autres s'esclaffèrent bruyamment, mais les yeux de Wanko Sae ne riaient pas vraiment. Malko comprit qu'il l'avait vexé et en fut secrètement ravi. Il ignorait encore qui étaient ces hommes, mais se doutait bien que ce n'étaient pas des enfants de chœur.

Wanko Sae, redevenu sérieux, plongea ses baguettes dans ses nouilles au soja, établissant un véritable pont aérien entre le bol et sa bouche. Su Wan Ho sourit à Malko.

– Notre ami Wanko Sae est le propriétaire de ce

restaurant, le *Chardephen*. Vous y serez toujours le bienvenu... Il possède aussi de nombreux autres établissements à Bangkok. Il travaille très dur. Hélas, il n'a jamais eu le temps d'apprendre beaucoup d'anglais. Notre ami Lao Liang, à votre gauche, est dans les travaux publics. Il construit des buildings. Ici, à Bangkok et aussi à Pattaya. Il va aussi participer à la construction du métro aérien.

Malko avait entendu dire que la municipalité de Bangkok projetait de construire une ligne de métro pour soulager la circulation. Pour commencer, les Thaïs avaient arraché les derniers palmiers ombrageant une des rares avenues de Bangkok qui offraient encore un peu de verdure...

Lao Liang lui adressa un sourire modeste et replongea dans son canard *Setchouen*.

– Et vous, M. Su Wan Ho, interrogea Malko, dans quelle branche êtes-vous?

Le Chinois prit un cure-dent et commença à se nettoyer consciencieusement les gencives, avant de répondre d'une voix pleine de modestie.

– Oh, je ne suis qu'un simple intermédiaire. Ma *shipping company* exporte du bois, du riz, des objets artisanaux.

Changeant de conversation, comme s'il ne convenait pas de s'appesantir sur sa fortune, il remarqua :

– Vous semblez apprécier notre cuisine, M. Linge.

Il y avait quelque chose de sincère dans sa voix. Un *farang* (1) se servant aussi bien des baguettes et dégustant avec plaisir de l'anus de porc confit dans du vinaigre ne pouvait pas être entièrement mauvais...

Les pâtisseries furent vites expédiées. Su Wan Ho avala avec une satisfaction affichée ce qui restait de la dernière bouteille de Gaston de Lagrange XO et appuya sur une sonnette dissimulée sous la table. Les hôtesses surgirent, apportant des gobelets de porcelaine pleins d'un thé âcre, vert et brûlant ainsi qu'une

(1) Etranger.

bouteille de Defender Success de douze ans d'âge. La fête continuait. D'une mimique impérieuse, Su Wan Ho chassa de nouveau les hôtesses et se tourna vers Malko, montrant ses dents jaunies et en partie déchaussées dans un sourire chaleureux.

– Je vais vous expliquer maintenant les raisons de cette rencontre, dit-il. Nous connaissons le motif de votre présence à Bangkok.

– Comment cela? ne put s'empêcher de demander Malko.

Le Chinois balaya sa question d'un geste et continua :

– Il se trouve que le général Khun Sa est un ami de longue date, un vieil ami, très fidèle et très loyal. Son père était un Haw (1), comme nous tous ici. Nous observons avec sympathie sa lutte contre les autorités birmanes pour donner l'indépendance aux huit millions de Shans qui ont toujours été proches de nous. Nous contribuons financièrement à son effort de guerre, et nous admirons son courage. Le général Khun Sa a toujours entretenu d'excellents rapports avec les Etats-Unis, n'est-ce pas?

Malko commençait à être agacé par ce panégyrique. Il interrompit le Chinois pour remettre les choses en place.

– Vous ne devez pas ignorer que votre ami a kidnappé un membre d'une agence fédérale américaine et qu'il menace de le mettre à mort, si une autre agence fédérale ne lui livre pas un de ses associés, accusé de trafic de drogue. La DEA ne considère pas Khun Sa comme un leader politique, mais comme un simple trafiquant de drogue, le plus important de tous.

Su Wan Ho ferma brièvement les yeux, comme si cette évocation était trop pénible à supporter, avant de répliquer d'une voix pétrie d'humilité :

– M. Linge, il s'agit d'un horrible malentendu. La DEA se trompe sur le général Khun Sa, en s'obstinant

(1) Tribu du Yunnan.

à voir en lui un bandit. Il hait la drogue, il ne produit pas d'héroïne, ni de pavot. Il a plusieurs fois proposé un plan d'éradication du pavot aux Américains. Seulement, il a besoin d'argent pour son combat et il se contente de prélever une taxe sur les convois d'opium.

Les trois autres Chinois, figés comme des bouddhas, écoutaient la conversation en anglais des deux hommes. Impossible de savoir s'ils la comprenaient. Malko coupa court aux explications de Su Wan Ho, par une question brutale :

– Qu'attendez-vous de moi?

– Que vous déployiez tous vos efforts pour une solution pacifique à ce différend, répondit Su Wan Ho. Je vous affirme que l'hôte du général est bien traité et que le général Khun Sa souhaite que cette affaire se termine rapidement. Ce qu'il demande n'a rien d'extraordinaire. Pourquoi les Américains s'immiscent-ils ainsi dans un différend qui ne les concerne pas?

Le front plissé, Su Wan Ho plaidait avec l'enthousiasme d'un avocat stagiaire. Il ne mesurait pas les rapports de force entre la DEA et la CIA. Les deux agences fédérales se détestaient, ne ratant pas une occasion de se faire des vacheries. Et aucune ne pouvait *forcer* l'autre à faire quelque chose. Le Chinois semblait croire que Mike Herald pouvait, d'un coup de baguette magique, récupérer le traître et le livrer à Khun Sa... Diplomatiquement, Malko conclut :

– Je tiens, moi aussi, à trouver une issue rapide et heureuse. Je pense que si le général relâchait rapidement son otage, cela ne pourrait qu'y contribuer.

Su Wan Ho ne broncha pas. Il se contenta de dire d'une voix neutre :

– Ce problème nous tient à cœur à cause de notre amitié pour le général. Si vous parvenez à le résoudre d'une façon intelligente, nous sommes prêts à vous manifester notre infinie reconnaissance.

C'étaient probablement les premiers mots vrais qui sortaient de sa bouche. Pour une raison que Malko n'allait pas tarder à découvrir, ces Chinois tenaient à ce que Khun Sa obtienne satisfaction. Visiblement, ils comptaient sur lui pour infléchir le cours des choses. Ignoraient-ils que ce n'était pas en son pouvoir? Inutile de le leur dire. Prudent, il demanda.

– Où pourrais-je vous joindre?

– Je suis dans l'annuaire, mais prenez ceci, dit Su Wan Ho en lui tendant une carte de visite, imprimée en chinois d'un côté, en anglais de l'autre.

Tout le monde se leva et ils sortirent de la petite salle. Les hôtesses attendaient dans le couloir, en rang d'oignon, et se cassèrent en deux comme des marionnettes sur leur passage. Plusieurs Mercedes étaient alignées devant le perron. Su Wan Ho désigna la première à Malko.

– On va vous reconduire à *L'Oriental*. Cette fois, par un chemin plus direct, gloussa-t-il.

Il escorta Malko jusqu'à la voiture et lui ouvrit lui-même la portière, humblement, comme un chauffeur.

Malko aperçut une silhouette à l'intérieur, une femme installée sur le siège arrière. Il se retourna. Su Wan Ho souriait.

– Miss Mei-Lin habite votre hôtel, expliqua-t-il. Elle doit vous remettre un présent de la part du général Khun Sa. Malheureusement, vous ne pourrez pas engager la conversation avec elle. Elle ne parle que chinois. Bonsoir, M. Linge.

Il poussa presque Malko dans le véhicule. Un parfum sucré et lourd flottait autour de la jeune femme. Celle-ci tourna la tête vers Malko et lui sourit, découvrant des dents éblouissantes. Ses lèvres étaient bien ourlées et pleines. Elle avait un visage plat, un tout petit nez, des yeux en amande étirés vers le haut, de longs cheveux noirs cascadant sur son *cheong-sam* vert, dont la soie soulignait les courbes pleines de sa poitrine.

Sur ses genoux, elle tenait un petit paquet enveloppé de papier rouge, de la taille d'un gros écrin à bijoux. Le rouge de ses ongles se confondait avec celui du papier.

La Mercedes démarra sans secousse et tourna à gauche dans Rama IV, vers Silom. La circulation était plus fluide, mais ils mirent quand même une demi-heure pour rejoindre *L'Oriental*. Le portier indien au gros nez qui officiait là depuis vingt-six ans se précipita pour ouvrir la portière. D'abord à Malko : on était en Asie. Pivotant pour descendre à son tour, Mei-Lin exhiba une cuisse fuselée. Elle était grande pour une Chinoise, sa démarche était un peu raide, mais ses hanches avaient un balancement plein de sensualité. Elle traversa le hall, altière, et lança quelques mots à un groom qui courut à la réception chercher sa clef.

Ils prirent l'ascenseur et descendirent ensemble au quatorzième étage, celui de Malko. Les Chinois avaient pensé à tout. Il se tourna vers elle, tendant la main vers le paquet rouge.

– C'est pour moi, n'est-ce pas?

Elle sourit, mais ne le lui donna pas. Elle s'engagea dans le couloir, toujours aussi hiératique, et s'arrêta en face de la suite de Malko. Lorsqu'il eut ouvert, elle y pénétra la première et alla directement jusqu'au lit, où elle posa le paquet sur l'oreiller, comme un chocolat. Malko fit un pas pour le prendre, mais elle s'interposa. De tout son corps. Leurs regards se croisèrent. Les grands yeux noirs en amande étaient totalement inexpressifs. Elle fixa Malko d'interminables secondes, puis sa bouche se posa sur la sienne avec la légèreté d'un papillon. Ses lèvres étaient tièdes et charnues. Mais elle ne chercha pas à approfondir son baiser. Elle se laissa glisser, avec souplesse, le long de son corps, d'un lent mouvement coulé, et se retrouva à genoux sur l'épaisse moquette, son visage à la hauteur du ventre de Malko.

Coincé entre le lit et la jeune Chinoise, il ne pouvait guère bouger. Les doigts effilés de Mei-Lin s'activèrent à une vitesse stupéfiante, dénudant le bas de son corps. Quand sa bouche s'empara de lui, avec une douceur irréelle, il se laissa aller. Ce genre de cadeau n'engageait que ceux qui le faisaient. Si Su Wan Ho pensait le corrompre avec quelques instants de plaisir, il se trompait. Mais à quoi bon refuser un bonheur sexuel à l'état pur? Mei-Lin était de toute évidence une pute, un jouet de grand luxe, sûrement très coûteux. *Carpe Diem*. Autant en profiter. La langue aiguë et la bouche souple de la Chinoise arrivèrent très vite à leur but. La glace de la salle de bains refléta une érection glorieuse qui disparaissait régulièrement dans la belle bouche rouge.

Mei-Lin s'appliquait comme une femme amoureuse. Une main, légère comme une araignée, fila le long du scrotum de Malko et presque aussitôt, un ongle effilé le viola, avec tact, augmentant son plaisir. L'autre main manipulait sa hampe avec maestria. Mei-Lin utilisait sa langue de façon diabolique, tantôt jouant de sa pointe durcie à agacer les terminaisons nerveuses, tantôt l'enveloppant d'une caresse chaude, apaisante. Elle s'interrompait dès qu'elle sentait la sève prête à jaillir. Cela dura d'interminables et merveilleuses minutes. Malko était partagé entre le désir de prolonger ce délice et le besoin d'exploser dans cette bouche docile. A certains frémissements, Mei-Lin comprit qu'il ne tarderait pas à jouir. Elle leva les yeux avec une expression interrogative. Malko hésitait. Cette femelle superbe, complètement soumise, l'excitait. Violer cette croupe lui eût apporté un immense plaisir. Mais outre l'irrésistible volupté que lui procurait la bouche occupée à le faire jouir, quelque chose le retenait. Il n'avait pas envie de faire l'amour à cette Chinoise stipendiée, envoyée là comme un cadeau de prix.

Devant son hésitation, Mei-Lin continua et sa bouche l'avala encore mieux. Il se demandait comment elle pouvait le prendre en entier sans effort. Il sentit le plaisir monter de ses reins et appuya machinalement sur la tête de la Chinoise. Celle-ci serra violemment la base de son sexe, pour retarder son éjaculation, et lécha le gland gorgé de sang.

Fou de plaisir, il râlait. D'un seul coup, Mei-Lin

relâcha sa prise et aspira la semence qui montait, accélérant son jaillissement.

Malko hurla. Mei-Lin demeura accrochée à lui comme un pitt-bull, épuisant jusqu'à la dernière goutte de sa semence. Les vagues de plaisir s'apaisèrent peu à peu, mais elle le garda dans sa bouche jusqu'à ce qu'il ait perdu presque toute sa rigidité. Elle se releva ensuite avec grâce.

Il n'avait même pas touché son corps. Comme si elle avait deviné ses pensées, elle passa une main dans son dos et fit descendre le zip de sa robe qui tomba à ses pieds comme une corolle. Son corps était mince, sa poitrine haute et pointue, son ventre très plat orné d'un infime buisson noir et brillant. Etroite de hanches, les cuisses longues et musclées, elle tourna lentement sur elle-même, comme un mannequin, permettant à Malko d'admirer sa croupe cambrée, au bas de son dos fin. Puis, elle lui refit face, avec un sourire interrogatcur.

– *Thank you,* fit Malko. *I do not need you any more* (1).

Elle devait comprendre un peu d'anglais car, sans changer d'expression, elle ramassa sa robe et se glissa dedans. Un automate érotique bien programmé. A part son rouge à lèvres, barbouillé, rien en elle n'était dérangé, même pas un de ses cheveux. Malko la regarda longuement. Qu'est-ce qui pouvait pousser une aussi jolie fille à faire la pute, à n'être qu'un objet sexuel qu'on offrait comme une montre? Impossible de savoir ce qui se cachait derrière ses prunelles d'un noir d'encre.

Puis elle sortit, la tête haute, sans le moindre salut, comme si elle ne venait pas de recevoir la liqueur de Malko au fond de sa gorge. Une vraie Chinoise, fière et distante. Malko referma la porte. La tête lui tournait légèrement : après le dîner, l'alcool et cette performance sexuelle déshumanisée.

Sa mission à Bangkok commençait d'une façon

(1) Je n'ai plus besoin de vous.

bizarre. Il revint dans la chambre et contempla la Chao Praya où défilaient les lumignons des esquifs qui circulaient encore. En se retournant, il aperçut le « cadeau » déposé sur l'oreiller par Mei-Lin, et le prit. Il était fermé par un sceau de cire noire représentant un caractère chinois. Il déchira le papier, découvrant une boîte oblongue faite d'une matière blanchâtre et molle, une sorte d'isolant thermique. Une enveloppe était scotchée dessus. Il la posa sur le lit et ouvrit la boîte. Sur un lit de ouate était déposé un objet long de six ou sept centimètres, enveloppé dans un plastique transparent.

Malko mit quelques secondes à réaliser.

C'était un doigt humain, un index ou un majeur. Celui d'une personne de race blanche, probablement un homme d'après l'épaisseur. L'ongle était court, bien coupé, et le doigt avait été tranché proprement, comme par une amputation.

Abasourdi, Malko posa son horrible trouvaille et ouvrit l'enveloppe. Celle-ci contenait deux Polaroïd. D'abord le doigt, photographié de près. Ensuite, un homme faisant face à l'objectif, la cinquantaine, cheveux courts, plantés bas sur le front, l'air énergique, les mâchoires fortes. Ses traits étaient tirés, son visage envahi par la barbe; il avait les cheveux en bataille et le regard mort. Quelqu'un maintenait son bras vertical, de façon à ce qu'on voie bien la main gauche, présentée comme pour un salut. A la place de l'index, il n'y avait plus rien.

CHAPITRE II

Partagé entre la fureur et le dégoût, Malko jeta la photo sur le lit. Décidément, les Chinois ne changeraient jamais. Ils adoraient le mélange des genres, le *sweet and sour*, la volupté et l'horreur. L'accueil fait à Malko représentait les deux faces du même tableau. D'un côté, l'exquise politesse, le plaisir, la promesse d'une récompense mirifique. De l'autre, l'horreur froide et calculée.

L'abominable « cadeau » n'était ni de la provocation, ni de la forfanterie, ni même de la cruauté gratuite. Juste un message très bien dosé. Ils ne perdaient pas de temps en palabres stériles, allaient droit au but. Mais comme on était entre gens de bonne compagnie, on dégustait d'abord des anus de porc confits dans le meilleur restaurant de Bangkok. La cruauté n'empêchait pas la gourmandise.

Qui étaient ces Chinois polis et féroces? Comment avaient-ils eu vent de son arrivée? Lorsque Mike Herald était venu le chercher à Don Muang, à l'arrivée du vol de Paris, plein de jeunes attirés par les tarifs incroyablement bas du « Kiosque Air France », offres promotionnelles sur des vols réguliers, il n'avait pas mentionné ces curieux alliés de Khun Sa.

Il songea qu'il ignorait même le numéro de la chambre de la docile Mei-Lin. Mais elle avait probablement déjà quitté *L'Oriental*, sa double mission accomplie. A quoi bon la poursuivre, d'ailleurs? Mei-Lin – si c'était vraiment son nom – n'était qu'un rouage minuscule dans une organisation dont des monstres froids tiraient les ficelles. Malko, s'il allait trouver Su Wan Ho pour lui annoncer que la condition *sine qua non* pour récupérer le traître était de découper Mei-Lin en morceaux, était sûr que le Chinois n'hésiterait pas une seconde. Les multinationales du crime fonctionnaient comme les autres. Sans état d'âme.

Sa mission en Thaïlande commençait sous de sinistres auspices. Il mourait d'envie d'appeler Mike Herald, le chef de station de la CIA à Bangkok, mais il se retint : il était sans doute sur écoutes. Inutile de mettre les Thaïs au courant de leurs mésaventures.

Il était furieux d'avoir cédé à la facilité avec Mei-Lin. Il aurait dû ouvrir le paquet d'abord. Les autres l'avaient piégé et il s'en voulait... Il alla prendre une douche et, enroulé dans une serviette, revint contempler la Chao Praya presque déserte. A cette heure, Bangkok semblait une ville bien sage. Pourtant, Malko savait ce qui grouillait dans cette agglomération de huit millions d'habitants, grandissant comme un champignon hallucinogène, sans la moindre règle.

Allongé sur son lit, il essaya de trouver le sommeil, mais ne put s'empêcher de penser à Matt Grit, otage mutilé, vieux *field-officer* de la *Central Intelligence Agency,* que Malko avait pour mission de sauver. A mille kilomètres au nord de Bangkok, dans la jungle épaisse des collines birmanes, il devait désespérer. Ceux qui le retenaient prisonnier ignoraient même le sens du mot « pitié ». A leurs yeux, c'était un mot obscène. Or, Matt Grit devait savoir qu'il n'y avait qu'une chance minuscule de l'arracher à ses ravisseurs.

Malko lui-même ne voyait pas de solution. Les histoires d'otages se terminent rarement bien. Il avait gardé un goût amer de son aventure à Oman (1), quelques années plus tôt, où la moins mauvaise des

(1) Voir SAS nº 87 : *L'otage d'Oman.*

solutions avait été de tuer celui qu'il était venu sauver, afin de lui épargner un sort encore plus horrible.

*
**

– Su Wan Ho, c'est le patron des Triades à Bangkok, l'homme le plus puissant de la communauté chinoise. Wanko Sae, le roi du racket. Il contrôle par la terreur des dizaines de restaurants et de discothèques. Lao Liang recycle des millions de dollars de l'héroïne dans l'immobilier. Quant à Lu Chum Nan, il possède une dizaine de boutiques de joaillerie et d'or qui lui permettent de « laver » l'argent du trafic de drogue. Ces types sont la crème du Crime Organisé à Bangkok. *A bunch of fucking rats.* (1)

Calé dans le fauteuil de teck qui supportait à peine sa masse imposante, le chef de station de la CIA se laissait aller à une fureur froide. Avec son visage plat et large, son nez épaté et ses yeux noirs enfoncés, il avait vaguement l'air asiatique. Le mimétisme peut-être, après trois séjours à Bangkok. Evidemment, quand il se levait, les Thaïs avaient l'air d'enfants à côté de lui...

Malko connaissait les Triades, société secrète regroupant toutes les activités criminelles des gangs chinois, avec des ramifications dans le monde entier.

– Pourquoi Su Wan Ho et ses amis volent-ils au secours de Khun Sa? demanda-t-il.

Mike Herald se redressa si brutalement qu'il fit craquer son fauteuil.

– Khun Sa est leur principal fournisseur d'héroïne, mais ce sont eux qui l'acheminent et la distribuent ensuite. Rien qu'à Hong-Kong, on en consomme trois tonnes et demie par an! Vous imaginez les profits. Si Lo Te Ming se met vraiment à table, Khun Sa sera obligé de faire une croix sur ses opérations thaïlandaises, d'envoyer l'héroïne par la Chine, le Yunnan, Can-

(1) Une bande de foutus salauds.

ton et directement à Hong-Kong. Le manque à gagner pour les Triades d'ici sera colossal.

– Que s'est-il passé depuis le kidnapping de Matt Grit?

Mike Herald se retourna vers un calendrier où la date du 23 novembre était entourée de rouge. Tous les jours suivants étaient barrés jusqu'au 1er. On était le 2 décembre.

– Rien, dit l'Américain. Enfin, pas grand-chose. Après avoir parlé à ces enfoirés de la DEA, j'ai fait dire à Khun Sa qu'il n'était pas question d'accepter sa proposition. Il n'a pas réagi, pensant sûrement qu'on marchandait. Nous sommes en Asie. Je ne suis pas trop inquiet pour Matt : mort, il ne sert à rien à Khun Sa. Ce n'est pas une vendetta personnelle. Je lui ai seulement fait dire que s'il ne relâchait pas Matt, il aurait la *Company* sur le dos jusqu'à la fin de ses jours. J'espérais que ça marcherait.

Ses yeux tombèrent sur les deux photos étalées sur son bureau et il secoua la tête, les lèvres serrées.

– Jésus Christ!

Malko éternua : il régnait dans l'ambassade américaine de Thanon Witthayu – grande avenue bordée de plusieurs représentations diplomatiques – un froid polaire et une senteur de pin pulsée par la clim, qui contrastait avec les 33° de l'extérieur et l'odeur qui flottait dans les rues de Bangkok, mélange de thé, d'effluves de cuisine des milliers de restaurants en plein air et du fumet nauséabond des ordures dérivant au fil des klongs.

– Que s'est-il passé? demanda Malko.

Mike Herald prit d'un geste machinal un paquet de Lucky Strike posé sur son bureau et en alluma une, avec le Zippo fétiche *made in USA* qui ne le quittait pas depuis le Vietnam.

– Je pense que Khun Sa s'affole. Il sait que la procédure d'extradition doit durer environ un mois, six semaines au plus, puisque Lo Te Ming est d'accord. Mais comme les Thaïs sont très sourcilleux au chapitre de leur indépendance, et qu'il possède la nationalité thaïe, en dépit de son nom chinois, on est obligé de passer par là. Khun Sa n'ignore pas que si Lo Te Ming est extradé, il n'aura plus aucune chance de le récupérer, quelles que soient les pressions qu'il exercera.

– Je vais poser une question idiote, dit Malko. Que se passerait-il dans ce cas? Khun Sa n'aurait plus aucun intérêt à garder Matt Grit.

L'Américain hocha la tête.

– Le garder, non. Mais le tuer, oui. Pour ne pas perdre la face. Je ne prendrai pas le risque. Ce qui m'inquiète, c'est que Khun Sa doit être persuadé que nous pouvons récupérer Lo Te Ming! Ce type vit dans un autre monde, où les liasses de dollars achètent toutes les consciences. Il y a une telle corruption en Thaïlande que cela le conforte dans cette certitude. Hélas, Lo Te Ming n'est pas dans les mains des Thaïs.

Après cet exposé, Malko voyait encore moins quel pouvait être son rôle.

– Qu'attendez-vous de moi? demanda-t-il.

Mike Herald leva sur lui des yeux de cocker.

– Une idée, fit-il. Une putain d'idée! Il paraît que vous êtes le crack des cracks, que vous avez démerdé des situations indémerdables pour la *Company*. Les DG successifs se refilent votre nom comme le Saint-Sacrement. J'étais à Washington il y a quatre jours. Dix-neuf heures de vol, *dans chaque sens*, pour huit heures de séjour! Heureusement que les sièges de la classe « Espace » d'Air France sont super-spacieux et qu'on n'est pas collé contre son voisin... Parce que, à moi, la *Company* n'offre pas de Première... (Vu sa corpulence, ces sièges devaient vraiment être spacieux...). On a eu un *meeting* avec les gens de la DEA et un conseiller du Président. On a failli se foutre sur la gueule. Les mecs de la DEA nous haïssent, ils disent qu'on est des Mickeys, des pourris, qu'on protège les trafiquants d'héroïne, qu'on fait passer des questions de personnes avant l'intérêt national... Enfin, les amabilités habituelles...

– Qu'est-ce qui est sorti de cette réunion?

Mike Herald haussa ses épaules massives.

– Rien. Le mec de la Maison Blanche nous a séparés avant que j'étrangle le petit con de la DEA, un jeune bourré de diplômes qui n'a jamais vu un gramme d'héroïne, même avec des jumelles, et qui prendrait une pousse de pavot pour une plante verte... Quant à notre DG, il s'en lave les mains. Comme il sait qu'il n'est plus là que pour quelques semaines... Pour ne pas avoir l'air d'être inerte, il a décidé de budgéter une *rescue mission* et de vous la confier.

Laissant Malko méditer, Mike Herald prit le sceau de cire noire qui avait fermé le macabre colis et l'examina. Il le montra ensuite à Malko.

– Regardez! Cet enculé n'hésite pas à signer. C'est son sceau. Le caractère chinois signifie « Prince prospère ». La traduction de Khun Sa. Il faut vraiment qu'il soit sûr de lui...

Malko avala une gorgée de café froid et demanda :

– Encore une question idiote : vous n'avez pas envisagé une opération commando pour libérer Matt Grit?

– Avec qui? Nous sommes six, ici, à la station, sans compter les femmes et les *stingers*. J'ai évoqué cette possibilité quand j'étais à Washington. On m'a répondu que c'était hors de question. Nous ne sommes pas en guerre avec la Birmanie, et Khun Sa se trouve sur le territoire birman. En plus, il dispose d'une armée de vingt mille hommes environ, équipée de mortiers, de mitrailleuses, de canons sans recul de 105 et depuis peu, de missiles sol-air. Des vieux SAM 7 encore efficaces, revendus par les Khmers rouges. Ce n'est pas un commando qu'il faudrait, c'est la 101e division aéroportée... Regardez, vous allez comprendre.

Il se leva et amena Malko en face d'une grande carte murale, englobant la Thaïlande, le Laos, le Yunnan et la Birmanie. Son index se posa sur un point jaune situé légèrement au nord de la frontière entre Thaïlande et Birmanie, entre les villes de Mae Hong et Mai-Tai.

– Voilà Ho-mong, annonça l'Américain, le quartier général de Khun Sa. Un ancien village devenu une ville de vingt mille habitants. A vol d'oiseau, c'est à une vingtaine de kilomètres de la frontière. Toute la zone est truffée de guetteurs, de pièges et de petits détachements armés. Khun Sa occupe une grande partie du pays shan, entre la Salween River et la frontière thaïe. Environ cent mille kilomètres carrés. Les raffineries d'héroïne sont disséminées le long de petites rivières et les plantations d'opium se trouvent beaucoup plus au nord, chez les Kachins. Lui, achète l'opium brut et le transforme. Cela fait une dizaine d'années que les troupes de l'armée officielle birmane ont tenté de chasser Khun Sa de son réduit. Elles n'ont jamais dépassé la Salween. Pourtant, le SLORC possède des hélicoptères lourds polonais MI 26. Mais ce salaud de Khun Sa dispose de toute une infrastructure souterraine, d'abris creusés dans les collines. C'est un terrain épouvantable, regardez.

Il désignait à Malko des photos de la région, épinglées à côté de la carte. Un moutonnement superbe de collines couvertes d'une jungle épaisse, traversées par de rares pistes. Cela s'étendait sur une surface égale au quart de la France. Sans une grande route, sans une agglomération importante. L'Américain conclut :

– Même si on avait les moyens de monter une expédition, Khun Sa aurait le temps de découper Matt en tranches et de le faire cuire... Ça se terminerait comme « Desert One »... (1)

Malko, impressionné, ne discuta pas. Pourtant, il voulait pousser Mike Herald dans ses derniers retranchements.

– Une opération de nuit, avec des hélicos, bien préparée, aurait peut-être des chances de réussir, avança-t-il, se faisant l'avocat du Diable.

Mike Herald leva les yeux au ciel.

(1) Tentative de libération avortée des otages de l'ambassade américaine à Téhéran.

– Dès le début de l'affaire, je suis allé trouver le général Nhakon Sawan, patron des opérations spéciales de l'armée thaïe, et je lui ai demandé un coup de main. Il a été très coopératif! M'a promis de m'aider, au nom de l'indéfectible amitié américano-thaïe.

– Et alors?

– Nhakon Sawan, trois jours plus tard, m'a invité au restaurant chinois *Dusit Tani*, un des meilleurs de Bangkok. Il avait préparé les plans d'une intervention, avec une douzaine d'hélicoptères, cinquante commandos, un soutien logistique de la *Border Police Patrol*. L'addition se montait à 1 436 000 dollars, sans compter la casse possible.

– Comment ça? demanda Malko, estomaqué.

– Nhakon Sawan m'a expliqué que c'était une opération privée, et qu'il ne pouvait imputer ces dépenses sur son budget... Bien entendu, l'opération aurait coûté le tiers du prix annoncé, ses hommes n'auraient pas eu un bath et il se serait fait construire une maison à Pattaya.

– Comment s'est terminé votre déjeuner?

– Avec les desserts, il a tenu à commander du champagne français. Le meilleur. Taittinger Comtes de Champagne rosé 1985. 200 dollars la bouteille. Ensuite, il m'a laissé payer l'addition.

Un ange passa et s'enfuit, écœuré par tant de cynisme.

– De toute façon, continua l'Américain, il n'y a rien à regretter. Même si Langley avait débloqué les fonds – ce qui est hautement improbable –, je n'aurais pas donné le feu vert.

– Pourquoi?

– Khun Sa aurait été prévenu. Il entretient une véritable armée d'informateurs au sein de l'armée et de la police thaïes. Il y a quinze jours, on a arrêté à Hong-Kong un général thaï qui venait toucher sa commission de quatre millions de dollars sur une livraison d'héroïne. Un membre de l'état-major. Nous aurions trouvé place nette et, peut-être, la tête de ce malheureux Matt, bien en évidence. Khun Sa aime bien l'humour noir.

– Et côté DEA?

Mike montra le plancher du doigt.

– Ils sont en dessous. Depuis le début de l'affaire, ils ont bloqué l'accès à tous leurs bureaux, ils se relaient jour et nuit. A la cantine, ils ne nous parlent plus. J'ai peur qu'ils aient mis des micros jusque dans mon bureau. Ils veulent boucler en beauté leur opération « Tiger Trap ».

– Où se trouve le « traître » Lo Te Ming? Chez les Thaïs?

L'Américain s'étrangla de joie mauvaise.

– Vous rigolez! Il serait déjà mort. Khun Sa a trop de copains. D'autant qu'il peut mouiller des Thaïs haut placés. Eux aussi aimeraient bien le voir liquidé. Non, Lo Te Ming se trouve à l'étage au-dessous. Ils lui ont intallé un lit dans un bureau dont les rideaux sont tirés jour et nuit, à cause des *snipers*. Un *special agent* goûte sa nourriture, et ils sont plusieurs dans le couloir, armés jusqu'aux dents. Il ne sortira d'ici que pour prendre l'avion. Et encore, nos copains ont dit qu'ils feraient atterrir un hélico dans le jardin de l'ambassade, pour éviter tous risques. Ils ont procédé de la même façon en Colombie. Les Narcos qui acceptent de parler ne le font qu'une fois à l'abri, eux et leur famille. Sinon, ils sont morts. Ici, c'est pareil.

– Il a une famille, ce Lo Te Ming?

– Il avait. Une femme, deux maîtresses, trois enfants. Ils ont tous été exécutés, le lendemain du jour où il a annoncé qu'il acceptait l'extradition... Au pistolet, par des tireurs inconnus. Probablement les Triades.

– Khun Sa n'aurait pas pu les échanger après les avoir kidnappés?

L'Américain soupira.

– Vous ne comprenez pas leur mentalité. A partir du moment où ce Lo Te Ming a accepté de parler, il a changé de camp. Il ne peut plus revenir en arrière. Il a fait une croix sur sa famille. Son exécution, c'est juste une mesure *technique* de nettoyage. Comme on désinfecte une plaie. Il ne faut pas que l'on puisse dire que le puissant Khun Sa a de l'indulgence pour les traîtres. C'est une question de « face ».

– Au cas improblable où Khun Sa remettrait la main dessus, demanda Malko, que lui arriverait-il?

Mike esquissa un sourire plutôt sinistre.

– A mon avis, ce sera carrément abominable. Les Asiatiques ont toujours eu le génie de la torture.

Malko, d'une voix égale, demanda :

– Nous disposons de combien de temps?

Mike Herald regarda le calendrier derrière lui.

– Environ trois semaines. Peut-être un peu plus. Il y a la fête du Roi et celle de la Constitution. J'ai pris contact avec le magistrat qui a le dossier en main. Il a déjà touché 10 000 baths pour ne pas se presser. Je lui en ai promis autant par semaine gagnée. C'est tout ce que je peux faire. J'espère que les enfoirés d'en bas ne font pas de la surenchère... Allez, j'ai faim. On va aller bouffer des *dim-sun* au *Silver Palace*, dans le *soi* Phitpit.

Il se leva, enfila une veste froissée et brossa machinalement son pantalon sans forme. Malko se demanda comment les boutons de sa chemise tenaient sous la pression de son ventre.

*
**

Allongé sur le lit de camp, Matt Grit essayait d'oublier les élancements de sa main gauche. Il avait l'impression que son index amputé était toujours là, mais broyé. Le médecin chinois qui l'avait amputé lui avait quand même fait une anesthésie locale et lui avait offert une bouteille de Mékong, en guise de soins post-opératoires...

Le soleil tapait sur le toit de tôle de l'appentis où il était détenu, tout à côté de la maison de Khun Sa. Ce dernier l'avais mis au courant de l'échange qu'il réclamait. Matt Grit n'avait rien dit. A quoi bon? Il essayait de ne penser à son avenir qu'en terme d'heures, se raccrochant à l'idée que Mike Herald remuait ciel et terre pour le sortir de là. En trente ans de missions spéciales, ce n'était pas la première fois qu'il flirtait avec la mort. Mais s'il s'en sortait, ce serait la dernière. Il pensait sans cesse à sa femme, une douce Thaïe qui l'adorait. Elle devait passer son temps à brûler des bâtonnets d'encens dans tous les temples du voisinage.

Cette idée le fit sourire, l'arrachant à d'autres pensées plus moroses. Ses doigts se refermèrent dans sa poche sur son fidèle Zippo porte-bonheur qui ne le quittait jamais. Il le sortit, relisant la phrase gravée vingt ans plus tôt sur une de ses faces : « *You never really lived until you're nearly dead.* » (1)

*
**

Le *Silver Palace* ressemblait à un hall de gare par ses dimensions et l'animation des serveuses circulant entre les tables chargées d'empilements de *dim-sun*. A part Mike Herald et Malko, aucun *farang*. Les tables étaient écartées les unes des autres, ce qui permettait de parler normalement, et la climatisation presqu'aussi forte qu'à l'ambassade. Mike Herald acheva d'un trait son Defender *on the rocks* et fixa Malko.

– Alors, vous avez une idée?

– C'est un peu prématuré, avoua Malko. Mais je pense qu'avant toute chose, il y a une précaution élémentaire à prendre.

Ils n'avaient plus parlé de rien pendant le repas, composé uniquement de riz et de *dim-sun*.

(1) Vous ne vivez pas vraiment tant que vous n'avez pas frôlé la mort.

CHAPITRE III

– Je vous écoute, fit Mike Herald.

Nerveusement, il prit un cure-dents et se mit à jouer avec. Autour d'eux, les tables se dégarnissaient. Au déjeuner, les Chinois mangeaient à toute vitesse.

– Commençons par le commencement, dit Malko. Comment Khun Sa a-t-il su que Matt Grit appartenait à la CIA?

Mike Herald posa son cure-dents. Ses yeux noirs semblaient plus enfoncés encore dans leur orbite.

– C'est la question que je me pose depuis le début, avoua-t-il. Bien sûr, il y a des Thaïs, rue Ploenchit (1), qui savent que Matt est un clandestin de la *Company*. Mais j'ignore comment Khun Sa l'a appris. Un de ses innombrables informateurs, sans doute.

– Bien, dit Malko. Et mon dîner, hier soir? Comment les pontes de Triade ont-ils su qui j'étais et ce que je venais faire?

– Par la même source, avança l'Américain. Un type bien placé dans les Services, qui a ses entrées partout. Sauf que je n'avais parlé de vous à personne. Mais à Bangkok, on peut mettre la ligne de quelqu'un sur écoutes pour 3 000 baths par mois. Il suffit de connaître un flic. Ou alors, on m'a suivi quand je suis allé vous chercher à Don Muang. Ou les deux. Pour Khun Sa et les Triades, c'est *très* important. Ils ne sont ni psycho-

(1) Direction des Services spéciaux thaïlandais.

pathes, ni fous. C'est du business. Ils veulent leur traître et nous leur avons fourni une occasion de le récupérer.

Malko regarda les tables vides et but un peu de thé. Il cherchait une solution à un problème impossible à résoudre. Comment arracher Matt Grit des griffes de Khun Sa? Le doigt du malheureux otage, qui reposait provisoirement dans le réfrigérateur du chef de station, était là pour rappeler que ce n'était pas un problème académique.

– Alors? demanda anxieusement Mike Herald.

– Je pense qu'il y a une mesure à prendre avant tout : trouver le traître qui renseigne Khun Sa. Sinon, tout ce que nous tenterons sera voué à l'échec.

– Comment?

– Avez-vous des alliés sûrs?

L'Américain leva les yeux au ciel.

– Sûrs? Je ne vois personne, puisque les types de la DEA ne collaboreront pas. Je me méfie des Thaïs, de tous les Thaïs.

– Avec qui êtes-vous en contact chez eux?

– Avec le général Pradorn, le patron des Services spéciaux. Il m'a demandé de le tenir au courant de tous les développements de notre affaire. Nous avons toujours eu de bons rapports... Il est désolé de cette histoire, mais reconnaît son impuissance. Jamais le gouvernement thaï ne prendra ouvertement position contre Khun Sa. Celui-ci a trop de relais dans le pays et arrose trop de monde.

– Si vous donnez une information à Pradorn, pensez-vous qu'elle se retrouvera chez Khun Sa?

– Après ce qui s'est passé, c'est bien possible.

– Donc, si vous lui annoncez que je suis ici pour monter une opération clandestine contre Khun Sa, l'information va forcément revenir à ce dernier.

– Oui, et alors? Il va rigoler. Il se sent sûr de l'impunité, au fond de sa jungle. Vous pouvez toujours gesticuler à Bangkok.

– Peut-être, reconnut Malko, mais Khun Sa est un

homme prudent. S'il pense que je représente un danger quelconque, il va me faire surveiller, ici, à Bangkok. Vraisemblablement par celui ou ceux qui lui ont déjà transmis des informations.

– Oui, c'est possible, reconnut l'Américain.

– Grâce à une contre-surveillance, on pourrait identifier celui ou ceux qui renseignent Khun Sa. Pour que, désormais, il soit dans le noir.

– Et ensuite?

– Ensuite, avoua Malko, je n'en sais rien! Mais couper les sources d'information de Khun Sa, c'est un premier pas.

– On peut essayer, reconnut Mike Herald. Au point où nous en sommes... Venez, sinon, ils vont nous plier sur les tables avec les chaises...

Le *Silver Palace* était vide. Ils retrouvèrent la chaleur étouffante et très vite le tumulte de Silom Road. La voiture de l'Américain les attendait au coin.

– Vous avez des gens *sûrs* pour exercer cette contre-surveillance?

Mike Herald s'arrêta au coin de Silom. Il fallait crier pour s'entendre. Une demi-douzaine de motos pétaradaient le long du trottoir : des taxis clandestins pour vaincre les embouteillages.

– J'ai peut-être ce qu'il faut, dit-il soudain. Une bande de sourds-muets.

– Des sourds-muets?

Mike Herald sourit.

– Oui, une sorte de fraternité. Ils tiennent beaucoup de commerces ambulants sur Silom et à Patpong. Leur chef était racketté par un flic thaï ripoux. Je suis intervenu et il m'en a gardé une reconnaissance éternelle. Il dirige une bande d'une trentaine de filles et de garçons... Ils traînent tous les soirs dans le coin. Rien ne leur échappe. J'avais repéré un Chinois il y a quelque temps, un type du *Gigondu* (1) qui voulait vendre des armes aux Thaïs. On lui a monté une petite manip' et

(1) Services de renseignements chinois.

on l'a retrouvé en train de sodomiser un petit garçon de six ans... Il a été expulsé, évidemment. Le gosse aurait eu huit ans, à la rigueur... Il a joué son rôle à merveille, désignant son tourmenteur au milieu d'autres suspects.

– Pourquoi dites-vous, son rôle?

Mike Herald lui jeta un regard de commisération en lui ouvrant la portière de la voiture.

– Vous ne pensez pas que le môme en était à son coup d'essai! Il est maqué avec un faux bonze qui lui procure des clients. Il a touché 10 000 baths. Le bonze lui en a piqué les trois quarts. Ce sont mes copains sourds-muets qui avaient arrangé le coup. Ils en rient encore car ils détestent les Chinois.

– Va pour vos sourds-muets, accepta Malko, mais il faut déjà inventer une histoire crédible à faire passer à Khun Sa.

La voiture commença à descendre Silom à une allure d'escargot.

– Si je dis qu'il y a une trentaine d'Américains qui vont se regrouper sous vos ordres du côté de Mae-Hong-Son pour infiltrer un commando chez Khun Sa, celui-ci peut s'inquiéter, avança Mike Herald.

– Cela me paraît une bonne idée, reconnut Malko. Quand pouvez-vous transmettre la bonne nouvelle?

– Aujourd'hui. Je vais aller voir Pradorn. Il me reçoit sans problème.

– Quand verrons-nous vos sourds-muets? demanda Malko. Il vaudrait mieux que ce soit avant que le message passe chez Khun Sa.

– Ce soir, dit l'Américain.

*
**

Lo Te Ming grelottait, installé dans un fauteuil, une couverture sur les genoux. Le *special agent* de la DEA qui le veillait jour et nuit refusait obstinément de baisser la clim. Le Chinois en était réduit dans la journée à poser ses paumes sur les vitres chauffées par le soleil de la fenêtre sans vis-à-vis.

Lors de son arrestation par les policiers de l'ONCB, à Chiangmai, il n'avait pas paniqué. Entre les Triades et Khun Sa, il se sentait protégé. Il y avait assez de policiers thaïs corrompus pour que les choses s'arrangent. Tout avait basculé à Bangkok, dans le bureau du général Chavalit, le patron de la lutte anti-drogue.

Un Noir se trouvait là, John Simpson, responsable de la DEA en Thaïlande. Il avait un épais dossier : celui de Lo Te Ming. Des écoutes, des témoignages, des photos. Calmement, il avait expliqué à Lo Te Ming qu'il ne le lâcherait pas. Que les USA allaient tout faire pour empêcher sa remise en liberté, ou même un procès bâclé. Et qu'il veillerait *personnellement* à ce qu'il soit condamné au maximum de la peine. C'est-à-dire quarante ans.

– Même avec toutes vos combines, vous en ferez vingt, avait conclu Simpson.

Lo Te Ming avait réussi à ne pas craquer devant lui, mais son calcul avait été simple. Il avait quarante-trois ans, il sortirait à soixante-trois. Au mieux. Et dans quel état... John Simpson était parti, le laissant en tête-à-tête avec le général Chavalit. Ce dernier avait confirmé les menaces de l'Américain. L'ambassade US exerçait une pression formidable dans l'opération « Tiger Trap ». Or le gouvernement thaï, après la fâcheuse histoire de bijoux volés à un prince saoudien et retrouvés sur la femme d'un général de la police, avait besoin de se refaire une virginité. Lo Te Ming avait résisté encore. Ce n'est qu'après la visite de son avocat – un des meilleurs de Bangkok, possédant de nombreuses connections – qu'il s'était intérieurement effondré. Me Wiang lui avait confirmé que tous ses efforts pour minimiser son rôle avaient échoué. Différents magistrats thaïs lui avaient confirmé que la volonté américaine était telle qu'on ne pouvait espérer une sentence douce. Son conseil avait été simple.

– Niez tout, courbez l'échine. Plus tard, nous vous ferons évader. L'Organisation est derrière vous.

Reconduit dans sa cellule, Lo Te Ming avait décrypté le message : ses puissants amis ne pouvaient plus rien pour lui. Et le lendemain matin, il avait reçu la visite de John Simpson. L'Américain avait été direct :

– Si vous nous aidez, avait-il dit, si vous parlez *vraiment*, dans trois mois vous êtes libre. On laisse tomber l'accusation contre vous.

Lo Te Ming avait eu la force de sourire.

– Et dans trois mois et un jour, je suis mort...

C'est là que Simpson avait placé sa botte secrète.

– Non, pas si vous acceptez d'être extradé aux Etats-Unis.

Ils étaient restés trois heures ensemble. En partant, John Simpson emportait la demande d'extradition volontaire signée par Lo Te Ming. Le surlendemain, ce dernier apprenait que tous ses proches – officiels et officieux – avaient été assassinés. C'était fini. Il était passé de l'autre côté de la barrière. Sans espoir de retour. Et il n'avait pas encore dit un mot...

C'est lui qui avait demandé à être transféré à l'ambassade américaine. Durant tout le trajet, il avait tremblé chaque fois qu'une moto doublait leur voiture. Pourtant, cinq *special agents* l'entouraient.

Et depuis, les jours s'écoulaient, tous semblables. Il n'avait même pas pu aller à l'enterrement de sa femme et de ses enfants. Trop dangereux. Il disposait d'une télévision, d'un lit, de journaux et de magazines à volonté, et avait même le droit de téléphoner. Il ne l'avait pas fait. Tous ceux à qui il aurait aimé parler étaient morts, et les autres auraient raccroché en entendant le son de sa voix...

Les rideaux tirés en permanence donnaient un aspect crépusculaire au bureau qui lui servait de chambre.

Il essayait de ne pas penser, et comptait les jours. Il savait que les Américains appuyaient de toutes leurs forces sa demande d'extradition. Pour le Nouvel An chinois – fin janvier – il serait sûrement aux Etats-Unis. Il ne lui resterait plus qu'à vivre.

La porte s'ouvrit sur un balèze, en chemisette et cravate, un petit cigare vissé au coin de la bouche, et un énorme holster accroché à la ceinture. La relève.

– « Face de citron » va bien? lança le nouveau venu, jovial.

Le garde relevé jeta un coup d'œil du côté du fauteuil où Lo Te Ming somnolait, les yeux clos.

– Il est OK, fit-il. Il respire toujours.

Les *special agents* avaient ordre de ne s'adresser au prisonnier que pour des problèmes techniques. Ils parlaient devant lui comme s'il n'existait pas. Tous le méprisaient. A leurs yeux, on aurait dû le pendre.

Le nouveau garde inspecta les fenêtres et s'assit avec un soupir. Foutu métier. Lo Te Ming se dit amèrement qu'il n'avait peut-être pas choisi la meilleure solution.

*
**

Le bureau du général Pradorn était tapissé de boiseries sombres auxquelles étaient accrochés des diplômes en diverses langues. Le général contourna son bureau pour venir serrer la main de Mike Herald. Il était en bras de chemise, l'air très inoffensif avec ses rares cheveux et ses lunettes.

Discrètement, sa secrétaire s'assit en face, un cahier sur les genoux. Elle assistait à tous les entretiens de son patron, pour deux raisons : éviter les accusations de retournement et garder une trace des conversations. Mike Herald n'y avait jamais prêté attention jusque-là... On apporta du thé et, pour lui, une bouteille de Defender Success qu'on lui servit sans eau et sans glaçon.

Il devait y avoir une fiche à son nom dans les Services thaïs, avec ses préférences et ses goûts. Il sourit intérieurement en se rappelant ses virées dans les plus beaux bordels de Bangkok, réservés aux Thaïs très riches ou aux Chinois, où on trouvait encore des fillettes de treize ans vierges et superbes.

– Alors? lança le général Pradorn. Quelles sont les nouvelles?

Mike plaqua sur son visage un sourire satisfait et se donna du courage en vidant d'une seule traite la moitié de son Defender.

– Je crois qu'il y a une lueur d'espoir...

Le regard du général thaï s'alluma.

– Vous avez réussi à négocier avec Khun Sa?

– Non, pas vraiment, reconnut l'Américain. Nous avons même eu une nouvelle preuve de sa sauvagerie. Regardez.

Il tendit au Thaï les deux photos montrant l'amputation du malheureux agent de la CIA. Le général Pradorn qui, au temps de la rébellion communiste du Sud, faisait bouillir les rebelles dans des chaudières, réussit à prendre l'air horrifié, sans sourciller.

– C'est affreux, reconnut-il. Je crains que cette affaire ne se termine très mal.

– Peut-être pas, fit l'Américain, énigmatique.

Le général Pradorn se pencha en avant.

– Oui?

Aux Olympiades de l'hypocrisie, les deux hommes auraient eu du mal à se départager.

– Général, demanda Mike Herald d'un ton volontairement gêné, je voudrais vous parler *seul.*

Après une petite hésitation, le général donna l'ordre à sa secrétaire de sortir. Mike se dit qu'il restait encore les micros...

– Voilà, annonça-t-il dès qu'ils furent seuls, nous avons décidé de tenter une opération clandestine contre le QG de Khun Sa, à Ho-mong.

Le général thaï ne parut pas surpris. Il savait les Américains capables de beaucoup de choses, lorsque la vie d'un des leurs était en jeu.

– C'est sûrement très difficile, remarqua-t-il d'une voix douce. De plus, il ne faudrait pas que cette opération égratigne la souveraineté de mon pays. Dites-m'en plus.

Encouragé, Mike Herald se versa une nouvelle rasade de Defender Success. Il avait toujours adoré le vieux whisky. Son interlocuteur était en train d'avaler l'hameçon, et la ligne avec.

– Voilà, expliqua-t-il. Vous savez que Langley m'a envoyé un de nos meilleurs chefs de mission, Malko Linge. Il va être rejoint très vite par d'autres membres de notre Division des Opérations. Ils arriveront ici avec des visas de touristes. Tous se regrouperont ensuite à Chiangmai. Je me joindrai à eux pour leur fournir des éléments topographiques permettant de franchir la frontière thaïlandaise sans trop de problèmes.

Le visage du général Pradorn s'était figé. Il but machinalement une gorgée de thé et demanda d'une voix tendue, adoucie par l'inamovible sourire thaï :

– Où prendront-ils les armes? Je suppose qu'ils arriveront sans.

– Bien sûr, confirma Mike Herald.

Le général Pradorn le fixa, interrogateur.

– Mais alors?

– C'est vous qui allez fournir les armes nécessaires à cette opération, laissa tomber paisiblement l'Américain.

Le général Pradorn laissa filtrer une surprise sincère.

– Nous, mais...

Mike Herald alluma sa première Lucky Strike depuis qu'il se trouvait dans le bureau, souffla voluptueusement la fumée et demanda en souriant :

– Vous vous souvenez du dépôt de Makham, dans la province de Chanthaburi? Sur la route 317, juste après Pong Nam Rod.

Le général hésita quelques secondes avant d'avouer.

– Oui, je me souviens. Que sont devenues ces armes?

En 1980, les Etats-Unis avaient fait secrètement parvenir des armes aux Khmers rouges afin qu'ils puissent résister aux Vietnamiens. Avec la complicité des autorités thaïes, la CIA avait constitué plusieurs dépôts d'armes dans la zone frontière, en face du réduit khmer rouge de Pai Lin. Toutes les armes n'avaient pas été utilisées...

– Elles doivent toujours se trouver là, fit placidement Mike Herald. Du moins, celles qui n'ont pas été volées. Nous en avons retrouvé certaines chez Khun Sa, identifiables grâce à leur numéro de série. D'autres sont offertes à Bangkok...

Voyant le général thaï se rembrunir, il se hâta de dire :

– Tout cela n'est pas important. J'ai préparé une liste de ce qu'il nous faut. Cela tient dans un camion. Je vais vous la donner et je vous laisse faire. Faites en sorte qu'elles soient délivrées à l'ambassade, à mon nom.

A son tour, le général Pradorn alluma une cigarette. Il était coincé. Cette opération « armes » avait été mise en place sans l'autorisation de l'Etat-major de l'armée thaïlandaise, grâce à un somptueux bakchich qui lui avait été donné par la CIA. Mike Herald le tenait. Il se força à sourire et tendit la main.

– Voyons votre liste.

L'Américain la lui tendit et il l'examina rapidement, puis releva la tête, visiblement soulagé.

– Il n'y a que des armes légères...

– Nous projetons une opération de commando, précisa avec douceur Mike Herald, pas la reconquête de la Birmanie.

A voir le soulagement du général thaï, il conclut que toutes les armes lourdes – mortiers de 120, roquettes anti-chars M62, mitrailleuses lourdes – avaient déjà été pillés. Le général Pradorn plia la liste et la posa sur la table.

– Cela va prendre deux ou trois jours, annonça-t-il.

– C'est bien, approuva Mike Herald.

Pradorn se dit que c'était le moment de pleurnicher un peu.

– Vous me faites prendre un très grand risque, soupira-t-il. Si mes supérieurs apprenaient...

– Ils ne sauront rien, affirma Mike Herald. Et nous, nous saurons nous souvenir de votre collaboration.

Des paroles qui valaient de l'or. Ils se comprenaient à demi-mot.

– Quand cela doit-il se passer? demanda le général thaï.

– Dans une dizaine de jours. M. Linge s'occupe de la préparation. Il va réceptionner ses hommes au fur et à mesure. Si, par bonheur, nous parvenions à nous emparer de Khun Sa lui-même, êtes-vous intéressé?

Le général Pradorn baissa la tête.

– Non! Cela poserait trop de problèmes. Mais je souhaite que vous réussissiez. Khun Sa est un homme dangereux.

Mike Herald se leva, satisfait.

– Je vous tiens au courant, promit-il. Et je vous demande le secret le plus absolu.

– Bien entendu.

Le général Pradorn raccompagna son visiteur.

Il n'y avait plus qu'à attendre. Le Thaï ne pouvait pas garder pour lui une nouvelle de cette importance, et comme il y avait des hommes à la solde de Khun Sa dans son entourage... Le piège était tendu...

En revenant dans le hall de l'ambassade, le chef de station croisa John Simpson qui ne lui dit pas bonjour. Mike Herald arrêta volontairement l'ascenseur au deuxième. Aussitôt, trois *special agents* sautèrent de leurs chaises. Ils le reconnurent et se rassirent en maugréant.

Lo Te Ming était toujours là.

***

L'allée centrale de Patpong Road, le Pigalle de Bangkok, entre Silom et Suriwongse, grouillait de monde.

Principalement des étrangers en quête de faux Vuitton et de vraies putes. Le milieu de l'avenue était occupé par des étals offrant toutes les contrefaçons imaginables, et de chaque côté s'alignaient les bars à *gogo-girls*, les discothèques à entraîneuses, les peep-shows et les live-shows : une estrade où différents partenaires se livraient à des activités sexuelles très variées. Des gamines se faufilaient entre les touristes, offrant le menu des « réjouissances ». Un homme et une femme, deux femmes, une femme fumant une cigarette avec son sexe, deux hommes et une femme, deux hommes ensemble... le tout pour 1000 baths. On apercevait des filles en string en train de se frotter à une colonne avec des mimiques extasiées. Malko retrouvait cette atmosphère avec écœurement. C'était, avec Pattaya, la Mecque du tourisme sexuel... Avec des dollars, on pouvait s'offrir absolument n'importe quoi, de la femme enceinte au garçonnet impubère.

A grands coups de klaxon, Mike Herald se fraya un passage jusqu'au parking et monta au troisième niveau, sombre et désert. Un drogué, accroupi près des ascenseurs que personne n'empruntait pour ne pas s'y faire égorger, mendiait, immobile comme une statue. Entre deux voitures, une fille administrait une fellation à un client visiblement ivre qui lui appuyait sur la tête avec des ricanements salaces. Cela sentait le vomi, la crasse et le chou aigre.

La voiture garée, Mike Herald et Malko traversèrent tout Patpong jusqu'à Suriwongse. Une galerie exposant des lithos et des croûtes à l'huile occupait le coin. Elle était tenue par un Thaï assez grand portant une casquette rouge et flottant dans une chemise verte. Une cigarette pendait au coin de sa bouche. Il manifesta une joie inattendue en voyant débarquer Mike Herald.

– C'est Sun-Chai, annonça l'Américain. Il est sourd-muet, mais il lit sur les lèvres.

Sun-Chai serra vigoureusement la main de Mike Herald, et sa sympathie s'étendit d'emblée à Malko, mais sans qu'il émette le moindre son.

Mike annonça :

– Je veux te parler...

Sun-Chai aussitôt leur fit signe de le suivre dans une cafétéria attenante. Là, c'était encore plus bizarre. Une douzaine de filles et de garçons très jeunes discutaient avec animation. Rien que de très normal, sauf qu'aucun son ne sortait de leur bouche... Ils étaient tous sourds-muets et s'exprimaient grâce à des signes précis.

Malko, Mike Herald et Sun-Chai s'installèrent à une table.

– J'ai besoin d'un service, commença l'Américain.

Sun-Chai écarta les deux mains avec un grand sourire.

– Il est d'accord, traduisit Mike Herald.

Moitié gestes, moitié mots, il entreprit d'expliquer au sourd-muet ce qu'il attendait de lui. A partir du lendemain, un membre de la bande devait s'attacher aux pas de Malko et repérer les gens qui pourraient le suivre.

– *Farang* ? écrivit Sun-Chai sur la nappe.

– Non, Thaï ou Chinois, corrigea l'Américain. Vous aurez 1 000 baths par jour.

Sun-Chai se récria silencieusement, signifiant qu'il ne voulait pas d'argent. Puis il fit signe à un de ses hommes avec qui il engagea une longue « conversation ». Suivirent quelques gestes simples à l'intention de Mike Herald, qui traduisit à Malko :

– Il nous donne rendez-vous à son bar habituel dans un quart d'heure, pour vous présenter la personne qui va s'occuper de vous.

*
**

Le bar en plein air était aux trois quarts vide, juste en face d'un marchand de cassettes pirates, sono à fond. Malko et Mike s'y trouvaient depuis vingt minutes quand Sun-Chai fit son apparition, escorté d'une Thaïe minuscule. Une frange coupait son front en deux, ses yeux brillaient d'intelligence, une robe de toile s'arrêtant à mi-cuisse dessinait un corps harmonieux. En dépit de la chaleur, elle portait de hautes bottines noires. Elle serra la main des deux hommes et Sun-Chai écrivit sur le comptoir : « Lek ».

Lek se désigna pour qu'il n'y ait pas de malentendu. Elle arrivait à la poitrine de Malko. Par gestes, Sun-Chai expliqua la situation. Ils agitaient leurs doigts à une vitesse hallucinante, s'aidant de mimiques, comme des mimes... Lek se tourna vers Malko, lui prit la main et la posa sur sa cuisse avec un sourire engageant. Quelques gestes rapides : elle ne le lâcherait plus. Elle paraissait très intelligente.

– De quoi vit-elle? demanda Malko.

– C'est une financière. Elle prête de l'argent à toutes les filles qui travaillent à Patpong. C'est un peu compliqué. Une fille vient lui dire qu'elle veut s'acheter un collier en or. Lek lui prête 10 000 baths. La fille achète le collier et le revend aussitôt, ce qui est facile ici. Avec l'argent, elle se paie ce dont elle a vraiment envie, un télé, des fringues ou des chaussures. Et ensuite, elle rembourse Lek, avec 10 % par mois d'intérêts.

– Et les filles remboursent toujours?

Lek lut la question sur ses lèvres et se tordit de rire. Elle avait un petit sac suspendu à sa ceinture. Elle en sortit un cutter. D'un geste vif, elle promena sa lame à quelques millimètres du visage de Mike Herald, placide comme un pachyderme. C'était une femme pleine de ressources... Puis son regard s'adoucit et elle rentra son cutter.

– Elle n'a pas eu une vie marrante, commenta l'Américain. Dans son village, tous les hommes la violaient parce qu'elle ne pouvait pas se plaindre. Le dernier, elle l'a émasculé et s'est sauvée à Bangkok, où elle a retrouvé d'autres sourds-muets. C'est sa famille...

Pendant qu'ils parlaient, une grande Thaïe, déshabillée par une robe moulante, sortit d'un bar, vint s'accouder à côté de Lek et lui glissa quelques billets que l'autre défroissa et compta. Puis elle donna une claque sur les fesses de la fille qui repartit dans son antre... Malko était en de bonnes mains. Lek lui glissa un regard complice, vaguement concupiscent.

Visiblement, elle s'était remise de ses viols.

*
**

Malko replia le *Bangkok Post* et commanda un café. Officiellement, l'affaire « Tiger Trap » n'existait plus. Les journaux n'en disaient plus un mot. Depuis deux jours, il était voué à l'inaction, avec pour seule occupation la lecture du volumineux dossier réuni sur Khun Sa. Hélas, il n'y avait rien appris d'utile.

Il était allé à pied jusqu'à l'énorme galerie marchande de luxe du *Sheraton*, regorgeant de boutiques de décoration. Deux vastes salons y présentaient les dernières créations de Claude Dalle, l'architecte d'intérieur parisien : toute une série de meubles Art déco en loupe d'orme. Ensuite il avait déjeuné à la terrasse de *L'Oriental*, malgré la chaleur étouffante. Il se sentait coupable de bayer ainsi aux corneilles, pendant que Matt Grit était toujours otage de Khun Sa. Mais que faire d'autre?

Sauf une fois où il avait aperçu Lek dans New Road, il n'avait pas repéré la protection dont il faisait l'objet. Et, apparemment, les sourds-muets n'avaient décelé autour de lui aucune présence inquiétante. Son plan semblait bien avoir fait long feu, et il n'en avait pas d'autre.

Le général Pradorn avait averti que les armes seraient livrées le lendemain matin, ce qui leur faisait une belle jambe...

Un *long-boat* passa devant la terrasse dans un vrombissement si assourdissant que Malko faillit ne pas entendre le tintement des clochettes entourant un tableau noir brandi par un groom qui se promenait entre les tables. Malko tourna la tête et vit son nom écrit dessus. Il fit signe et le groom accourut.

– M. Linge? téléphone, *please*.

Il le mena jusqu'à un appareil décroché, à l'intérieur du restaurant.

– Allô? fit Malko.

– *Mister* Malko Linge? demanda une voix de femme.

– *Yes*.

– C'est Mei-Lin! Que devenez-vous? Je voulais avoir de vos nouvelles.

– Je croyais que vous ne parliez pas anglais? s'étonna Malko.

– Si, si, zézaya-t-elle. Un petit peu. Vous allez bien?

– Je vais bien, dit-il froidement.

– Je serais heureuse de vous revoir.

– Vous savez où me trouver...

La Chinoise eut un rire cristallin.

– Oh, le trafic est terrible! Vous ne voulez pas venir? Je suis à l'hôtel *White Orchid*, sur Yaowarat, au coin de Phadung-Nam. Chambre 216.

Elle raccrocha sans lui laisser le temps de discuter. Il regagna sa table, les neurones en ébullition. Mei-Lin ne lui donnait pas rendez-vous par hasard. Il semblait que Khun Sa ait eu vent de leur projet.

*
**

Cassé en deux, le voiturier de *L'Oriental* écouta les instructions de Malko et les transmit au taxi. Il était trois heures. Alors qu'ils gagnaient New Road, par Oriental Lane, Malko se retourna et aperçut un des *sam-los* (1) qui stationnaient toujours près de l'hôtel démarrer derrière son taxi. La circulation n'était pas trop dense et il ne lui fallut pas plus d'un quart d'heure pour gagner le quartier chinois. Yaowarat était toujours aussi animé. Le taxi ralentit et s'engouffra soudain dans un étroit passage sombre qui s'ouvrait au cœur d'un immeuble, comme une entrée de parking. Trente mètres plus loin, il s'arrêta et aussitôt la voiture fut entourée par plusieurs Chinois très jeunes à l'allure inquiétante. L'un d'eux apostropha le chauffeur, fit signe à Malko de descendre, jeta cent baths sur sa

(1) Aussi appelés « tuk-tuk ». Taxi-triporteurs.

banquette et le Thaï redémarra sur les chapeaux de roue.

Malko se retrouva seul au milieu d'une demi-douzaine de Chinois. L'entrée donnant sur Yaowarat paraissait très très loin.

Il se demanda soudain s'il n'allait pas connaître le sort de Matt Grit.

CHAPITRE IV

Sans un mot, un des Chinois palpa rapidement Malko pour s'assurer qu'il n'avait pas d'arme. Ce dernier remarqua qu'ils étaient tous munis de téléphones portables. L'un d'eux, en retrait, tenait une Uzi. Ils étaient calmes, vigilants et inexpressifs. Mais pourquoi cette garde rapprochée dans cet hôtel minable? On lui désigna un couloir crasseux et mal éclairé.

– *You come.*

Au bout, il y avait un petit ascenseur. Malko se retrouva coincé entre deux Chinois qui puaient le chou. Au deuxième étage, à l'extrémité d'un couloir verdâtre, deux Chinois étaient assis à une table, leur Uzi à portée de main; ils jouaient aux tarots. L'escorte de Malko échangea quelques mots avec eux. Au fond du couloir, un numéro sur une porte : 216. Un des Chinois frappa, ouvrit aussitôt. La pièce aux murs jaunâtres, qui donnait sur une rue transversale, était tristement meublée, style hôtel de passe. Assise sur le lit bas, Mei-Lin ressemblait à une princesse, dans sa robe chinoise bleu électrique. Elle se leva et tendit une longue main molle à Malko.

– Je suis heureuse de vous revoir.

– Vous êtes gardée comme un coffre-fort...

Mei-Lin baissa les yeux avec modestie.

– Oh, ce n'est pas moi! Il y a beaucoup d'or dans cet immeuble. Vous avez vu la bijouterie qui fait le coin?

Le métal est entreposé ici. Ils ont toujours peur d'une attaque.

Ils se faisaient face, debout au milieu de la chambre. Mei-Lin fit un pas vers la porte.

– Ne restons pas ici, fit-elle, ce n'est pas très joli...

A peine eurent-ils débouché dans le couloir que les gardes se levèrent comme un seul homme. L'un d'eux déplia l'antenne d'un téléphone mobile et se mit à parler. Mei-Lin se retourna vers Malko.

– Venez.

Ils suivirent un long couloir les menant à un autre ascenseur, ultra-moderne celui-là. Les gardes se jetèrent dans l'escalier car la cabine était trop petite pour les contenir tous. Mei-Lin, très distante, n'avait plus rien de commun avec la jeune femme appliquée qui lui avait administré une fellation sublime, lors de leur première rencontre.

Au rez-de-chaussée, ils enfilèrent une succession de couloirs et de pièces vides, débouchèrent dans une cour, puis entrèrent dans un autre immeuble. Après une nouvelle cour, puis une voûte, ils émergèrent dans un petit *soi* parallèle à Yaowarat Road. Une Mercedes noire aux glaces cachées par des rideaux occupait toute la largeur du *soi*. Trois Chinois l'entouraient. Les portières arrière s'ouvrirent en même temps, pour Mei-Lin et Malko. Elles étaient à peine refermées que le véhicule démarra virant dans Phadung-Nam. Machinalement, Malko se retourna. Son *sam-lo* de protection devait toujours l'attendre en face de l'entrée du parking.

– Où allons-nous? demanda-t-il.

– Chez moi, annonça Mei-Lin. Prendre le thé. C'est plus agréable que dans cet horrible hôtel...

– Nous aurions pu y aller directement, remarqua Malko.

Elle eut un petit rire gêné.

– Oh, c'est un peu compliqué à trouver... C'est mieux comme cela.

La Mercedes se faufilait dans la circulation. A vue de

nez, ils allaient vers le nord. Malko reconnut au passage le Palais du Roi. Puis, ils empruntèrent un *soi* dont Malko nota le nom au passage : Ruan Rudee. Cela sentait le luxe : de hauts murs se succédaient, surmontés de tessons de bouteille, coupés par des grilles ou des portails élégants. La Mercedes stoppa devant un portail noir et donna un coup de klaxon.

Le portail s'ouvrit aussitôt, sur une pelouse, des arbres tropicaux, une piscine et enfin une maison aussi blanche que basse, avec de grandes baies vitrées. Moderne, sans grâce, mais visiblement cossue. Mei-Lin précéda Malko dans un living au sol de teck et ils s'installèrent dans un canapé de soie vert et beige, complément d'une superbe table basse en plexiglas massif supportant une dalle de verre qui portait la griffe de Claude Dalle. Malko se demanda comment les créations de l'architecte d'intérieur avaient atterri là. Un bloc-notes mauve enluminé d'un bouquet d'orchidées était posé dessus, près d'un stylo en or. Une Thaïe pieds nus, en sarong jaune, vint s'enquérir de leurs besoins.

– Un namanao, demanda Malko.

Mei-Lin commanda une « Original Margarita », téquila, Cointreau et citron vert.

– Vous avez une maison ravissante, remarqua Malko, pour rompre le silence.

– Merci, dit Mei-Lin. Malheureusement, ce n'est pas chez moi... Des amis me la prêtent. J'ai acheté un appartement sur plan dans Sukhumvit, mais il n'est pas encore disponible...

Un maître d'hôtel en veste blanche apparut. Un jeune Thaï, très beau, aux traits réguliers sous un front bas, les cheveux très longs, la prestance athlétique. Il disposa un plateau d'argent et s'éclipsa. Malko ne put s'empêcher de remarquer le pantalon de soie noire qui le moulait jusqu'à la provocation. Etrange maître d'hôtel... Une nouvelle fois, il se demanda ce qu'il faisait là. Puis, il entendit un coup de klaxon et un bruit de voiture. Mei-Lin se leva.

– Excusez-moi un instant...

Elle disparut, laissant Malko en tête-à-tête avec son namanao.

Au bruit des pas, Malko leva la tête. Ce n'étaient pas les escarpins de Mei-Lin. Une silhouette frêle s'encadra dans la porte. Su Wan Ho, le patron des Triades.

Le Chinois s'approcha, la main tendue, et s'inclina profondément devant Malko.

– Je suis très heureux de vous revoir, M. Linge. Comment se déroule votre séjour à Bangkok? dit-il de sa voix de fausset.

Sans lui répondre, Malko le fixa d'un regard glacial, réfrénant une furieuse envie de serrer le cou frêle de ce petit Chinois, principal pilier du Crime Organisé à Bangkok. Il se contint et lança sèchement :

– Vous auriez dû me remettre vous-même le paquet envoyé par Khun Sa. C'eût été plus... franc.

Le visage lisse de Su Wan Ho s'imprégna instantanément d'une grande tristesse. On aurait cru un masque du théâtre chinois symbolisant l'affliction.

– Je ne voulais pas gâcher notre dîner, fit-il d'une voix pleine d'humilité. Et je n'approuve pas des méthodes aussi brutales, qui contreviennent aux règles de l'hospitalité. Mais le général Khun Sa n'en fait souvent qu'à sa tête...

– Cessons de tourner autour du pot, reprit Malko. Je sais très bien qui vous êtes – d'ailleurs, vous ne vous êtes pas dissimulé sous un faux nom – et je n'ignore pas que Khun Sa est votre partenaire. Ce qu'il a fait à Matt Grit est monstrueux...

Su Wan Ho releva légèrement la tête.

– Croyez que je désapprouve ces procédés. Mais la trahison de Lo Te Ming a été un coup très dur porté à Khun Sa. Il le considérait comme son frère. Cela l'a rendu fou. Il faut le comprendre.

Malko observait le Chinois avec un dégoût non dissimulé.

– Pourquoi vouliez-vous me voir? demanda-t-il.

Su Wan Ho prit dans sa poche une enveloppe et la lui tendit.

– Voici des nouvelles de M. Matt Grit, annonça-t-il.

Malko ouvrit l'enveloppe. Elle contenait un mot et une photo. Matt Grit, debout dans une fosse circulaire, tenait le *Bangkok Post* de la veille. A côté de la fosse, on distinguait un homme en uniforme maintenant en position verticale une grille qui, en temps normal, devait fermer comme un couvercle l'ouverture circulaire. Le mot était très court : « Je suis OK, mais faites vite pour que je parte d'ici. Matt. »

Malko posa l'envoi sur le canapé, en frémissant de fureur et de dégoût.

– Qu'est-ce que cette nouvelle horreur? demanda-t-il.

Su Wan Ho sembla se recroqueviller.

– Je vous jure que je ne sais pas, prétendit-il. Le général Khun Sa dit que le prisonnier a tenté de s'évader, et qu'il est contraint à des mesures de sécurité plus strictes. M. Grit est désormais en permanence dans cette fosse reliée à la piscine du général. En quelques secondes, elle peut être noyée.

Les yeux dorés de Malko étaient striés de vert. Il se leva, marcha sur Su Wan Ho. Aussitôt, deux jeunes Chinois jaillirent de l'office. Chacun portait une Uzi équipée d'un silencieux. Malko s'arrêta.

– Je regrette de ne pas pouvoir vous tuer, dit-il d'une voix blanche. Nous n'avons plus rien à nous dire.

– Attendez, protesta le Chinois, d'une voix pressante. Je ferai tout ce qui est en mon pouvoir pour que cette affaire se termine bien. J'exhorte le général à la patience. Je vous assure, il faut arriver à un accord. Je suis certain que vous pouvez convaincre vos amis de la DEA... Ils se trompent, Lo Te Ming n'a rien fait d'illégal, c'est seulement le correspondant de Khun Sa à Bangkok. Et celui-ci n'est pas le criminel décrit par la DEA. Souvenez-vous qu'il résidait en Thaïlande, à Ban Hun Taek, jusqu'en 1982. Il y avait beaucoup d'amis.

Ce sont les Américains qui l'ont fait chasser. Il ne leur en veut même pas.

Malko explosa.

– Khun Sa est le plus grand trafiquant d'héroïne de la région, dit-il, et vous-même son principal acheteur pour le compte des Triades.

Le Chinois secoua la tête.

– C'est la DEA qui raconte cela. Je ne suis qu'un honnête commerçant; les Triades sont une invention des journalistes.

Malko se souvint avec rage qu'il y avait encore des « experts » liés au congrès américain pour prétendre que les Triades n'existaient pas. A son tour, Su Wan Ho se leva.

– M. Linge, vous savez où me joindre. Je suis certain que notre prochaine entrevue se passera bien.

Il s'inclina profondément et gagna la porte, escorté par les deux jeunes Chinois. A peine était-il parti que Mei-Lin réapparut. Malko lui lança :

– Ça ne vous dégoûte pas, cet univers?

Elle sourit sans répondre, croisant et décroisant les jambes avec nervosité, puis, pour se donner une contenance, trempa les lèvres dans son « Original Margarita », évitant de regarder Malko.

Malko était furieux contre lui-même : son plan avait *trop* bien marché. Khun Sa, ayant eu vent de leur projet de commando, avait pris ses précautions, aggravant les conditions de détention de Matt Grit... Et il en profitait pour faire monter la pression. Le pire était ce malentendu, cette certitude qu'ils pouvaient livrer Lo Te Ming à Khun Sa.

En tout cas, le général Pradorn avait bien un traître dans son entourage... Et en dehors des simagrées du patron des Triades, Malko avait senti une véritable inquiétude chez le Chinois. Cette affaire l'embarrassait. Dans quelles circonstances pourrait-il devenir un allié? C'était s'amuser à jongler avec des serpents à sonnettes que de les imaginer, songea Malko.

– Pouvez-vous me faire raccompagner? demanda-t-il.

Mei-Lin ne répondit pas directement. Elle cria quelque chose en thaï. Le maître d'hôtel apparut et courut jusqu'au jardin. Trente secondes plus tard, il revenait s'incliner devant Malko. Il n'y avait plus que le chauffeur dans la Mercedes. Sans prononcer une parole, il raccompagna Malko à *L'Oriental*.

*
**

– Si j'avais été là, je l'aurais flingué, laissa tomber Mike Herald.

Malko le calma.

– Nous réglerons nos comptes plus tard. Notre but est de libérer Matt Grit. Ensuite, on verra. Avez-vous des nouvelles de ma filature par vos amis sourds-muets?

– Non, rien.

Les deux hommes dînaient au *Mango Tree*, un petit restaurant thaï non loin de Silom. Malko essayait de ne pas exploser sous les attaques des épices omniprésentes. La tom-yam-khoum, soupe de crevettes, était du piment à l'état pur.

– J'ai été convoqué par l'ambassadeur, annonça Mike Herald. Il a reçu des instructions comminatoires de la Maison Blanche. Les gens de la DEA sont allés faire un foin terrible, prétendant que, comme toujours, la *Company* protégeait les trafiquants de drogue. Du coup, les instructions officielles sont d'accélérer l'extradition de Lo Te Ming. L'ambassadeur doit rencontrer le ministre de la justice thaïlandais.

– Ils condamnent Matt Grit à mort.

L'Américain repoussa son bol vide, l'air écœuré.

– Non, ils sont persuadés que Khun Sa bluffe. Qu'il n'osera pas exécuter notre type...

– Vous lui avez parlé du doigt coupé?

– Oui. Il pense que cela fait partie du bluff... On voit que ce n'est pas lui qui s'est fait amputer. De toute façon, il me déteste, il est ravi de cette histoire. Si cela se termine mal, je finirai mes cinq ans à classer des dossiers dans le sous-sol de Langley. Si je ne suis pas viré...

Malko ne répondit pas. Khun Sa ne bluffait pas et la nouvelle photo n'incitait pas à l'optimisme. Ils attaquaient leur bœuf au saké quand Lek se glissa à l'intérieur du restaurant. La jeune sourde-muette les rejoignit et commença une difficile « conversation » avec Mike Herald, moitié par gestes, moitié en écrivant en thaï sur la nappe... L'Américain leva la tête, soucieux.

– Elle dit qu'elle est sûre que personne ne vous suit...

– Comment peut-elle en être certaine?

– Elle est maligne et ils sont nombreux. On vous a suivi jusqu'au *White Orchid.* Ils étaient très inquiets que vous ayez disparu.

Malko broyait du noir. Il ne lui restait plus qu'une carte à jouer.

– Je voudrais qu'elle surveille la maison de Mei-Lin, demanda-t-il. A partir de ce soir.

Mike Herald le fixa avec étonnement.

– Pourquoi?

– Mei-Lin semble être l'interface de Su Wan Ho. A travers elle, nous pourrons peut-être découvrir un moyen de chantage sur lui. Assez fort pour lui faire exercer une pression sur Khun Sa...

Visiblement, Mike Herald n'était pas convaincu.

– Vous vous attaquez aux Triades... Ils sont tout-puissants.

– Je m'attaquerais au Diable pour sauver Matt Grit, répliqua Malko. Nous sommes dans la nasse. Khun Sa est inaccessible, aucune mesure de coercition directe ne peut être employée, les Thaïs ne nous aideront pas et la DEA se fera passer sur le corps plutôt que de rendre Lo Te Ming. Les Chinois sont des gens pragmatiques. Ce sont les associés de Khun Sa, pas ses frères de lait. Ils feront ce que leur intérêt leur dicte...

Mike Herald alluma pensivement une Lucky Strike, et se mit à jouer avec le capot de son Zippo, l'ouvrant et le fermant machinalement.

– Ils vont vous tuer s'ils s'aperçoivent que vous les surveillez.

Lek les observait sans bien comprendre. Mike Herald se mit en devoir de lui expliquer sa nouvelle mission avec force gestes... Il lui communiqua l'adresse et le signalement de Mei-Lin.

– Et si on kidnappait Su Wan Ho? suggéra Mike Herald, après le départ de Lek.

– Il est bien trop gardé, remarqua Malko. D'autre part, les Triades le sacrifieront. Vous pourriez l'envoyer en morceaux à Khun Sa, il s'en moquerait comme de son premier bol de riz. Non, il faut espérer un miracle. Nous sommes dos au mur.

Mike Herald s'ébroua.

– J'espère que votre idée va déboucher sur quelque chose. Sinon...

Ils se turent, pensant tous les deux à la même chose : Matt Grit dans sa « cellule » inondable. A la merci de Khun Sa.

Dehors, l'air était délicieusement tiède. Visiblement, Mike Herald n'avait pas envie de se coucher.

– On va faire un tour à Patpong? suggéra-t-il.

– Merci, répondit poliment Malko. Je rentre.

*
**

Nakon Yothin regarda par la fenêtre de son bureau les véhicules immobilisés sur l'*expressway* surélevé qui longeait le port, puis sa montre, un petit tas de diamants où on avait du mal à lire l'heure, tant elle brillait. Encore une demi-heure de présence... Un des trois téléphones posés sur son bureau, au second étage de la direction des douanes de la *Port Autorithy* de Bangkok, se mit à sonner. Le Thaï ne répondit pas. Moralement, il était déjà parti...

Il se plongea avec délectation dans les plans de la maison qu'il se faisait construire à Pattaya.

Le téléphone se remit à sonner. Agacé, il décrocha : personne. Replongé dans ses plans, il était en train de modifier un détail lorsque la sonnerie le dérangea à nouveau. Rageur, il arracha le téléphone de son socle et fit « allô ».

Toujours personne.

Cette fois, il raccrocha avec douceur, se demandant s'il n'y avait pas un *phi* (1) dans le téléphone. Les *phis* se manifestaient dans les endroits où on les attendait le moins... Méthodique, corrompu et éduqué, Nakon Yothin croyait dur comme fer aux *phis*. Ceux-ci faisaient partie de la vie thaïlandaise. Il se promit de s'arrêter dans un temple pour faire une offrande conséquente afin de gagner les mérites qui lui permettraient d'éloigner le *phi*. La manifestation de ce dernier présageait souvent un événement désagréable...

Il sursauta quand on frappa à la porte. Une tête ridée apparut dans l'encadrement : Susie, une Chinoise desséchée, sa bijoutière attitrée. Elle s'avança humblement, glissant sur le parquet de bois, puis s'inclina profondément, les mains jointes à plat à hauteur de son visage pour un *wai* plein de respect.

Nakon Yothin lui rendit son salut et l'observa, tandis qu'elle sortait une pochette rose de sa ceinture. Elle était habillée pauvrement, afin de tromper les voleurs, mais portait toujours sur elle des millions de baths en bijoux.

– Tu l'as? demanda avidement Nakon Yothin.

Elle s'assit en face de lui, triste carcasse usée par l'opium, et déplia un papier de soie, découvrant un splendide rubis de cinq carats. Un bague toute neuve.

Le Thaï la fit longuement tourner sous la lumière. Le *phi* ne se manifestait plus, c'était un bon présage.

– Combien? demanda-t-il.

(1) Esprit.

Elle murmura le prix, presque sans bouger les lèvres. Environ dix ans de son salaire officiel.

– Je la prends, dit Nakon Yothin.

Avec Susie, il ne discutait jamais. Les prix qu'elle lui faisait étaient imbattables.

Susie sourit modestement.

– Elle est aussi belle que ta chevalière.

Le Thaï étendit sa main gauche devant lui, admirant l'émeraude enchâssée dans la chevalière qui ne le quittait jamais.

Nakon Yothin était un homme très puissant. Le responsable de la douane du port de Bangkok, où transitaient chaque jour près de trois mille containers. Il ne disposait que de quinze douaniers, ce qui expliquait la modestie de ses prises. Depuis deux ans, il n'avait pas saisi un seul gramme d'héroïne, sauf un envoi d'une *shipping company* de Chiang-Rai appartenant à des Chinois, les frères Wei, en concurrence avec le cartel de Khun Sa.

L'ONCB lui avait signalé cette expédition suspecte. Avant d'agir, Nakon Yothin s'était quand même assuré auprès de ses correspondants qu'il ne créait pas de problème...

Sa saisie avait eu les honneurs des médias, et il avait eu sa photo dans *The Nation*, ainsi qu'une lettre de félicitations de l'ONCB. Depuis, ses hommes se contentaient d'arrêter à l'aéroport quelques « mules » particulièrement maladroites qui transportaient quelques grammes d'héroïne pour leur compte ou celui d'obscurs trafiquants ne faisant pas partie du « système ». Grâce à sa sagesse, le Thaï coulait des jours paisibles, entre sa famille et une maîtresse dont il était fou.

Il congédia Susie en lui promettant un paiement rapide, remit sa veste et, par les couloirs sinistres de son administration où les glaces de tous les bureaux étaient dépolies, ce qui donnait un aspect kafkaïen à l'ensemble, rejoignit sa BMW. D'où il se trouvait, il fallait une bonne heure pour se rendre chez sa maîtresse. Il faisait nuit lorsqu'il y arriva. Son bip lui ouvrit le portail et il se gara devant la maison blanche.

***

Mei-Lin réussit à garder son impassibilité quand Nakon Yothin lui glissa le rubis au doigt. Elle avait mis la tenue qu'il affectionnait : une robe chinoise fendue très haut, sans soutien-gorge, ni culotte. Ses sourcils étaient délicatement soulignés, sa bouche peinte avec soin et ses yeux étirés jusqu'aux tempes. Une splendide hétaïre.

– Ce rubis est très beau, reconnut-elle.

Nakon Yothin ne l'écoutait pas. Il était déjà en train de glisser une main entre ses cuisses. Dès leur première rencontre, chez un bijoutier chinois, il en avait été fou. Sa peau claire, ses yeux en amande et son air hautain le mettaient en transe. En plus, elle lui jouait une admirable comédie chaque fois qu'ils faisaient l'amour, se pâmant avec des cris aigus, qui lui donnaient l'impression d'être l'amant du siècle.

Nakon ne se faisait aucune illusion sur la vénalité de la Chinoise; en Thaïlande, toutes les femmes l'étaient. Il lui avait fait livrer un superbe lit à baldaquin aux montants en fer forgé en provenance de Paris, création de l'architecte d'intérieur Claude Dalle, que ses services avaient saisi en douane pour une obscure question de TVA. Ce premier cadeau, bien que somptueux et évocateur, ne lui avait pas coûté cher...

Elle eut tout juste le temps de poser son « Cointreau caïpirinha » pour que le mélange Cointreau et citron vert ne tache pas le beau tapis bleu. Il la renversait sur le canapé de soie jaune, fourrageant comme un fou entre ses cuisses jusqu'à ce qu'il sente sous ses doigts la tiédeur molle du sexe.

Mei-Lin se laissait faire. Le rubis en valait la peine. Nakon Yothin se vautrait sur elle comme un collégien, la palpant sur toutes les coutures, puis repoussant sa robe très haut, découvrant le ventre nu.

Il s'interrompit pour défaire son pantalon et libérer un membre long et fin tendu au maximum. Mei-Lin daigna refermer ses doigts autour pour une masturbation paresseuse, faisant saillir un petit gland pointu. Ce n'était pas assez pour Nakon Yothin. Il grimpa sur sa maîtresse, s'installant à califourchon sur sa poitrine. Dans cette position, il enfourna son sexe dans la bouche peinte qui se referma sur lui.

Il ne prolongea pas ce délice qui risquait de le faire jouir trop vite et reprit une position plus classique. La robe bleue craqua quand il écarta brutalement les cuisses de Mei-Lin. D'un seul coup, il s'enfonça au fond du sexe qu'elle avait au préalable enduit d'huile d'amande douce.

Nakon Yothin poussa un rugissement d'extase, comme chaque fois. Il n'en pouvait plus. En quelques mouvements, il sentit son sperme monter de ses reins et il eut à peine le temps de s'enfoncer une dernière fois. Mei-Lin poussa un cri de souris, le serra très fort et demeura immobile sous lui. A son insu, dans son dos, elle regarda le magnifique rubis passé à son doigt. Avec un cadeau pareil, la soirée n'était pas finie. Nakon Yothin allait en vouloir pour son argent.

***

Malko venait de payer son taxi et s'apprêtait à rentrer à *L'Oriental* lorsqu'un jeune Thaï se précipita pour le tirer par la manche. Déjà, le voiturier l'insultait. Malko se retourna, vit un visage inconnu, mais une mimique lui fit comprendre qu'il avait affaire à un des compagnons de Lek. Celui-ci fuyait déjà pour éviter un coup de pied. Malko rebroussa chemin et descendit la rampe rejoignant Oriental Lane.

Cela faisait tout juste vingt-quatre heures qu'il avait confié la surveillance de Mei-Lin à Lek.

Le gamin l'attendait sur Oriental Lane. Il l'entraîna jusqu'à un *sam-lo* qui démarra aussitôt. Ils tournèrent dans New Road, puis remontèrent Suriwongse dans la fumée bleuâtre des *sam-los*. Impossible de communiquer : le conducteur ne parlait que thaï et l'autre était muet...

La route n'en finissait pas, empruntant des *sois* étroits pour éviter les innombrables bouchons. Ils traversèrent un quartier pratiquement en ruines, suivirent ensuite une avenue illuminée pleine de cinémas... Puis, ce fut de nouveau un *soi*, beaucoup plus propre. Le *sam-lo* s'arrêta. Malko descendit. Il se trouvait dans le *soi* où habitait Mei-Lin.

D'un coin sombre, Lek surgit, arborant un sourire radieux. Elle prit Malko par la main, lui enjoignant par signes de ne pas faire de bruit.

CHAPITRE V

Un gros poteau en ciment supportant des câbles électriques était collé au mur blanc entourant la propriété de Mei-Lin. Par gestes, Lek demanda à Malko de se hisser assez haut pour apercevoir l'intérieur du jardin. Ce qu'il fit facilement.

Une BMW noire était garée le long de la pelouse. Redescendu de son observatoire, Malko eut droit à des explications par gestes résumant la situation : Mei-Lin recevait un homme, probablement son amant... Ce qui, en soi, n'avait pas grande signification. Mais Malko ne pouvait blâmer Lek de l'avoir averti : elle ignorait ce qu'il cherchait. Elle l'entraîna un peu plus loin et il découvrit dans un renfoncement un *sam-lo* et son conducteur. Lek et lui s'installèrent sur le siège arrière. Il n'y avait plus qu'à attendre que le visiteur ait fini de rendre hommage à Mei-Lin. Le silence, dans le *soi*, était total, mais on entendait dans le lointain le grondement de la circulation.

Une heure s'était écoulée lorsqu'un moteur rugit, non loin d'eux. Quelques instants plus tard, le portail s'ouvrit sur la BMW noire qui tourna dans leur direction, le *soi* étant en sens unique. Le conducteur du *sam-lo* avait déjà démarré. La BMW les doubla. Il n'y avait qu'un homme, au volant. Malko mémorisa aussitôt le numéro de la plaque. La voiture tourna à droite et accéléra.

Manette des gaz à fond, le conducteur du *sam-lo* tenta de la suivre. Il la rattrapa au feu rouge suivant, mais la voiture redémarra comme un bolide dans Rajdawithi, et lorsque le *sam-lo* atteignit le rond-point Anutsanari, ils avaient perdu la BMW. Malko expliqua par gestes à Lek que cela n'avait pas d'importance. Il avait vu assez nettement le visage du conducteur et possédait le numéro de la voiture...

Déçue, elle tapa sur l'épaule du conducteur du *sam-lo* qui effectua un impeccable demi-tour.

Bientôt, ils longèrent les douves du Palais royal. Malko crut d'abord qu'ils retournaient à *L'Oriental*, mais ce n'était pas du tout le chemin... Ils remontaient l'interminable Rajdawithi Road vers la Chao Praya. Le pont enjambant la rivière était en vue quand le *sam-lo* tourna à gauche, dans un *soi* mal éclairé bordé de maisons.

Lek sauta à terre, imitée par Malko. Aussitôt, le *sam-lo* repartit, sans même se faire payer...

La sourde-muette prit la main de Malko et l'entraîna dans l'obscurité. Le *soi* se terminait à un portail grillagé qu'elle poussa. Malko aperçut sur sa gauche une grande maison de bois traditionnelle, isolée au milieu d'un jardin, volets clos, imposante avec ses pilotis et sa terrasse. Lek la contourna, gagna la façade arrière et s'arrêta devant une porte-fenêtre fermée par des volets. Tirant une petite lampe électrique du sac accroché à sa ceinture, elle éclaira le volet. Malko aperçut une allumette coincée contre le bois. Excellent moyen d'être sûr que les lieux n'avaient pas été visités...

Glissant alors une main entre les volets, Lek les écarta sans bruit. La fenêtre était ouverte. Ils pénétrèrent dans la maison et Lek referma, puis s'activa à la lueur de la lampe. La flamme jaunâtre d'une lampe à pétrole éclaira une grande pièce totalement vide, au plancher de bois sombre. Dans un coin, deux matelas étaient pliés à même le sol, à côté de piles de livres, de gravures, de tableaux. Un câble électrique fixé au mur supportait plusieurs cintres. Le plus étonnant était une grande cage contenant une chouette dont la tête était animée d'un mouvement giratoire continu!

Lek s'éclipsa dans l'ombre vers une autre pièce, et Malko entendit le bruit d'une douche. Comme tous les Thaïs, Lek était d'une propreté maniaque. Elle revint quelques instants plus tard, drapée dans un sarong, pieds nus.

Elle s'installa sur le lit de fortune et invita Malko à la rejoindre. Elle semblait très heureuse dans cette immense maison abandonnée, probablement promise à la démolition. Elle sortit une bouteille de Mékong, remplit un verre et le tendit à Malko. Il faillit s'étrangler : un mélange d'alcool à brûler et d'acide chlorhydrique! Les Thaïs buvaient ça comme de l'eau! Il se promit de lui offrir une bouteille de Defender...

Lek prit ensuite une longue boîte de bois et en sortit une pipe à opium ainsi que tout l'attirail du fumeur, y compris une « brique » brunâtre d'opium. Avec des gestes précis, elle prépara sa boulette, la faisant habilement chauffer au-dessus de la flamme de la lampe. Puis elle colla sa bouche contre l'embout et se mit à aspirer à petits coups rapides, les yeux fermés. L'odeur fade de l'opium remplit la pièce. Lek préparait déjà une seconde pipe qu'elle tendit à Malko. Ce dernier déclina poliment. Il n'aimait pas les drogues, même les plus douces. Sans se formaliser, Lek se mit à la fumer. Elle recommença quatre fois le même manège, aspirant avidement la fumée.

Enfin, elle rangea son attirail et s'allongea sur le dos, les traits détendus. La chouette ne semblait pas être incommodée par l'odeur qui imprégnait la pièce : elle devait être habituée...

Malko, allongé à côté de Lek, ne savait plus très bien quelle attitude adopter. Lek se retourna, et lui sourit. Son sarong se défit, glissa jusqu'à sa taille, révélant sa poitrine, mais elle ne parut pas s'en apercevoir. Ses seins étaient petits avec des pointes très brunes, presque noires. A demi nue, Lek s'allongea à nouveau, la tête sur le traditionnel oreiller de bois thaï, et sa main chercha celle de Malko. Une sorte de geste instinctif, comme un animal qui se protège. Il se dit qu'elle devait attendre toute la journée ce moment de détente, pour survivre dans son univers féroce.

Sa main serrait la sienne et il n'osait pas bouger. L'odeur de l'opium commençait à l'engourdir. Il tourna la tête vers la chouette dont les grands yeux le fixaient. Son mouvement rotatif était hypnotique. Sans même s'en rendre compte, il s'assoupit.

*
**

Une araignée se promenait sur sa chemise... Malko voulut la chasser, dans son demi-sommeil; des doigts légers étaient en fait en train de défaire les boutons de sa chemise avec le même soin qu'un cambrioleur force une serrure! Lek était agenouillée à côté de lui, ses traits enfantins crispés par la concentration. Elle écarta les pans de la chemise et sa bouche se posa sur le mamelon gauche de Malko. Une langue fine comme une aiguille commença à jouer avec... Son regard croisa celui de la sourde-muette. Il était noyé, ailleurs. Ses mains s'affairaient, le dénudant peu à peu. Dans la tiédeur de la nuit, ce n'était pas désagréable.

Quand il fut entièrement nu, elle entreprit de promener sa bouche partout, jusqu'aux endroits les plus intimes. Avec une patience et une science de vestale. Depuis longtemps, le membre de Malko était dressé, au mieux de sa forme, mais elle semblait l'ignorer. Au moment où il s'y attendait le moins, elle l'engloutit d'un coup. La sensation fut si exquise que Malko se souleva de sa couche. Déjà, la bouche l'avait abandonné. Lek rampa sur lui. Il sentit son sexe à la hauteur du sien. La bouche de la Thaïe arrivait à peine à son cou. Elle plia un peu les jambes pour se soulever et glissa une main entre leurs deux corps, redressant encore son membre tendu, de façon à ce qu'il effleure l'entrée de son sexe.

Malko se dit qu'il était fou! Il y avait cent mille séropositifs à Bangkok. Comme si elle avait deviné ses pensées, Lek, de la main gauche, traça des lettres invisibles dans l'air! AIDS (1). Puis elle secoua négativement la tête, avec un sourire, et se laissa tomber d'un coup sur lui, s'empalant avec une grimace de plaisir. Elle en tremblait. Malko avait l'impression de l'embrocher jusqu'aux poumons, tant elle était menue. Elle se souleva, s'arrachant presque de lui, pour se laisser retomber plus lentement. Le membre de Malko coulissait sans difficulté dans son étroit fourreau. Elle se mit à le chevaucher de plus en plus vite. Puis sa bouche s'ouvrit et elle émit un son bizarre, très faible. Des larmes jaillirent de ses yeux et ses mains se crispèrent sur sa poitrine. Son bassin fut agité de plusieurs secousses et tout son corps se mit à trembler. Son orgasme dura d'interminables secondes. Malko, fiché au fond de son ventre, ne bougeait plus. Lek le fixait d'une façon incroyablement intense, ses lèvres bougeaient sans qu'aucun son n'en sorte.

C'est lui qui, la prenant par les hanches, recommença à la faire monter et descendre le long de son sexe. Elle semblait jouir sans interruption. Quand elle sentit Malko se répandre en elle, son bassin pesa plus fort contre lui. Ensuite, elle s'arracha à lui, disparut et revint avec un linge humide, pour faire la toilette de Malko avec des gestes d'infirmière.

Elle ne protesta pas, un peu plus tard, quand elle le vit se rhabiller. Elle en fit autant et ils sortirent ensemble. Ils gagnèrent Rajdawithi Road. Lek l'entraîna vers le pont enjambant la Chao Praya. Un sentier partait de la grande avenue, filant sous le pont. Il menait à un embarcadère désert où dormaient quelques marchands ambulants, au pied de leur « boutique ». Ils attendirent une dizaine de minutes avant qu'un *river-taxi* se présente, allant vers le sud.

En regagnant *L'Oriental,* Malko se demanda qui était le visiteur de Mei-Lin. Grâce au numéro de la voiture, Mike Herald pourrait sûrement le retrouver.

(1) Sida.

*
**

– Ça m'a coûté 3000 baths! triompha Mike Herald. Le prix d'une grande bouffe. Mais ça en valait la peine.

Le soleil tapait si fort sur les vitres de son bureau que la clim n'arrivait pas à rafraîchir l'atmosphère. Dès l'aube, Malko avait communiqué le numéro de la BMW à l'Américain. Ce dernier, pour ne pas risquer de donner l'alerte, avait contacté un *police captain* de commissariat de Bangkok, en prétextant avoir été accroché par le véhicule recherché. Le policier s'était dévoué officieusement.

– Vous l'avez identifié? interrogea Malko.

Mike Herald jubilait.

– Et comment! C'est Nakon Yothin, le directeur de la douane de la *Port Authority* de Bangkok. Il a la haute main sur tous les contrôles douaniers du port et de l'aéroport. S'il couche avec Mei-Lin, intimement liée aux Triades, ce n'est pas par hasard! Il est leur complice! Malheureusement, on ne pourra rien prouver, comme toujours. Il passe trois mille containers par jour sur le port. Il peut toujours prétendre manquer d'effectifs. Et si nous savons qu'il travaille avec les Triades, cela n'avance en rien notre affaire... C'est la DEA que ça intéresserait. Mais je ne vais rien dire à ces fumiers.

– Si nous allions lui rendre visite? suggéra Malko.

Mike Herald le fixa, interloqué.

– Pour quoi faire?

– Comme vous dites, il y a de très fortes chances qu'il soit corrompu par les Triades. Notre visite risque de le déstabiliser.

L'Américain secoua la tête, plein de commisération.

– Vous ne connaissez pas ces enfoirés. Ils sont sûrs de l'impunité. Et nous n'avons rien contre lui, à part le fait qu'il couche avec Mei-Lin.

– Il répercutera notre visite aux Triades, argumenta Malko.

– Et ça mènera à quoi?

– Cela ne peut pas faire plaisir à Su Wan Ho de savoir que nous avons découvert un de ses petits secrets.

– Vous voulez vous faire tuer! Ces Chinois n'ont qu'une seule méthode pour se débarrasser de leurs adversaires.

– De toute façon, nous ne manquons pas d'armes, remarqua Malko avec un sourire. Il faut que vous me procuriez un pistolet. Je veux faire bouger les choses. Si les Triades nous craignent, peut-être changeront-elles momentanément leurs alliances.

Mike Herald, de toute évidence, n'y croyait pas.

– C'est du *wishful thinking*, dit-il. Les révélations de Lo Te Ming peuvent faire cent fois plus de mal. Ils sont forcément du côté de Khun Sa.

– Vous avez peut-être raison, reconnut Malko, mais ces Chinois sont pragmatiques. Ils se moquent de Matt Grit. Ils ont déjà un ennemi féroce avec la DEA. S'ils voient que la CIA se met de la partie, ils nous aideront peut-être à résoudre notre problème. Vous savez où trouver ce Nakon Yothin?

– Je sais où est son bureau. A la *Port Authority*, dans le sud de la ville. Vous voulez vraiment y aller?

– Oui.

Mike Herald émit un long soupir, se leva, enfila sa veste et resserra sa cravate.

– *Let's go.*

*
**

Une heure de trajet! La circulation s'écoulait sur Rama IV à la vitesse d'une banquise. A tout hasard, Mike Herald avait glissé un Browning 9 mm dans son attaché-case.

Dans l'autre sens, ce n'était que des camions chargés d'énormes containers, depuis trois kilomètres qu'ils longeaient le port de Bangkok. Puis Mike tourna à droite dans Kasen Rat, et ils aperçurent des bâtiments sur pilotis, disséminés dans un jardin-parking. Toutes les inscriptions étaient en thaï.

– C'est là, annonça Mike Herald.

Après s'être garés, ils partirent à la recherche du bureau de Nakon Yothin. Grâce à des employés complaisants, ils se retrouvèrent dans un dédale de couloirs et de passerelles reliant les bâtiments les uns aux autres. Certains bureaux avaient des vitres dépolies, ceux où on procédait à des interrogatoires, et on avait l'impression de se promener dans des bâtiments abandonnés. La sécurité était nulle, personne ne leur demanda rien. Après de nombreux détours, ils parvinrent à un bureau du second étage, modestement caché au fond d'un couloir étroit. Mike Herald montra l'inscription en thaï sur la porte.

– C'est là.

Il frappa et entra. Malko découvrit une grande pièce, avec plusieurs bureaux inoccupés. Au fond, face à une fenêtre d'où on apercevait le grand *expressway* longeant le port, se tenait un homme en bras de chemise, un Thaï à la peau sombre, avec des cheveux touffus et des traits épais qui contrastaient avec ses lunettes à fine monture dorée. Il leva un regard surpris et interrogateur sur les deux hommes.

– *Khun* Nakon Yothin? demanda Mike Herald.

– Oui, c'est moi.

– Je viens vous voir de la part de John Simpson. Mon ami, M. Linge, et moi-même appartenons à la DEA. Nous sommes de passage à Bangkok, et John nous a dit que vous aviez des choses intéressantes à nous apprendre.

– M. Simpson ne m'a pas téléphoné, dit-il, mais je ne suis pas toujours dans mon bureau, et ma secrétaire est malade... Je serais ravi de pouvoir vous aider. Prenez des sièges.

Il se leva et vint leur serrer la main. Une petite cuisine s'ouvrait à côté du bureau. Malko remarqua immédiatement la montre en diamants et l'énorme émeraude de la chevalière du douanier. Voilà un homme qui tirait habilement profit de son maigre salaire...

Ils s'assirent face à lui.

– Nous aimerions que vous nous parliez de la lutte anti-drogue à la *Port Authority*, expliqua Malko.

Le fonctionnaire eut un sourire gêné.

– Nous n'avons pas les résultats que nous devrions obtenir. Je n'ai pas assez d'hommes... Quarante-cinq en tout, dont trente à Don Muang. Ceux-là ont de bons résultats. Regardez.

Il leur tendit plusieurs feuilles où étaient répertoriées les différentes prises d'héroïne sur des passagers à l'aéroport de Bangkok. De quelques dizaines de grammes à plusieurs kilos.

Malko reposa les feuillets après un rapide calcul : cela faisait environ 700 kilos d'héroïne par an. Sur 150 tonnes, c'était modeste....

– Et sur le port, vous en prenez beaucoup? interrogea Mike Herald.

Nakon Yothin eut un geste d'impuissance.

– Cela fait deux ans que nous n'avons rien pris! Trois mille containers transitent tous les jours et je n'ai que quinze hommes. Il faut plusieurs heures pour fouiller un seul container et le gouvernement me demande de ne rien faire pour ralentir les exportations. Alors, nous procédons à des sondages quand la réputation de la *shipping company* n'est pas bonne. Mais la chance n'est pas avec nous...

Il soupira et enchaîna :

– Voulez-vous du thé ou du café?

– Non, je crois que ça va aller, bougonna Mike Herald qui en avait visiblement assez d'être dans ce bureau.

– Moi, je prendrais bien un thé, intervint Malko. Si ce n'est pas un problème.

– Pas du tout, assura chaleureusement Nakon Yothin. Je vais le préparer.

Le Thaï se leva pour gagner la petite cuisine. Dès qu'il eut le dos tourné, Malko allongea la main et saisit sur son bureau un rectangle de papier qu'il avait repéré dès son arrivée. Une feuille mauve ornée d'orchidées, portant des chiffres et des indications en thaï. Il la tendit à Mike Herald.

– Qu'est-ce que cela veut dire?

L'Américain parcourut rapidement les notes.

– Ce sont les coordonnées d'un container, dit-il, avec le nom de la *shipping company*. Pourquoi?

– C'est écrit sur le papier à lettre de Mei-Lin, fit simplement Malko.

Le beau papier mauve parfumé ne servait pas qu'à écrire des lettres d'amour.

CHAPITRE VI

Nakon Yothin ressortit de la cuisine, un plateau à la main, et s'arrêta net en voyant le papier mauve dans la main de Malko. Ce dernier, volontairement, ne l'avait pas remis en place. Le Thaï réussit à poser son plateau sans rien casser et grimaça un sourire, comme s'il n'avait rien vu.

– Voulez-vous du lait?

Malko leva le papier et demanda d'une voix égale :

– Qu'est-ce que c'est? Cela se trouvait sur votre bureau.

Pris par surprise, Nakon Yothin n'avait pas préparé de réponse. Il prétendit d'un ton léger :

– Oh, je ne sais pas, j'ai tellement de papiers. Montrez-moi.

C'était déjà étonnant qu'il ne se formalise pas de voir Malko fouiller son bureau. Celui-ci ne lâcha pas le papier mauve.

– Il me semble, dit-il, que ce sont les caractéristiques d'un container.

– C'est possible, bredouilla le Thaï.

– C'est Mei-Lin qui vous les a données? demanda Malko sans élever la voix.

La mâchoire du Thaï manqua se décrocher; son regard affolé balaya successivement ses deux visiteurs. Il dissimula sa panique sous un rire nerveux.

– Mei-Lin... Je ne connais personne de ce nom. Un

de mes adjoints a dû déposer cette note pour signaler un container suspect.

– Ah bon, renchérit Malko, mais c'est très intéressant! Que faites-vous dans ce cas?

Nakon Yothin avala difficilement sa salive. Sa pomme d'Adam ressemblait à un yoyo.

– Je préviens l'ONCB, fit-il d'une voix mal assurée. Ils envoient une équipe. C'est ce que je vais faire dès que vous serez sortis de ce bureau...

Malko eut un sourire aussi venimeux que glacial.

– Cela nous intéresse beaucoup d'assister à cette opération. Si cela ne vous ennuie pas. Appelez donc l'ONCB...

Le Thaï tenta de se reprendre.

– Vous êtes étrangers! Je ne peux pas vous mêler à une opération intérieure thaïe. Il faudrait demander une autorisation.

Malko se pencha au-dessus du bureau.

– M. Yothin, dit-il, vous et moi connaissons parfaitement la provenance de ce papier. Comme nous ne vous voulons pas de mal, nous ferons semblant de l'ignorer. A condition que vous fassiez exactement ce que l'on vous demande... Mon ami parle thaï. Alors, ne faites pas l'imbécile. A propos, la *shipping company* qui expédie ce container a une bonne réputation?

– Non... enfin, je ne sais pas. Elle est toute nouvelle sur le marché, bredouilla le Thaï.

Malko reprit le papier.

– SIKU 491024, qu'est-ce que cela signifie?

– Le code du container avec le nom de l'envoyeur : SIKUTAI.

– Et US 4310?

– C'est un container destiné aux Etats-Unis. Le chiffre représente le code du navire.

– Bien. Appelez l'ONCB.

Résigné, transpirant, le regard fuyant, Nakon Yothin décrocha un de ses trois téléphones et composa un numéro. Mike Herald ne le quitta pas des yeux tant qu'il parla. Dès qu'il eut raccroché, il annonça d'une voix blanche :

– Ils vont venir.

– Ça n'a pas l'air de vous faire plaisir, remarqua Malko avec une pointe d'ironie sadique.

*
**

– C'est celui-là, annonça Nakon Yothin.

Un container de couleur brique était posé un peu à l'écart des autres, dans la zone portuaire. A une centaine de mètres du cargo polonais qui devait l'embarquer le soir même... Une douzaine de policiers de l'ONCB venaient de débarquer de deux voitures. Un employé du port fit sauter les cadenas fermant le container et ouvrit ses deux portes; il était censé contenir des objets en bois sculpté...

Effectivement, les policiers commencèrent par sortir d'énormes éléphants, puis des biches et différentes sculptures. Derrière se trouvaient quelques caisses de bois. Les hommes du général Chavalit en sortirent une et firent sauter le couvercle. L'un deux plongea la main dedans et brandit aussitôt un sachet de plastique transparent, contenant une poudre blanche. Des inscriptions rouge vif ressortaient très bien, sur le plastique : « Super 100 % N° 1 ».

Sur les deux coins supérieurs, il y avait un cercle avec une tête de cerf. Les deux coins inférieurs portaient le même logo, avec une tête de tigre...

Les autres policiers se mirent à sortir des sachets et des sachets. La caisse en était pleine à ras bord! On tira les autres caisses : toutes révélèrent le même contenu. Les policiers thaïs sautaient littéralement de joie. Jamais on n'avait vu une prise pareille. Mike Herald, après s'être concerté avec le responsable de l'ONCB, revint vers Malko, hilare.

– Il y a des milliers de sachets de 700 grammes. « Super 100 % N° 1 » est une des marques commercialisées par Khun Sa. Cette héroïne vient de Ta Khee

Lek, au Laos. Une des plus pures. Il y en a plus de trois tonnes, à vue de nez. C'est la plus grosse prise jamais effectuée en Thaïlande.

Et cela ne représentait que 2 % de la production annuelle...

Malko guigna Nakon Yothin du coin de l'œil. Le Thaï paraissait au bord de l'évanouissement, en dépit de l'avalanche de compliments dont l'abreuvaient les policiers... Il ne s'était pas encore remis lorsque le général Chavalit, patron de l'ONCB, débarqua en personne, attiré par l'énormité de la prise...

– Qu'a dit Nakon Yothin? demanda Malko à Mike Herald.

– Que son attention avait été attirée par le nom de la *shipping company*. Qu'il s'était renseigné, avait découvert que ce n'était qu'une boîte aux lettres pour une autre, la Diamond Transworld Co, qui, elle, est notoirement contrôlée par des hommes de paille de Khun Sa... Alors, que fait-on?

– Rien, dit Malko. Nous attendons la réaction des Triades. Ils vont peut-être nous prendre au sérieux. Trois tonnes de cocaïne, ça représente quelques millions de dollars. Et c'est *leur* argent, pas celui de Khun Sa.

A grand renfort de courbettes et de *wai*, Nakon Yothin se dégageait du groupe de policiers. Mike Herald ricana.

– Il ne devrait pas rentrer chez lui ce soir... Mais vous aussi, vous devriez faire attention. Je ne vous lâche pas.

*
**

Mei-Lin, allongée les bras en croix sur son couvre-lit de soie rouge, se faisait baiser avec régularité par son maître d'hôtel, Subin, nu comme un ver. Le Thaï n'était qu'une boule de muscles grâce à un travail de musculation intensif, et cela excitait considérablement Mei-Lin, très portée sur la plastique masculine.

– Plus lentement, lança-t-elle d'une voix mourante. Mais va encore plus au fond.

Docilement, Subin ralentit son rythme. Chaque fois qu'il s'enfonçait au fond du ventre de Mei-Lin, celle-ci avait l'impression qu'il allait la transpercer de part en part, ce qui lui procurait une sensation exquise. Les rideaux tirés, la clim réglée à 20 °, un disque en sourdine, après s'être détendue en avalant coup sur coup deux Cointreau caïpirinha, elle profitait pleinement de cet étalon docile, capable de la besogner pendant une heure, exactement comme elle le lui demandait. Elle ne l'avait jamais embrassé, ils n'avaient jamais flirté, c'était un objet usuel, comme un jacuzzi, qui procurait un plaisir garanti. Une de ses amies, abandonnée par son mari et toujours à la recherche de beaux jeunes gens bien membrés, le lui avait signalé. Subin travaillait alors dans un live-show de Patpong, perforant tous les soirs, avec une régularité de métronome, une partenaire inerte... Rien de très étonnant, sauf que Subin – un jeune paysan venu de Udon – possédait un sexe extraordinaire, long et fin, comme ceux des estampes. Mei-Lin l'avait voulu. Immédiatement. Par une intermédiaire agréée, elle l'avait débauché, pour l'engager officiellement comme maître d'hôtel, en lui précisant bien ses tâches : servir les invités et surtout son plaisir...

N'en revenant pas de sa chance, Subin s'était mis à l'ouvrage. Comme un amateur de chocolats, Mei-Lin s'en servait avec modération, afin de ne pas devenir accro...

Mais chaque fois qu'elle sentait ce sexe qui n'en finissait pas prendre possession de son ventre avec une lenteur soigneusement apprise, elle se tordait de plaisir avant même d'être entièrement envahie, secouée par un orgasme incontrôlable... Autant Subin était maladroit avec sa bouche ou ses mains, autant il se servait avec habileté de ce sexe incroyable... Une fois même, Mei-Lin en avait fait profiter une de ses amies en manque.

Pour que tout Bangkok connaisse son bonheur... Elle avait prévenu Subin :

– Quand je t'ai pris, tu n'avais que tes couilles. Si tu me quittes, tu repartiras sans...

Aussi, pour 15 000 baths par mois, Subin accomplissait sans murmurer sa fonction d'étalon.

Mei-Lin sentit que son plaisir montait. Elle planta ses ongles dans les flancs de sa monture et jeta d'une voix rauque :

– Plus vite! Plus fort!

Subin s'exécuta docilement. Mei-Lin sentait enfler la vague de son ventre. Elle se cambra.

– Ne jouis pas, surtout!

Puis elle hurla, tétanisée, le sexe abouté au fond de son ventre, comme s'il allait lui transpercer l'utérus. Couvert de sueur, Subin se retira, le membre raide et écarlate, qu'il serrait à la base pour éviter un malheur. Une fois, il avait désobéi et la douce Mei-Lin l'avait cinglé avec une badine de bambou jusqu'à ce qu'il hurle de douleur...

A peine remise de son orgasme, Mei-Lin se leva et courut à une superbe commode en loupe d'orme. Le premier cadeau de Nakon Yothin lui avait donné le goût des belles choses. Elle avait trouvé chez un décorateur du River Emporium toutes les dernières créations de Claude Dalle et avait résolument basculé dans l'Art déco. La Chinoise sortit d'un tiroir un engin étonnant : un double olisbos en ivoire représentant des sexes légèrement recourbés. La partie centrale, resserrée, comportait une courroie en cuir doré, permettant de le fixer à la taille.

Sans effort, Mei-Lin enfonça dans son sexe encore humide le plus imposant des deux sexes d'ivoire, puis fixa solidement les courroies à sa taille. Elle se sentait presque aussi bien remplie qu'avec Subin. Ce dernier regardait passivement les préparatifs. Mei-Lin lui jeta d'une voix sèche :

– Qu'est-ce que tu attends?

Soumis, il s'allongea sur le ventre. Mei-Lin s'approcha du lit, un rictus d'excitation retroussant ses belles lèvres. Subin était un Thaï à la peau sombre, elle, une Chinoise très claire, et souvent, elle se sentait humiliée de devoir son plaisir à cet « instrument ». Il fallait remettre les choses en place.

Elle s'allongea sur lui, saisit entre ses doigts la base de l'olisbos qui sortait de son ventre. Le gland, admirablement sculpté, comportait des reliefs gravés dans la masse de l'ivoire. Avec gourmandise, elle le plaça contre l'ouverture des reins de Subin. Quand elle fut bien calée, elle se souleva légèrement et pesa alors de tout son poids. L'olisbos s'enfonça d'un coup entre les fesses du jeune Thaï qui poussa un cri de douleur, déchiré par le « piquant » des reliefs. Il serra son membre entre ses doigts et se masturba furieusement pour oublier la douleur. Mei-Lin se déchaîna, le prenant comme l'aurait fait un homme. Remplissant son propre sexe, l'autre moitié de l'olisbos lui procurait en même temps une sensation extraordinaire. Quand Subin jouit avec un couinement de bonheur, elle le viola une dernière fois et s'arrêta, essoufflée. Elle réalisa alors seulement que la sonnette de sa porte carillonnait.

Lorsqu'elle se livrait à ses ébats avec Subin, elle verrouillait toujours sa porte d'entrée. Mais si on y sonnait, c'est qu'il s'agissait de gens ayant déjà ouvert le portail...

La villa appartenait aux Triades et elle n'en avait que la jouissance. Tout à coup angoissée, elle s'arracha à Subin et lui jeta :

– Habille-toi vite et va ouvrir.

Elle fonça dans sa salle de bains, s'essuya le visage, enfila un sarong et revint dans le living.

*
**

Trois hommes jaillirent à peine eut-elle ouvert la porte. L'estomac de Mei-Lin se tordit de terreur. C'était des exécuteurs des Triades, des petites gouapes analphabètes, sans autre émotion que le plaisir de tuer, des robots. Elle les toisa avec hauteur.

– Qu'est-ce que vous faites ici? lança-t-elle.

– Tais-toi, putain! lança le plus âgé.

Il avança et la gifla brutalement. Elle n'eut pas le temps de se défendre, encore moins de saisir le pistolet qui ne quittait jamais sa table de nuit. Méthodiquement, ils se mirent à la battre, à lui infliger une terrible correction. L'un d'entre eux avait tiré de la jambe de son pantalon une baguette en bambou et la cinglait chaque fois qu'il le pouvait. Les deux autres la bourraient de coups de pied, de poing. Elle fit la morte, mais cela ne les arrêta pas. Ils frappaient avec méthode, prenant soin d'éviter les zones vitales et le visage. Mei-Lin était une marchandise de prix qu'il ne fallait pas trop abîmer.

Ils ne faisaient qu'obéir aux ordres.

*
**

Mei-Lin gisait au milieu du living, recroquevillée, à demi consciente, lorsque Su Wan Ho fit son entrée. Impassible, il s'installa dans un fauteuil tandis que ses hommes relevaient la Chinoise. Il l'apostropha tout de suite.

– Les hommes de l'ONCB ont saisi le container de la Diamond Transworld Co sur le port, annonça-t-il. Tu sais ce qu'il contenait?

Elle acquiesça faiblement.

– Ils avaient le numéro du container, poursuivit le Chinois impitoyable. Ecrit de ta main, sur *ton* papier.

Mei-Lin reprit un peu de courage.

– *Phu Too* (1), plaida-t-elle. C'est toi qui m'as demandé de transmettre ce numéro à Yothin, pour qu'il protège le container.

– Comment la police a-t-elle été prévenue?

Elle secoua la tête à se l'arracher.

(1) Respecté ancien.

– Je ne sais pas, *Phu Too*. Je lui ai donné le papier hier soir.

La sonnerie du téléphone portable d'un des trois jeunes Chinois se déclencha. Il répondit, puis tendit respectueusement l'appareil à Su Wan Ho. Celui-ci entendit Nakon Yothin se répandre d'une voix larmoyante en explications confuses. Lui aussi appelait d'un portable, ce qui leur assurait une discrétion absolue... Su Wan Ho écouta, le visage fermé. Puis il interrompit la communication et composa un autre numéro. La conversation fut très brève.

Mei-Lin essayait de reprendre ses esprits. Dans un coin, ses trois bourreaux étaient immobiles comme des pierres. Su Wan Ho lança à la jeune femme :

– J'espère que tu n'as rien à te reprocher...

Mei-Lin se mit à pleurer silencieusement, sachant de quoi il était capable. Lui se mura dans le silence. Trois tonnes et demie d'héroïne, cela signifiait une perte sèche de douze millions de dollars... Selon le système des Triades, il en était *personnellement* responsable, puisque l'erreur venait de son réseau...

Personne n'avait dit un mot quand, une heure plus tard, Nakon Yothin fit son apparition. Défait. Su Wan Ho ne perdit pas de temps.

– Qu'est-ce qui s'est passé?

Le Thaï s'assit au bord d'une chaise et commença son récit d'une voix geignarde. A la description de l'homme qui s'était emparé du papier, Su Wan Ho sut immédiatement à qui il avait affaire... Il n'y avait qu'une explication. L'agent de la CIA avait surveillé la maison de Mei-Lin et suivit celui qui en était sorti. Mei-Lin avait été très imprudente de marquer les indications du précieux container sur *son* papier. C'est ainsi que l'on se retrouvait en prison.

L'affaire Khun Sa débordait et c'était ennuyeux. Su Wan Ho demeura silencieux quelques instants. La situation exigeait des décisions rapides et sans appel.

– Je peux m'en aller? demanda timidement Nakon Yothin. Le général Chavalit m'attend.

– Vas-y, dit Su Wan Ho, tu n'as commis aucune faute.

Le Thaï avait traversé la moitié de la pièce quand Su Wan Ho lança sans élever la voix, en dialecte haw :

– Tuez-le!

Les trois jeunes Chinois se ruèrent sur le Thaï comme des chiens de meute sur un sanglier. Il heurta violemment le sol. L'un d'eux sauta à genoux sur son dos et avec une dextérité diabolique lui passa un lacet de soie autour du cou. Il n'eut plus qu'à serrer pendant que les deux autres maintenaient ses bras et ses jambes pour qu'il ne fasse pas trop de dégâts. Il y avait beaucoup d'objets précieux dans le living.

Enfin il cessa de bouger.

– Mettez-le dans votre coffre et emmenez-le, ordonna le Chinois, vous le jetterez dans la rivière.

Nakon Yothin avait rendu de grands services, mais c'était un fusible qu'il fallait faire sauter. La DEA allait s'intéresser à lui et il savait trop de choses. Le fonctionnaire qui le remplacerait serait probablement moins cher. A la longue, Yothin était devenu très gourmand...

Su Wan Ho se tourna vers Mei-Lin et annonça d'une voix sèche :

– Tu as commis une faute grave. A cause de ce papier, on pouvait remonter jusqu'à toi. Tao va t'administrer vingt coups de bambou. La prochaine fois, tu auras la tête tranchée.

Mei-Lin baissa la tête. Dans les Triades, on ne discutait pas la discipline. Su Wan Ho aurait pu décider de l'envoyer dans un bordel de province ou de lui crever les yeux... Elle se leva et vint s'agenouiller en face de lui, la tête baissée.

– Merci de ta clémence, *Phu Too*, dit-elle, je ferai plus attention à l'avenir.

Le jeune Chinois faisait déjà siffler sa badine. Le premier coup frappa Mei-Lin en travers des reins et elle hurla, tombant à plat ventre. Su Wan Ho sortit de la pièce.

Au onzième coup, Mei-Lin s'évanouit. Elle n'entendit pas la sonnette. Un des gardes du corps de Su Wan Ho alla ouvrir, introduisit un Thaï assez grand, aux épaules larges, le nez aplati, les yeux dissimulés derrière des lunettes noires.

Su Wan Ho attendait dans un petit salon attenant au living-room, transformé en salle de jeu par Mei-Lin. Celle-ci avait acheté à prix d'or une superbe table en ébène et loupe d'orme à la galerie exposant les dernières créations du décorateur Claude Dalle, qui recelait en son centre une roulette. Il suffisait de faire pivoter le plateau. Ce qui lui avait permis de monter son petit casino privé et d'arrondir ses revenus... Le nouveau venu s'encadra dans la porte, salua profondément Su Wan Ho et s'assit en face de lui. Le Chinois entreprit alors d'expliquer ce qu'il attendait de lui.

*
**

Le vacarme était infernal au *Shangarila*, le meilleur restaurant chinois de Silom Road. Des familles chinoises y bâfraient joyeusement en s'interpellant à tue-tête.

Mike Herald et Malko, installés le long de l'aquarium, face à la porte, se partageaient un *Beggar chicken* avec des nouilles au soja. A tout hasard, l'Américain avait coincé son Uzi dans sa serviette, posée sur la chaise à côté de lui. Son téléphone portable se mit à sonner. Il répondit en thaï. Une brève conversation.

– Nakon Yothin a disparu, annonça-t-il. Le général Chavalit l'a attendu jusqu'à six heures. On a retrouvé sa voiture abandonnée dans Sukhumvit. A mon avis, on trouvera son corps dans la rivière d'ici quelques jours. Ils réagissent vite... Quant à nous, il vaut mieux faire attention. Si les Triades sont capables de liquider un haut fonctionnaire thaï sans état d'âme, un *farang*, ce n'est rien.

L'avertissement devait être pris au sérieux...

Mike Herald jeta à Malko un regard bizarre :

– Votre manip a marché.

– Oui, reconnut Malko, mais il faut continuer. Qu'ils éliminent un fonctionnaire corrompu n'a strictement aucune importance, mais pour l'instant, il n'y a pas de retombées positives pour nous. Il faut continuer à surveiller Mei-Lin. Ne serait-ce que pour perturber leurs opérations. Apparemment, elle joue un rôle important dans le système.

– Lek et ses amis continuent, tant qu'on ne leur dit pas d'arrêter, affirma Mike Herald.

Ils sortirent du *Shangarila* et firent quelques pas pour récupérer la voiture de l'Américain. Dix minutes plus tard, Mike Herald s'arrêtait devant *L'Oriental.*

– Si seulement on pouvait communiquer avec Matt! Lui remonter le moral. Je me demande si on va l'en sortir.

– Si *nous* ne l'en sortons pas, remarqua Malko, personne ne le fera.

Sur toutes les voitures thaïlandaises, le volant était à droite. Il ouvrit la portière de gauche, se préparant à descendre. Aussitôt, le voiturier indien au grand nez se précipita. Malko vit son sourire se figer brutalement, tandis que son regard fixait quelque chose sous l'auvent, à la hauteur de la portière arrière. Malko se retourna et son pouls grimpa instantanément à 150. Un homme en costume clair, le visage masqué par un passe-montagne, avançait vers la voiture, un gros pistolet automatique au poing. Il tendit le bras, visant à moins de deux mètres la tête de Malko.

CHAPITRE VII

La détonation claqua au moment où la voiture faisait un bond en avant et terminait sa course dans une Toyota à l'arrêt. Mike Herald avait déjà aperçu le tueur dans le rétroviseur et, dans un réflexe instantané, avait écrasé l'accélérateur! Le projectile, au lieu de s'enfoncer dans la tête de Malko, fit un trou dans le haut de la carrosserie, derrière la portière avant. Un second fit exploser le rétroviseur.

Il n'y en eut pas de troisième.

Le tueur, voyant qu'il ne bénéficiait plus de la surprise, se rua à l'intérieur de *L'Oriental*. Malko et Mike Herald bondirent ensemble de la voiture, dépassés par un jeune Thaï qui venait de sauter d'un *sam-lo* arrêté derrière eux pour s'engouffrer dans le hall encombré de touristes, à la poursuite du tueur. Ce dernier ralentit son allure à la hauteur du concierge et bifurqua vers la gauche pour gagner la galerie en plein air menant à la piscine et aux restaurants de la terrasse.

Mike Herald et Malko surgirent quelques secondes plus tard. La cohue était telle dans le hall qu'ils mirent quelques secondes à repérer la silhouette en costume clair. L'homme venait de franchir la double porte de verre commandée automatiquement. Le jeune Thaï déboula derrière lui. L'homme avait retiré sa cagoule. Il se retourna, se trouva nez à nez avec son poursuivant. Arrachant son arme de sa ceinture, il tira deux fois, au jugé. Le second projectile frappa le Thaï en pleine poitrine. Aussitôt, l'homme reprit sa course en direction de la terrasse bordant le fleuve.

Lorsque Malko et Mike Herald parvinrent à leur tour dans la galerie extérieure, l'inconnu avait déjà dévalé les marches menant aux deux restaurants de la terrasse. Le jeune Thaï, recroquevillé par terre, ne bougeait plus. Des employés et des gardes de sécurité de *L'Oriental* se précipitèrent.

Malko et l'Américain accélérèrent, zigzaguant entre les tables du restaurant. Le tueur longeait la rambarde dominant le fleuve.

– *Kom*! (1) hurla Mike Herald.

Impossible de tirer à cause des gens en train de dîner et des serveurs.

D'un bond, le fugitif enjamba la balustrade et sauta dans le fleuve. Lorsque Malko se pencha au-dessus de l'eau, il aperçut un *long-boat* qui s'éloignait à toute vitesse, remontant le cours de la Chao Praya. Les deux hommes revinrent en courant vers le blessé entouré par un groupe de badauds et d'employés. Le jeune homme avait les narines pincées, les lèvres bleuies, le regard fixe.

– Il est gravement touché, dit Mike Herald, il faut appeler une ambulance.

Les dîneurs s'étaient à peine aperçus de l'incident, au milieu des allées et venues, et la musique avait couvert les détonations. En hâte, on dressa un paravent autour du blessé, on lui glissa un oreiller sous la tête. Il était conscient et cherchait à s'exprimer.

Avec les mains! Lui aussi était sourd-muet.

– Il faudrait trouver Sun-Chai, dit Malko.

Des ambulanciers portant une civière se frayèrent un chemin dans la foule. En quelques instants, le blessé fut installé sur la civière, avec une transfusion qui lui redonna un peu de couleurs. Malko était partagé entre

(1) Stop!

la fureur et le remords. Son calcul avait trop bien marché. Il avait sous-estimé la férocité des Triades.

– Allez avec lui au Mahusak Hospital, conseilla Mike Herald en lui tendant la serviette contenant l'Uzi. Ils risquent de vouloir l'achever. Je vais essayer de trouver Sun-Chai et je vous rejoins là-bas.

*
**

Fébrile, Malko effectuait sans cesse l'aller-retour entre le lit du jeune Thaï blessé et le couloir. Vingt minutes plus tôt, une infirmière était venue lui injecter une pré-anesthésie et, d'un moment à l'autre, on allait le descendre au bloc opératoire. Déjà, il perdait progressivement conscience.

Enfin, il entendit des pas pressés dans le couloir et Mike Herald surgit, escorté de Sun-Chai.

Celui-ci se précipita vers le lit et secoua avec douceur son copain qui ouvrit les yeux : son regard était déjà brouillé. Il allait perdre conscience. Un sourire éclaira son visage, et aussitôt, par gestes, il entreprit d'expliquer à Sun-Chai ce qui s'était passé. Ce dernier l'observait, attentif. Visiblement, il avait du mal à comprendre ce que voulait dire le blessé. Son visage s'éclaira enfin et les deux hommes semblèrent d'accord. Mike Herald, qui avait l'habitude de leurs mimiques, annonça :

– Il a identifié l'homme.

– Qui est-ce?

– Je n'ai pas bien compris. Il est question d'un bonze...

La porte s'ouvrit sur des infirmiers poussant un lit, accompagnés d'un médecin. On emmenait le blessé dans la salle d'opération. Ils le regardèrent disparaître dans le monte-charge. Sun-Chai, les larmes aux yeux, recommença à dessiner des arabesques dans l'air. Mike Herald s'écria :

– Lek! Il est inquiet pour elle.

– Où est-elle?

– Elle devait surveiller la maison de Mei-Lin.

– Filons-y, dit Malko.

Trois minutes plus tard, ils roulaient à tombeau ouvert dans Silom enfin dégagé, l'angoisse et la rage au ventre.

Le *soi* où habitait Mei-Lin était désert. Pas de lumière dans sa villa, aucune voiture dans le jardin et aucune trace de Lek. Elle avait dû lever le siège, ne voyant rien d'anormal.

Malko n'était pas tranquille.

– Je sais où elle habite, dit-il à Mike Herald. Allons la mettre en garde.

Nouvelle course le long de Rajdawithi Road. Malko se trompa deux fois avant de retrouver le *soi* où le *sam-lo* l'avait déposé avec Lek. L'endroit était toujours aussi calme. Arme au poing, ils s'engagèrent dans l'impasse et poussèrent le portail grillagé. La grosse maison était plongée dans l'obscurité.

Pas âme qui vive.

Malko la contourna et retrouva la porte par laquelle il était entré. Elle était à demi ouverte. Beretta au poing, il se glissa dans l'ouverture, suivi de Mike Herald et de Sun-Chai. Il s'arrêta, pris à la gorge par une odeur âcre : de l'insecticide.

A tâtons, il s'avança vers l'endroit où la jeune sourde-muette avait installé sa couche. Un son bizarre frappa ses oreilles : une sorte de râle rauque, irrégulier, à donner la chair de poule. Il avança encore et à tâtons, sentit une forme étendue. Le râle venait d'elle.

– De la lumière, *Mein Gott*! lança-t-il.

Mike Herald alluma son Zippo. L'éclatante flamme orangée éclaira le corps recroquevillé sur des couvertures. Lek.

Sun-Chai se précipita, tandis que Malko allumait la lampe à pétrole. Mike Herald, à la lueur du Zippo, trouva un flacon d'insecticide par terre et le brandit.

– Les salauds! Ils l'ont forcée à boire ça. C'est ce que les Thaïs utilisent pour se suicider! Ils mettent plusieurs jours à crever dans des souffrances abominables.

Lek continuait à râler, inconsciente. Sun-Chai la prit

dans ses bras. Elle semblait aussi petite qu'une enfant. La chouette contemplait tout ce remue-ménage en continuant à tourner sa tête dans son étrange mouvement giratoire...

Malko ramassa un second container d'insecticide, aussi vide que le premier. Aux deux, on avait ôté le vaporisateur, pour faire boire plus facilement Lek.

Sun-Chai ouvrant la marche, ils rejoignirent la voiture.

Vingt minutes plus tard, ils étaient à Mahusak Hospital. De son portable, Mike Herald avait appelé le médecin de l'ambassade américaine. Celui-ci les attendait dans le hall. Avant même qu'on emporte Lek pour un lavage d'estomac, il l'examina rapidement, puis revint vers les trois hommes.

– On ne pourra pas la sauver, fit-il simplement. Tout le diaphragme et une partie de la muqueuse de l'estomac ont été détruits. Des lésions irréversibles... Hélas, elle va résister plusieurs jours, parce qu'elle est jeune. Et elle ne pourra même pas parler, ses cordes vocales ont été brûlées.

– Elle était muette, corrigea Malko. Il n'y a rien à faire?

– Rien. Elle s'est suicidée?

– Non, on l'a forcée à avaler deux bouteilles d'insecticide...

– *My God*! blêmit le médecin. Qui est le salaud qui a fait ça?

Les deux hommes demeurèrent silencieux.

Malko se pencha sur Lek et serra sa main. Il lui sembla qu'elle répondait à sa pression, mais il n'en fut pas certain. Son râle continuait, ininterrompu. Elle souffrait comme un animal, sans pouvoir communiquer. Emu aux larmes, il ne lâcha sa main que lorsqu'on emmena sa civière.

Sun-Chai avait les yeux pleins de larmes.

Au moment où ils allaient sortir, le chirurgien thaï qui avait opéré le jeune homme, averti de leur présence, fit son apparition, le visage sombre.

– Je n'ai rien pu faire, avoua-t-il, il est mort sur la table d'opération. Trop de lésions.

– Merci, docteur, fit Malko, assommé.

Sun-Chai le tirait par la manche. Il vit qu'il avait séché ses larmes. Le Thaï passa lentement la main devant sa gorge, dans un geste très expressif. Lui pensait déjà à la vengeance.

– Allons avec lui, suggéra Mike Herald. Je crois qu'il a identifié l'assassin du gosse.

Ils remontèrent Silom jusqu'à Patpong, gagnant la galerie de Sun-Chai. Ce dernier adressa quelques gestes brefs au garçon qui le remplaçait. L'autre partit aussitôt à toutes jambes. Sun-Chai prit alors un stylo et écrivit maladroitement deux mots sur un papier qu'il tendit à Mike Herald. Celui-ci lut à haute voix.

– Mai Prasat.

Sun-Chai l'observait, le regard sombre. L'Américain mima le geste de tirer.

– C'est lui?

Sun-Chai hocha affirmativement la tête. Nouvelle mimique, faisant le geste de boire.

– Lek?

Le Thaï eut une grimace indiquant le doute. Evidemment, ils n'avaient ni preuve, ni témoin.

– Vous connaissez ce Mai Prasat? demanda Malko.

– Il y a un type de ce nom à l'ONCB. Il s'occupe des petits dealers et traîne beaucoup la nuit. Je l'ai déjà croisé à Patpong.

– Regardez! s'exclama Malko.

Des sourds-muets, garçons et filles, arrivaient, seuls ou par groupes, et s'installaient dans la salle de café attenante, sous le regard attentif de Sun-Chai. Bientôt, ils furent une vingtaine qui avait déserté leurs étals de Patpong ou de Silom. Sun-Chai attendit qu'ils soient tous là pour commencer une « harangue » silencieuse. Mike Herald se retourna vers Malko.

– Il leur explique ce qui s'est passé. Il veut retrouver Mai Prasat cette nuit. Il pense qu'il traîne dans le coin, comme tous les soirs.

Malko n'était pas près d'oublier les râles inhumains de Lek, rongée par l'insecticide.

– Mais comment vont-ils faire?

– Oh, ils connaissent toutes les combines, les habitudes des gens. Vous allez voir.

– Le vrai responsable, c'est Su Wan Ho, remarqua Malko.

– Vous pouvez être sûr qu'il est terré quelque part dans Chinatown, hors de notre portée. Mais si on met la main sur Mai Prasat, les choses vont changer.

⁂

Mai Prasat fumait une cigarette au volant de sa voiture garée sous la chaussée en béton de l'*expressway* surplombant Rama IV. Depuis dix minutes seulement, ses mains ne tremblaient plus. Après l'incident de *L'Oriental*, la jonque l'avait amené jusqu'à l'embarcadère de Rajdawithi, où il avait retrouvé les hommes de Su Wan Ho, les trois tueurs qui avaient liquidé Nakon Yothin. Ils avaient suivi la sourde-muette qui surveillait la maison de Mei-Lin jusque chez elle et attendaient Mai Prasat pour intervenir. C'est à lui que Su Wan Ho avait confié la responsabilité du « nettoyage ». D'abord, abattre l'agent de la CIA. Simple mesure de rétorsion. Mais, surtout, il fallait décourager tous ceux qui seraient tentés de travailler contre les Triades. Ils méritaient une punition exemplaire. Les étrangler ou leur tirer une balle dans la tête, ce n'était pas assez spectaculaire...

Alors, Mai Prasat avait acheté deux bombes d'insecticide. Lek n'avait pas eu le temps de se défendre. Les Chinois l'avaient d'abord frappée avec une brutalité inouïe. Ensuite, on lui avait fait boire le contenu des containers, en lui pinçant les narines... Les Chinois riaient. Même Mai Prasat, qui n'était pourtant pas un enfant de chœur, en avait eu le cœur retourné... Quand ils avaient quitté la vieille maison abandonnée, Lek râlait, et personne au monde ne pourrait la sauver.

Il avait fallu que Mai Prasat regagne sa voiture à pied pour éviter de prendre un taxi. Cela avait achevé de l'épuiser. Maintenant, il aurait donné le ciel pour une rasade de Defender avec de la glace, et une fille bien bandante... L'idée de regagner son appartement du *soi* 100, tout au bout de Sukhumvit Road, pratiquement dans la campagne, le déprimait. Il fallait effacer l'horreur de la soirée. Cela faisait des années qu'il était payé par les trafiquants de drogue, Khun Sa et ses associés chinois des Triades, mais on ne lui avait jamais confié d'actions violentes. Il faisait partie d'un vaste réseau d'informateurs destiné à prévoir toute action offensive de l'ONCB ou de la DEA. Il jouissait de la confiance de l'envoyé de la DEA à Chiangmai, ce qui lui avait valu de nombreux voyages dans le Nord, où il avait pu prévenir ses commanditaires de différentes actions en préparation...

Moyennant quoi, il vivait somptueusement, en dépit de sa solde misérable de 16 000 baths. Il venait d'acheter un appartement dans le centre de Bangkok, possédait une petite maison à Pattaya, une Mercedes et beaucoup d'argent dans un coffre de la Thaï Military Bank...

Pour expliquer son train de vie, il prétendait auprès de ses collègues que la DEA lui versait de nombreuses primes.

Il démarra, résolu, avant de rentrer se coucher, à s'offrir une petite compensation. Après avoir fait demi-tour, il reprit la direction du *Dusit Tani*. Juste à côté, se trouvait un petit temple où dormait Wattana, faux bonze et vrai maquereau, son meilleur pourvoyeur de filles. Le temple était plongé dans l'obscurité et il découvrit Wattana dormant à même le sol, enroulé dans une couverture. Il le secoua et le faux bonze se dressa aussitôt, affolé. Mai Prasat ne perdit pas de temps.

– Tu te souviens de la fille du *Pink Panther*, avec des seins très pointus? La grande qui vient de Surin.

– Oui.

– Je la veux. Maintenant. Je lui donnerai 5000 baths. Va me la chercher. Je l'attendrai au Parc Lumpini, à côté de la statue de Rama IV.

Le bonze se mit en route sans discuter : Mai Prasat le rémunérait grassement pour qu'il lui trouve des filles saines et encore fraîches. Drapé dans sa robe safran, il s'éloigna dans l'obscurité. Patpong et le *Pink Panther* n'étaient qu'à quelques centaines de mètres.

*
**

– Regardez! lança Mike Herald à mi-voix.

Lui et Malko étaient attablés au bar en plein air fréquenté par Sun-Chai. Malko aperçut une étrange apparition, au milieu des touristes à l'œil allumé déambulant dans Patpong: un bonze, le crâne rasé, drapé dignement dans sa robe orange. Il tamponnait son arcade sourcilière largement fendue d'où suintait du sang, et une demi-douzaine de sourds-muets l'encadraient, le portant presque.

Ils le poussèrent devant Sun-Chai et Malko vit qu'une des filles tenait d'une main ferme un poignard piqué dans son flanc. Sun-Chai commença son étrange ballet muet. Le bonze dit quelques mots en thaï. Il paraissait terrorisé.

– Qui est-ce? demanda Malko.

– Wattana. Une ordure. Le faux bonze dont je vous ai parlé. Il recrute des filles dans les villages et va les vendre aux « pimps » de Patpong.

– Pourquoi est-il là?

– Je crois qu'il procure des filles à Mai Prasat.

Le visage durci, Sun-Chai gesticulait silencieusement en face du faux bonze. Ce dernier voulut reculer et poussa un cri. La sourde-muette collée à lui lui enfonçait la pointe de son poignard dans les côtes! Autour d'eux, la foule s'écoulait sans se douter de rien. Mike Herald s'approcha du bonze qu'il dominait d'une tête et lui jeta quelque chose en thaï. L'autre répliqua d'un ton larmoyant. Aussitôt, Sun-Chai s'interposa, gesticulant à l'intention de l'Américain. Celui-ci expliqua à Malko :

– Ils pensent que Wattana a vu Mai Prasat ce soir. Il a rendu visite à une fille du *Pink Panther,* probablement pour lui transmettre un rendez-vous. Je lui ai conseillé de dire la vérité, sinon, ils vont le saigner comme un porc. Ils sont déchaînés.

Wattana, le faux bonze, demeurait muet, tête baissée. Malko vit une autre sourde-muette s'approcher, un petit sabre de samouraï, de la taille d'un jouet, à la main. Elle sortit la lame du fourreau de bois et d'un geste sec, la planta dans la cuisse du bonze! Le cri fit se retourner plusieurs passants, mais personne n'intervint.

De nouveau, Mike Herald intervint, en thaï. Le faux bonze se mit tout à coup à parler d'une voix pressante, aiguë.

Mike Herald traduisit pour Malko.

– Il dit que Prasat avait rendez-vous avec une fille à Lumpini Park...

*
**

De nuit, Lumpini Park, le plus grand espace vert de Bangkok, en bordure de Rama IV, était presque totalement désert. Mike Herald engagea sa voiture dans une petite voie transversale, entre Rama IV et Rajadamri et s'arrêta juste en face de la statue équestre du roi Rama IV, coiffé d'un étrange casque colonial. A l'arrière, s'entassaient une demi-douzaine de sourds-muets. Ils jaillirent dehors et se précipitèrent vers la statue. Malko entendit des cris affolés, et quand il les rejoignit avec Mike Herald, ils trouvèrent trois filles visiblement terrorisées, encerclées par les sourds-muets menaçants.

Mike Herald s'adressa aux filles en thaï, ce qui les rassura. Il expliqua qui ils cherchaient. Aussitôt, les visages se fermèrent. L'une des putes prétendit qu'elles n'avaient rien vu... Sun-Chai dansait d'un pied sur l'autre, les yeux hors de la tête. D'un bond, il fut sur elle et la gifla à toute volée. Malko et Mike durent les séparer. La fille sanglotait, les autres parlaient d'appeler la police. L'Américain tâcha, dans son thaï rudimentaire, de les convaincre. Il parlait doucement. Peu à peu, les filles se détendirent. Le cercle des sourds-muets ne s'écartait pas, visages farouches.

– Je crois qu'elles savent quelque chose, glissa Mike Herald à Malko, en anglais, mais elles ont peur... Ce Prasat est très craint...

Le silence se prolongea, puis la fille giflée se mit à pérorer d'une voie aiguë, avec de grands gestes. Mike Herald traduisit au fur et à mesure :

– Elle dit que Prasat traîne souvent ici... Il vient, il choisit une fille et il l'emmène dans sa voiture où il se fait sucer. Quelquefois, c'est un garçon. Il ne paie jamais. Il les menace de les tuer si elles protestent. Comme c'est un policier, elles n'osent rien dire. Elles l'ont vu, ce soir, partir avec une fille venue de Patpong. Une nouvelle de la province.

– Où ?

Mike Herald avait en même temps posé la question à la pute. La réponse se fit attendre quelques secondes. Enfin, elle lâcha une longue phrase.

– Elle dit qu'elle va souvent dans un petit hôtel, le *Princess*, dans le *soi* Ngam Dupli, à Yaowarat. Prasat l'a emmenée dans sa voiture. Peut-être aussi sont-ils restés dans la voiture.

– Allons vérifier, dit Malko.

Mike Herald réussit à persuader les sourds-muets que la fille ne mentait pas. De nouveau, ils s'entassèrent dans la voiture.

Le quartier chinois, éclairé d'enseignes lumineuses en caractères chinois, était désert. Ils trouvèrent difficilement le *soi* indiqué. Les néons de plusieurs hôtels de passe brillaient dans la pénombre et quelques filles traînaient encore sur le trottoir, malgré l'heure tardive. Mike se pencha vers Malko.

– Tout le coin appartient aux Triades...

Il s'avança lentement et immédiatement lui et Malko aperçurent une voiture garée en face de l'hôtel *Princess*. Une Toyota blanche. Mike Herald descendit et alla l'examiner. Lorsqu'il revint, ses traits étaient impassibles.

– C'est sa voiture, dit-il, en se remettant au volant.

A l'arrière, on n'entendait que les respirations des six sourds-muets. Il n'y avait plus qu'à attendre.

CHAPITRE VIII

Mai Prasat émergea du *Princess Hotel*, euphorique. Sa partenaire s'était donné beaucoup de mal pour satisfaire tous ses caprices. Elle avait vite appris. Seize ans, un corps encore superbe, une jolie frimousse, des seins fermes et des fesses accueillantes, elle irait loin. Il lui flatta la croupe pour sentir encore sous ses doigts la chair qu'il venait de violer. Son angoisse du début de soirée s'était envolée, mais il n'avait pas envie de rentrer chez lui.

– Si on allait manger une soupe au *Fish Market*, suggéra-t-il. On y sera en un quart d'heure. Après, je te ramène.

– OK, accepta la fille.

Elle aussi avait faim.

Mai Prasat traversa le *soi* et se pencha pour ouvrir la portière de sa voiture. Il ne termina jamais son geste. Une masse puissante le bloqua contre la carrosserie. Deux mains émergèrent de sous la voiture, le saisissant aux chevilles et tirant violemment. Déséquilibré, il tomba en arrière. Aussitôt, un coup violent le frappa à la nuque. D'autres mains le fouillèrent, arrachant son pistolet de son holster. Il perdit connaissance.

Pétrifiée, la danseuse du *Pink Panther* regarda les hommes surgis de l'obscurité qui s'acharnaient contre son client. Puis elle se rua vers le *Princess Hotel* où elle s'engouffra en poussant des cris. Le réceptionniste écouta ses explications confuses et finit par s'aventurer au dehors, une barre de fer à la main.

Le *soi* était vide. La voiture de Mai Prasat avait disparu.

– Il n'avait pas envie de te garder, lança-t-il à la fille. Tu as rêvé. Tu peux dormir ici, il a payé jusqu'à demain matin.

La fille tremblait encore. Elle savait bien qu'elle n'avait pas rêvé, mais elle n'irait pas prévenir la police. A quoi bon s'attirer des ennuis...

***

Mike Herald conduisait lentement et se retournait souvent. Mai Prasat était étendu sur le plancher de sa propre voiture, à l'arrière et, chaque fois qu'il essayait de se redresser, il recevait un violent coup de pied donné par un des trois sourds-muets tassés sur la banquette. Penché sur lui, Sun-Chai appuyait le canon de son propre pistolet sur sa nuque. Malko suivait dans la voiture de l'Américain.

– Où on va? demanda celui-ci par gestes au sourd-muet.

Sun-Chai se faufila à l'avant et le guida. Bientôt, ils retrouvèrent Rama IV, passant devant le *Dusit Tani*. Puis Silom Road. Sun-Chai fit signe de tourner dans Patpong, un peu moins animé, et désigna l'entrée du parking de quatre étages où Mike Herald garait souvent sa voiture. L'endroit était sous-loué, étage par étage, à différentes personnes. Le locataire du quatrième niveau était un copain de Sun-Chai.

Les deux voitures gravirent la rampe.

Le quatrième étage était désert, à l'exception de trois ou quatre voitures. A cette heure tardive, il y avait peu de chance qu'il en vienne d'autres. Sun-Chai donna ses ordres avec ses mimiques habituelles. Un des sourds-muets partit en courant rameuter le reste de la bande. Les autres arrachèrent Mai Prasat de la voiture. Sun-Chai, braquant le canon du pistolet sur le front du policier, le poussa contre le mur de ciment. Une des filles le fouilla, vidant toutes ses poches. Rien que de très banal, jusqu'au moment où elle trouva un ticket de caisse froissé. Elle l'examina, le montra à Sun-Chai. Malko vit celui-ci changer d'expression. Le sourd-muet leur tendit le ticket. Mike Herald étouffa un juron.

– *Holy shit*! C'est un reçu d'une pharmacie de Suriwongse. Pour deux bombes d'insecticide...

Un cri aigu leur fit tourner la tête. A coups de pied et de poing, les sourds-muets s'étaient rués sur Mai Prasat, le faisant tomber à terre. Une fille tournait autour de la mêlée, brandissant son poignard, cherchant un endroit où l'enfoncer. Sun-Chai se précipita, les écarta. Il avait visiblement d'autres projets pour Mai Prasat. A coups de crosse de pistolet, il le fit s'accroupir, les mains sur la tête, appuyé au mur de ciment. Le policier avait le visage en sang. Il essuya ses yeux d'un revers du bras et lança en anglais à Mike Herald:

– Hé! On se connaît! Faites quelque chose. Allez chercher des collègues. Ces petits cons vont me massacrer.

Mike Herald s'approcha du Thaï. Il avait son visage des mauvais jours.

– Vous n'auriez pas dû garder le ticket d'achat de l'insecticide, Mai. Vous vouliez vous faire rembourser par Su Wan Ho?

– Qu'est-ce que vous voulez dire? bredouilla le policier. J'ai plein de moustiques chez moi...

Tout à coup, sans crier gare, Mike Herald lui expédia un puissant coup de pied dans le ventre. Mai Prasat se plia, le front contre le sol en ciment. Mike Herald le releva d'une seule main et se mit à le cogner contre le mur.

– Immonde petit salaud, gronda-t-il. Ce soir, tu as essayé de tuer mon copain, ensuite, tu as buté un des leurs. Il t'a reconnu. Quant à l'insecticide, toi et tes copains vous l'avez fait boire à Lek.

– Lek? Je ne connais pas de Lek, couina Mai Prasat.

Mike Herald le gifla si fort que sa nuque cogna violemment le ciment. Il s'affaissa lentement. Malko le crut mort. Il s'approcha à son tour.

– C'est Su Wan Ho qui vous a ordonné cette horreur?

Mai Prasat essaya de parler, mais les mots ne franchissaient pas ses lèvres. Malko croisa brièvement son regard et l'autre se déroba aussitôt. Recroquevillé, le visage en sang, il n'arrivait pas à avouer, à mettre en cause les Triades. Malko se détourna. Il savait que cette traque allait se terminer par la mort de Mai Prasat. Il ne le plaignait certes pas, mais cela ne l'avançait guère.

Dans un pays normal, le policier corrompu aurait pu être déféré devant un tribunal. En Thaïlande, grâce à l'appui des Triades, il risquait au pire quelques semaines de prison, et se vengerait ensuite...

Les sourds-muets formaient maintenant un cercle silencieux et menaçant autour de l'homme tassé par terre. Il n'y avait pas un bruit dans le grand parking. Personne ne viendrait les déranger. Un bruit de pas leur fit tourner la tête à tous.

Une des sourdes-muettes – celle au petit poignard – arrivait, essoufflée, brandissant un sac en papier. Elle s'arrêta en face de Mai Prasat et en sortit triomphalement un container d'insecticide. Puis un second et un troisième. Mai Prasat hurla, en anglais, à l'intention de Mike Herald et de Malko.

– Aidez-moi! Aidez-moi! Ils vont me tuer. Je peux vous renseigner! Je sais ce que vous voulez. Je connais Khun Sa.

Le mot magique interpella Malko. Mai Prasat était défiguré par la terreur. Il ajouta, si vite que les mots se bousculaient dans sa bouche:

– Su Wan Ho m'a tout raconté. Khun Sa vient souvent à Chiangmai. Je peux vous aider. Je sais où il va...

Malko se demanda s'il bluffait. Au point où il en était, il était capable de raconter n'importe quoi. Cela semblait énorme qu'un homme traqué comme Khun Sa se risque en Thaïlande.

– Que vient-il faire à Chiangmai? demanda Malko.

– Je vous le dirai quand vous m'aurez sorti d'ici, lança le policier.

Malko haussa les épaules.

– Vous mentez.

Il tournait déjà les talons quand un hurlement inhumain lui glaça le sang. Avec une espièglerie sadique, la sourde-muette venait de lui asperger le visage d'insecticide... L'odeur âcre se répandit dans le parking.

– Je ne mens pas, hurla Mai Prasat. Il vient voir une fille! Il est très amoureux. Il lui offre des chaussures...

Malgré l'incongruité du propos, Mai Prasat avait le ton de la vérité. Les sourds-muets observaient sans comprendre. Rien ne les ferait lâcher leur proie.

– Qui est cette fille? demanda Malko en se rapprochant du policier.

– Je ne sais pas, renifla Mai Prasat. Mais je connais l'homme qui sert d'intermédiaire. Je peux vous mener à lui.

– Vous savez bien que c'est impossible. Donnez-moi son nom.

Mai Prasat demeura muet. Qu'espérait-il? Il se raccrochait aux *farangs* comme un naufragé à sa bouée. Aveuglément. En même temps, son instinct de conservation lui criait que sa dernière information lâchée, il ne pourrait plus négocier.

Malko regarda le visage des garçons et des filles qui l'entouraient. Des hyènes se préparant à dévorer une proie. Rien ne pouvait sauver le policier thaï. Tassé sur lui-même, il tremblait convulsivement. Malko s'accroupit face à lui.

– Mai Prasat, dit-il, vous savez bien que je ne peux pas vous sauver la vie, même si je voulais, ce qui n'est pas le cas. Mais si vous me dites *tout* ce que vous savez, je ferai en sorte que vous ayez une mort moins atroce que celle que vous avez infligée à Lek.

– C'est eux qui voulaient, pleurnicha-t-il. Moi, j'en étais malade.

Malko n'avait pas envie de s'attendrir.

– Vous avez une minute.

Mai Prasat se mit à pleurer.

– Je ne veux pas mourir. Je me rachèterai...

Malko attendit, sans répondre, que sa trotteuse eut accompli un tour complet et demanda :

– Alors? Vous êtes décidé?

– Qu'est-ce qu'ils vont me faire? sanglota Mai Prasat.

– Ce ne sera pas l'insecticide, je vous le promets.

Le policier thaï renifla et dit à mi-voix.

– Khun Sa vient régulièrement à Chiangmai et dans les environs, pour rencontrer une Chinoise très belle. Il en est fou.

– Son nom?

– Je ne sais pas. C'est un secret très bien gardé. Sombat Suwatana la connaît. Il est très ami avec Khun Sa.

Il aurait récité la table de multiplication en sanscrit pour gagner quelques minutes de vie... S'il ne livrait pas le nom, c'est qu'il l'ignorait.

– En quoi cette information m'aiderait-elle? demanda Malko.

Une lueur de surprise perça sous la terreur de Mai Prasat.

– Vous pouvez tendre une embuscade à Khun Sa. Le livrer à la DEA.

Ce n'était pas vraiment le but de Malko, mais il n'insista pas. Il se releva et le policier s'accrocha aussitôt à ses jambes.

– *Please! Please!* Ne me laissez pas.

Mike Herald attendit à l'écart, appuyé à un poteau en ciment, fumant une Lucky Strike à petits coups. L'odeur du tabac blond chassait peu à peu celle de l'insecticide. Malko le rejoignit et, en quelques mots, lui résuma ce qu'il venait d'apprendre et le marché passé.

L'Américain jeta sa cigarette avec un soupir.

– Si c'est vrai, c'est tout à fait intéressant. Mais vis-à-vis de Sun-Chai et de ses copains, vous vous êtes peut-être un peu avancé. Je vais voir ce que je peux faire.

Il rejoignit le chef des sourds-muets et commença une palabre muette à grand renfort de gestes expressifs. Les autres attendaient, tendus et haineux. Mai Prasat ne faisait plus de bruit, les épaules secouées par des sanglots silencieux. La discussion se prolongeait. Sun-Chai n'était pas prêt à renoncer à sa vengeance, mais au bout de plusieurs minutes, lui et Mike Herald semblèrent d'accord.

L'Américain vint trouver Malko.

– OK, annonça-t-il, ils ne vont pas lui filer d'insecticide.

– Que vont-ils lui faire?

– Je n'ai pas bien compris, mais il vaudrait mieux rester là, sinon, ils risquent de changer d'avis quand on aura le dos tourné.

Malko n'avait pas le goût d'assister à une exécution, mais il n'y avait pas d'autre solution, s'il voulait tenir sa promesse.

Sun-Chai donnait déjà des ordres. On mit le policier debout. Il ne se défendait même plus. Plusieurs sourds-muets entreprirent de le traîner dans le coin le plus éloigné du parking. Malko pensait qu'ils lui tireraient une balle dans la tête ou le poignarderaient, mais ils adossèrent Prasat à un énorme cylindre noir. Malko comprit qu'il s'agissait d'un réservoir d'eau. On accédait à son sommet par une échelle de fer scellée à la paroi. Haut de cinq mètres, il devait contenir plusieurs milliers de litres.

Mai Prasat avait compris, lui aussi. Il se débattit... en vain. Sans même l'attacher, grimpant comme des singes le long de l'échelle, les sourds-muets le poussaient, le tiraient, le halant inexorablement vers le couvercle. Le policier donnait dans la paroi des coups de pied qui résonnaient sinistrement. Malko et Mike Herald ne pouvaient détacher les yeux de l'horrible spectacle. Le Thaï cessa de crier, concentrant toutes ses forces pour retarder l'issue de quelques secondes. Des ongles, des pieds, il s'accrochait aux barreaux. Une sourde-muette lui piqua les doigts avec son poignard pour lui faire lâcher prise. Les autres le hissaient de force, centimètre par centimètre. Il se rapprochait du sommet du réservoir. Un des sourds-muets avait fait glisser une trappe carrée qui donnait accès à l'intérieur du réservoir. Il saisit le policier thaï par les cheveux et le tira brutalement vers l'ouverture, assez large pour laisser passer un corps. Malko détourna les yeux. En dépit de ce que Mai Prasat avait fait, il souhaitait presque que quelqu'un intervienne.

Mais personne n'apparut en haut de la rampe du parking.

Son regard se reporta sur le réservoir : en dépit de sa résistance désespérée, le policier thaï était maintenant sur le couvercle du réservoir, harcelé par la horde muette. Le pire était le silence, troublé seulement par les cris et les gémissements de Mai Prasat. Malko échangea un regard avec Mike qui, après avoir allumé une autre Lucky, jouait maintenant avec son Zippo, en faisant claquer régulièrement le capot. Mais ni le bruit sec et répétitif, ni la fumée du tabac blond n'arrivaient à détourner les deux hommes du spectacle horrible qui se déroulait sous leurs yeux.

C'était la fin.

Avec un cri atroce, Mai Prasat plongea tête la première dans le réservoir, avec un « floc » sourd. Ses jambes battirent dans le vide quelques secondes avant de disparaître.

Déjà les sourds-muets remettaient la trappe en place. Malko crut que c'était fini, quand des coups sourds ébranlèrent la paroi de fer du réservoir d'eau. Mai Prasat, luttant contre la noyade, tapait à coups de poing sur le métal. Cela dura longtemps, une interminable minute. Les coups redoublèrent pendant quelques secondes, avant de s'arrêter net.

Le silence retomba. Malko guetta encore un bruit, mais il n'y en eut plus.

Repus de vengeance, recrus de fatigue, le regard vide,

les sourds-muets redescendirent du réservoir et disparurent un par un par l'escalier. Seul Sun-Chai resta avec les deux *farangs*. Sans un mot, le visage grave, il serra la main de Malko et de Mike Herald avant de disparaître à son tour.

Quand ils remontèrent en voiture, l'Américain dit à voix basse :

– *My God* ! C'était vraiment dégueulasse.

Malko ne fit aucun commentaire. Que dire? Il est écrit dans la Bible : « Celui qui frappe par l'épée périra par l'épée. »

L'employé dans la guérite du péage, au rez-de-chaussée, leur fit signe de passer. Il avait certainement entendu les cris, mais Mai Prasat ne serait pas retrouvé de sitôt.

Tandis qu'ils descendaient Silom Road, Malko dit d'une voix égale :

– Si je m'écoutais, le suivant à payer serait Su Wan Ho.

– Ce ne sera pas facile, remarqua Mike Herald. Il est formidablement gardé...

– Rien n'est impossible, répliqua Malko, mais notre but immédiat n'est pas la vengeance. Nous en savons assez pour tenter quelque chose, maintenant. A condition, bien sûr, que Mai Prasat n'ait pas menti.

– Qu'avez-vous en tête? demanda Mike Herald en tournant dans New Road.

– Kidnapper Khun Sa en territoire thaïlandais et l'échanger contre Matt Grit.

CHAPITRE IX

Mike Herald faillit en rater *Oriental Passage*. D'un brutal coup de volant, il rattrapa son moment d'inattention.

– Vous ne croyez pas que c'est du *wishful thinking*? demanda-t-il. Même si Prasat a dit la vérité, Khun Sa doit être défendu comme Fort-Knox. Or, nous ne sommes que deux. Pas question de mettre la DEA ou les Thaïs dans l'opération.

Il stoppa sous l'auvent de *L'Oriental*. Cette fois, personne ne les attendait... Le hall était vide. Ils s'installèrent dans un coin.

– Avant tout, demanda Malko, avez-vous entendu parler de l'homme mentionné par Prasat, Sombat Suwatana?

– Oui, c'est un journaliste, correspondant du *Bangkok Post* à Chiangmai. Il a fait des tas de papiers sur Khun Sa et s'est rendu dans son camp retranché de Ho-mong.

– Donc, l'histoire est vraisemblable.

Comme chaque fois qu'il était tendu, l'Américain tira un paquet de Lucky Strike froissé de sa veste et alluma avec son Zippo la dernière cigarette.

– Oui, admit-il, Khun Sa n'est pas différent des Thaïs ou des Chinois. Les maris prennent des maîtresses et ne touchent plus leur bonne femme. C'est la règle. Que Khun Sa ait une maîtresse, c'est dans l'ordre des choses.

– Il faut donc partir pour Chiangmai dès que possible, conclut Malko. Combien faut-il par la route?
– Par la route? Neuf ou dix heures. Mais en avion, il y en a pour une heure. Evidemment, ce n'est pas Air France! On ne vous sert pas un repas chaud dans de la porcelaine, avec du vrai champagne et du vin français!
– La route, coupa Malko, a deux avantages. D'abord, on perd notre trace. Ensuite, nous pouvons emporter du « matériel ». Pradorn vous a bien livré?
– Oui.
Tirant pensivement sur sa cigarette, il remarqua :
– Ça nous fait perdre un jour.
– Ça en vaut la peine, nous aurons sans doute besoin d'armes.
– OK, admit l'Américain. J'ai une Toyota Land Cruiser à châssis long. On va la prendre, on peut partir demain matin, passer par Nakhon Sawan, Tak et Lampang. La route n'est pas mauvaise, mais il y a beaucoup de circulation. Si on part tôt, on arrivera juste avant la nuit.
– Nous disposons d'une quinzaine de jours avant l'extradition de Lo Te Ming.
– En principe, oui, j'espère que ces enfoirés de la DEA n'arriveront pas à accélérer la procédure. Et que Khun Sa ne fera pas une nouvelle saloperie.
– Il n'a pas intérêt à tuer Matt Grit, fit remarquer Malko. Sinon, il n'a plus de monnaie d'échange.

*
**

Depuis Nakhon Sawan, ils se traînaient derrière d'énormes semi-remorques vides qui partaient chercher du bois dans le nord. Ils s'étaient uniquement arrêtés pour manger une soupe chinoise au bord de la route. La Land Cruiser tournait comme une horloge. A l'arrière, Mike Herald avait regroupé dans une cantine un véritable arsenal : six RPG7, quatre M.16 avec une profusion de munitions, des grenades à main, trois Uzi, quatre Beretta 92 avec une vingtaine de chargeurs. Plus trois téléphones mobiles, les seuls à bien fonctionner dans le nord du pays.

Avant de partir, Malko avait appelé le Mahusak Hospital. Lek était dans un état stationnaire. La morphine adoucissait son supplice, mais il n'y avait aucune chance de la sauver...

Profitant d'une section sans virage, Mike Herald lança la Land Cruiser à l'assaut de trois semi-remorques roulant en convoi. Devant, la route était dégagée, entre rizières et forêt; un paysage plat, d'un vert cru, piqueté d'innombrables villages. Malko repensait aux révélations de Mai Prasat.

– Cela vous paraît vraisemblable que Khun Sa vienne en Thaïlande? demanda-t-il.

– On l'a déjà prétendu, fit l'Américain. Il a tellement de complices dans ce pays que ce n'est pas étonnant. Il n'y a que les gars de la DEA qui le cherchent vraiment. Maintenant, j'aimerais bien que vous me précisiez votre plan. Hier soir, je n'ai pas voulu vous contrarier, d'abord parce que l'on n'a rien d'autre, mais je me demande si on ne s'embarque pas dans un truc cinglé...

– Ce n'est pas cinglé, corrigea Malko, seulement difficile à réaliser. Supposons que Khun Sa se rende en Thaïlande. Nous le kidnappons et lui donnons le choix : on le livre à la DEA ou il nous rend Matt Grit. Dans ce cas, on le laisse repartir de l'autre côté de la frontière.

Mike Herald évita une voiture qui arrivait à fond la caisse au milieu de la route.

– C'est le putain de plan le plus cinglé dont on m'ait jamais parlé. Si je soumets un truc comme ça à Langley, ils vont m'envoyer une camisole de force par Federal Express...

– C'est pour cela qu'il ne faut pas leur en parler, reconnut Malko. Mais si vous avez un meilleur plan, je suis partant. On peut aussi prendre d'assaut l'ambassade américaine et reprendre Lo Te Ming pour l'échanger, mais ce n'est guère plus facile. Nous avons une certitude, Khun Sa fera *tout* pour récupérer son traître. Et s'il ne l'a pas, il se vengera; en exécutant Matt Grit, qui aura probablement la *Medal of Honor* à titre posthume. On ne peut pas compter sur les Thaïs, ni sur la DEA. On ne peut compter, comme disait Mao Tse-Tung, que sur nos propres forces.

L'Américain tapota son volant.

– OK, vous avez raison, mais il y a tellement de problèmes à résoudre que j'ai l'impression de commencer à vider le Pacifique avec une petite cuillère.

Une heure plus tard, ils traversaient Lampang. Il leur fallut encore près de trois heures pour arriver en vue de Chiangmai. C'était encore la plaine mais dans le lointain, on apercevait les collines couvertes de jungle qui s'étendaient jusqu'au nord de la Birmanie.

La circulation était presque aussi folle qu'à Bangkok. L'hôtel où Mike Herald avait réservé, le *Westin*, se trouvait au sud de la ville, le long d'une rivière. Ultramoderne et sans charme, avec un hall de cathédrale chaleureux comme une chapelle funéraire. A peine installés, ils se retrouvèrent dans la chambre de Malko. Il faisait déjà nuit.

– Comment aborder ce Sombat Suwatana? demanda Malko. Si c'est un intime de Khun Sa, il risque de nous repérer immédiatement. Mais c'est un point de passage obligé. J'ai vu que le *Bangkok Post* avait un bureau ici.

– Moi aussi, j'ai réfléchi, dit Mike Herald. Il faut trouver un intermédiaire. Je connais une fille dans le coin. Une Américaine, Virginia Hood. Aux dernières nouvelles, elle habitait Mae-Hong-Son. Je l'ai sortie d'un sale pétrin. Elle s'était fait piquer à Don Muang le vagin bourré de préservatifs pleins d'héroïne. Elle risquait vingt ans de trou. Je me suis démerdé avec la DEA et les Thaïs pour qu'on laisse tomber l'accusation. Usage personnel. Elle s'en est tirée avec trois mois...

– Pourquoi êtes-vous intervenu?

Mike Herald se frotta le menton, gêné.

– Je l'aimais bien. On avait été ensemble quelques mois. Mais elle était totalement allumée, hystérique. Une fille intelligente, cultivée, qui s'était lancée là-dedans pour faire plaisir à son nouveau mec, un jeune Noir qui la défonçait comme un fou.

– La DEA n'a rien demandé en échange?

– Si, bien sûr. Ils l'ont recrutée comme informatrice et envoyée vivre à Mae-Hong-Son. Elle est censée leur fournir des renseignements. Je sais où elle habite, mais je ne sais pas comment elle va m'accueillir.

– C'est loin, Mae-Hong-Son?

– 250 kilomètres et 2 000 virages. Six heures de route.

– On ne peut pas lui téléphoner?

– Elle n'a pas le téléphone. Elle vit dans un putain de *guest house* avec des enfoirés de hippies qui viennent tirer sur le bambou grâce au *Welfare check*. Le mieux, c'est de foncer là-bas tout de suite. Elle connaît beaucoup de gens. Elle a peut-être entendu parler des virées de Khun Sa.

– Va pour Mae-Hong-Son, se résigna Malko. J'espère que cela sera utile.

*
**

On aurait dit des montagnes russes peintes en vert! Pas trente mètres sans un virage. La route de Chiang-mai à Mae-Hong-Son montait et descendait sans arrêt, sinuant au milieu des collines couvertes de jungle, à quelques kilomètres de la Birmanie. Il y avait peu de circulation, heureusement. De temps à autre, on apercevait des pistes de latérite rouge qui s'enfonçaient dans la jungle, toutes en direction de la frontière. A travers cette zone, des dizaines de tonnes d'héroïne s'écoulaient toute l'année, venant des différents laboratoires de Khun Sa. Par sachets de 700 grammes jusqu'à la valise de plusieurs kilos. Grâce à une multitude de passeurs. Ici, les Triades n'intervenaient pas, se contentant de regrouper à Bangkok les milliers d'envois pour les expédier hors de Thaïlande en faisant quatre fois la culbute. Les Chinois Haw qui les dirigeaient méprisaient les « mules » thaïes dont pourtant, ils ne pouvaient pas se passer. Car eux ne se risquaient jamais à ce trafic de fourmis.

Ils traversèrent en trombe un village. Ils étaient à mi-chemin. Le paysage était somptueux, sauvage, impressionnant. Et les virages succédaient aux virages. Mike Herald, les traits creusés par la fatigue, se tourna vers Malko.

– Encore trois heures! J'ai faim!

Ils s'arrêtèrent dans une épicerie-restaurant tenue par un vieux camionneur anglais et sa femme thaïe, pour manger une soupe chinoise. C'était le bout du monde.

– Pourquoi cette Virginia Hood s'est-elle installée à Mae-Hong-Son et pas à Chiangmai? demanda Malko.

– A Chiangmai, il n'y a pas le même trafic. Mae-Hong-Son, c'est tout près de la frontière. Tous les trafiquants sont basés là-bas. Les pistes partent à une dizaine de kilomètres et la DEA n'a pas de poste permanent, comme à Chiangmai. J'espère qu'elle n'est pas partie faire du trekking. Ou chez les Karens.

Cinq kilomètres plus loin, l'Américain dut freiner : un groupe d'éléphants se déplaçait lentement sur la route. Ils venaient de Birmanie, chargés de billes de bois...

Enfin, ils aperçurent le panneau indiquant Mae-Hong-Son et la route devint à peu près droite... La ville ressemblait aux bourgades du Far West! Une seule rue; des éléphants; beaucoup de hippies en moto; et tout autour, la jungle. Au bout de la rue principale se dressait un *Holiday Inn* flambant neuf et vide. Ils s'y installèrent, puis ressortirent pour escalader une colline dominant Mae-Hong-Son.

Après quelques tâtonnements, ils finirent par trouver le *Mae-Hong-Son guest house,* une construction de bois de plusieurs bâtiments avec une grande véranda abritant un bar.

Il y avait de l'animation. Un jeune Blanc faisait un assaut de boxe thaïe avec un grand Asiatique au crâne rasé, épais deux fois comme lui. Un autre Blanc buvait une bière au bar, une guitare en travers des genoux.

Assise en tailleur, une fille thaïe très belle était en train de se faire masser par une autre, qui lui étirait les doigts un par un. Elles ne s'interrompirent pas. Seul, le jeune Blanc posa sa guitare et leur adressa un sourire.

– *Hi*! Vous cherchez quelqu'un?

– Virginia, fit Mike Herald.

Le garçon désigna un bungalow séparé des autres par une petite terrasse de l'autre côté de la cour.

– Elle doit être là, je ne l'ai pas vue sortir.

Mike Herald traversait déjà la cour. Malko aperçut un hamac tendu devant le bungalow, avec une fille dedans. Elle tourna la tête et s'extirpa du hamac. Elle était grande, vêtue d'une robe beige sans forme, de longs cheveux blonds sur les épaules, pieds nus. Des seins importants pointaient sous la soie de son vêtement.

Elle s'arrêta net.

– Mike! *Jesus Christ*, qu'est-ce que tu fais ici?

Déjà, elle s'enroulait contre lui et l'embrassait à bouche que veux-tu. Mike Herald, gêné, se dégagea et présenta Malko.

– *Hi*, Malko, fit la jeune femme d'une voix douce.

Elle vint vers lui, colla sa bouche à la sienne, et son corps contre le sien, des épaules au pubis, comme s'ils étaient de vieux amants. Malgré sa fatigue, Malko fut parcouru par une décharge électrique. Il s'assit sur la balustrade de bois, laissant Mike Herald expliquer la raison de leur venue.

Virginia Hood l'interrompit.

– J'ai faim, vous m'invitez à dîner? Il y a un bon truc, en ville, le *Fern*. Vous avez une bagnole?

– Oui.

– Je me change et j'arrive.

Elle reparut dix minutes plus tard, transformée : ses longs cheveux noués en une grosse natte, la bouche maquillée, un débardeur moulant sa poitrine et un jean hyper-collant. Malko put constater que le bas valait le haut. Elle semblait ravie d'avoir de la visite. Avant de partir, elle demanda :

– Vous restez coucher ici?

– On est au *Holiday Inn*, dit un peu bêtement Mike Herald.

Virginia Hood eut un rire ironique.

– C'est vrai, vous êtes riches... Moi, je n'ai pas d'eau chaude, mais c'est sympa... J'ai trouvé une vieille jeep de 1945, un copain me l'a retapée et je peux me balader. J'adore aller dans la jungle. Je connais toutes les pistes du coin.

Elle s'était même parfumée, une sorte de jasmin, pas désagréable...

Le *Fern*, situé dans la rue principale, était immense, avec plusieurs salles. Il faisait presque frais.

Mike Herald commanda. Thaï et chinois, de la bière et du Mékong. Malko observait Virginia. Elle ne paraissait pas ses trente ans. Une lueur gaie flottait dans ses yeux bleus et elle respirait une santé de fer. Pas le profil d'une droguée... Elle commanda une « Original Margarita », expliquant au garçon thaï les proportions de téquila, de Cointreau et de lime. Les tom-yam-khoum (1) arrivèrent et Malko faillit s'étrangler avec la sienne. C'était du piment à l'état pur! Tandis qu'il s'étouffait, Virginia lui frotta le dos, avec sensualité.

A la salade de bœuf, Mike Herald demanda :

– Tu es seule ici?

Virginia Hood lui jeta un regard égrillard.

– Tu veux dire : est-ce que je baise? Oui, le type à la guitare, c'est mon copain. Je ne lui ai pas demandé de venir, j'ai pensé que c'était mieux. Il est sympa, toujours de bonne humeur, il a la peau délicieusement douce et une queue énorme. Ça te suffit?

Mike Herald devint écarlate. Gentiment, elle posa sa longue main sur son bras.

(1) Soupe aux crevettes.

– Excuse-moi, je voulais te rassurer, je ne ferai plus jamais la connerie d'où tu m'as sortie. C'est vrai, j'étais dingue de Dick. Il faut dire qu'il méritait bien son nom (1)... (Elle se tourna vers Malko, un rien provocante et précisa :) C'était mon amant. Un échappé du ghetto de Detroit, une sacrée *love machine*. J'avais jamais connu la peau noire. On vivait derrière le poste de police de Boukrat, près de Silom. Au milieu des *vinos*, des punaises et des rats. Mais je m'envoyais en l'air comme une folle. Quand il m'a demandé de repartir aux USA, en me bourrant le minou d'héroïne, j'ai été assez conne pour accepter. Sans Mike, je serais en train de casser des cailloux dans un pénitencier thaï en faisant la pute pour bouffer.

– Vous êtes mieux ici, fit sobrement Malko.

Virginia Hood appela le garçon et lui réclama une seconde « Original Margarita », en lui demandant de la « charger » un peu plus en Cointreau.

L'alcool lui déliait la langue.

– Tu as vu Ed souvent? demanda Mike d'une voix neutre. C'est le type de la DEA à Chiangmai, ajouta-t-il à voix basse à l'intention de Malko.

Virginia Hood secoua sa natte blonde.

– Il vient toutes les semaines. Je lui rapporte des trucs sans importance. Je lui ai parlé du mec du supermarché d'ici, qui s'est acheté une BMW. Tout le monde le sait. Mais je crois qu'il a une autre raison pour venir par cette route abominable.

– Laquelle? demanda Mike Herald.

– Il veut me baiser, fit-elle simplement. Chaque fois, je suis obligée de me battre pour qu'il ne vienne pas coucher dans mon bungalow. Même sans eau chaude, il est partant... J'ai essayé de l'emmener dans des petits bordels, pas loin d'ici, mais il ne veut pas.

Elle éclata de rire, un rire sain. Les gens commençaient à partir, le restaurant fermait à dix heures. Malko demanda :

(1) *Jeu de mots :* En américain, *dick* signifie membre viril.

– Vous avez entendu parler de Khun Sa?

Virginia Hood le fixa avec une stupéfaction mêlée d'ironie.

– Khun Sa! Vous plaisantez? Tout le monde travaille pour ou contre lui, à Mae-Hong-Son. C'est l'employeur numéro un, même s'il est de l'autre côté de la frontière. Les gens l'aiment bien, sauf ces connards de la DEA. Mais, Khun Sa disparu, il en viendrait un autre. C'est le système qui est pourri, enfin...

Mike Herald paya l'addition et se pencha sur la table.

– J'ai besoin que tu me rendes un service.

La jeune femme ne cilla pas.

– Je suis en compte avec toi, dit-elle d'une voix plus grave. Je te l'ai toujours dit. Je me doutais bien que tu n'étais pas venu jusqu'ici pour savoir comment je me portais. Un seul truc : ne me demande pas de balancer. Je me souviens encore de l'angoisse que j'éprouvais quand j'étais au poste de police de l'aéroport, à me répéter que ça allait durer vingt ans. Je ne veux pas être responsable de ça, même pour mon pire ennemi.

– Il ne s'agit pas de balancer, corrigea Malko.

Les yeux bleus se posèrent sur lui, intéressés.

– Vous êtes aussi dans le coup?

– Oui.

– Alors, accouchez.

Ils étaient les derniers et les garçons commençaient à tourner autour d'eux.

– Connaissez-vous un Thaï qui s'appelle Sombat Suwatana?

Elle fronça ses sourcils très rapprochés.

– Qu'est-ce qu'il fait?

– Journaliste au *Bangkok Post*, à Chiangmai.

Le visage de la jeune Américaine s'éclaira.

– Bien sûr! Je confondais avec un autre. Bien sûr, je sais qui c'est. On l'a surnommé l'« ambassadeur de Khun Sa »!

Malko sentit un délicieux fourmillement au creux de son estomac. Mai Prasat n'avait pas menti.

CHAPITRE X

– Pourquoi l'appelle-t-on l'« ambassadeur »? demanda Malko.

Virginia Hood alluma une Lucky Strike prise dans le paquet de Mike Herald avant de répondre.

– Il a effectué plusieurs reportages chez Khun Sa, dans le pays shan; et l'a présenté comme un combattant de la liberté. Jamais un mot sur la drogue. Tout ce que Khun Sa adore. Il a aussi servi d'intermédiaire à des journalistes étrangers qui voulaient contacter Khun Sa. Il paraît qu'il possède le numéro de son téléphone satellite. Bien entendu, il est très fier de cette relation. Moi, je sais qu'il va régulièrement rendre visite à Khun Sa, surtout depuis qu'il est à Ho-mong. Il lui apporte des journaux, des disques, des choses comme ça.

Malko buvait littéralement ses paroles.

– Comment avez-vous autant de détails? demanda-t-il, intrigué.

– Partons d'ici, fit Virginia. Je vais vous expliquer.

Le *Fern* était vide, à part eux. Ils se retrouvèrent dans la rue principale de Mae-Hong-Son et regagnèrent la Land Cruiser. Tandis que Mike Herald grimpait la colline, Virgina se retourna vers Malko, assis à l'arrière.

– Quand vous êtes arrivés, vous avez vu le grand type qui faisait de la boxe thaïlandaise?

– Oui.

– C'est Fang; un Birman, un Shan. Il est membre de

la MTA. Ils sont plusieurs milliers. Lui habite à Mae-Hong-Son parce qu'il est chargé du ravitaillement. Plusieurs fois par semaine, il expédie des pick-up pleins de riz et de produits de première nécessité, par les pistes de la jungle, jusqu'à Ho-mong. Et au retour...

Elle ne termina pas sa phrase. Malko le fit pour elle.

– Les camions ramènent de l'héroïne?

Virginia Hood eut un sourire malin.

– C'est ce que l'on dit, mais je n'en ai jamais vu. Par contre, il m'a raconté une histoire amusante, il n'y a pas longtemps. Il avait livré des sacs de riz à Ho-mong, quand Khun Sa lui a demandé de ramener quelqu'un en Birmanie. C'était Sombat Suwatana qui venait d'apporter des disques pour le bar karaoké de Ho-mong. Ils sont donc repartis ensemble, et Suwatana n'a pas résisté au plaisir de montrer à mon copain ce qu'il rapportait...

– Quoi donc? De l'héroïne?

– Mais non, fit la jeune femme en riant. Une paire de chaussures.

– Des chaussures...

– Oui, des escarpins de femme. Il y a quelques mois, Khun Sa a annoncé qu'il se lançait dans l'industrie des pierres précieuses et dans la fabrication de chaussures de luxe. Personne n'y a cru. Et, pourtant, Fang a bien vu une paire de chaussures extraordinaires! Des escarpins noirs entièrement incrustés de rubis! Fang m'a dit qu'il y en avait pour 500 000 baths...

– Mais qui va acheter ça? demanda Malko.

– Je ne crois pas en effet que beaucoup de femmes thaïes puissent se le payer, dit en riant Virginia Hood, à part quelques épouses de généraux. Mais cette paire-là, d'après Fang, n'était pas à vendre. Sombat Suwatana devait la remettre à une femme, de la part de Khun Sa. C'était un cadeau.

Malko sentit le sang se ruer dans ses artères. Le plan compliqué qu'il avait imaginé contre les Triades, et qui semblait avoir échoué, débouchait enfin sur une ouverture!

– Une femme dont Khun Sa est amoureux? Qui est-ce? interrogea Malko.

Virgina Hood secoua la tête.

– Je n'en sais rien, et Fang non plus. Sombat Suwatana n'a rien voulu dire. Il lui a fait jurer de ne parler à personne de cette paire de chaussures. Il lui a même dit que si Khun Sa apprenait son indiscrétion, il lui couperait la tête.

– Vous croyez à ce roman d'amour?

Virginia Hood eut un rire cristallin.

– Pourquoi pas? Khun Sa n'a rien à faire à Homong, il a beaucoup d'argent et comme tous les hommes ici, il n'aime que les filles jeunes. Regardez, nous sommes arrivés aux bordels de Mae-Hong-Son.

Elle leur désigna plusieurs petites maisons de bois dont les grandes baies étaient éclairées d'une étrange lumière bleue. C'était comme à Amsterdam. Derrière chaque fenêtre, il y avait une fille... Plutôt tristounet. Virginia Hood expliqua :

– C'est ici que les éclopés de Khun Sa viennent se refaire une santé. Ils vivent dans une grande maison, pas loin, et peuvent aller à pied au bordel... Ils sont reliés à Khun Sa par une radio puissante.

Malko était stupéfait de ce qu'il était en train d'entendre.

– Je croyais que la frontière entre la Birmanie et la Thaïlande était fermée.

Virginia Hood pouffa de rire au moment où Mike Herald pénétrait dans le *guest house*.

– Les policiers sont payés par Khun Sa. Beaucoup plus que leur salaire officiel. Les convois de vivres passent sans problème, à certaines heures et sur certains parcours. Trop de gens ont à y gagner. A commencer par les commerçants d'ici, qui lui vendent leur marchandise trois fois le prix. L'armée lui fournit des munitions puisées dans tous les dépôts secrets constitués pour les Khmers rouges. Oh, ce ne sont pas des missiles atomiques, mais le bénéfice suffit à un capitaine de l'armée thaïe pour se faire construire une villa et entretenir trois ménages. Seules les *Special Forces* interceptent un peu d'héroïne, mais gentiment... Un des leurs avait eu la main lourde, juste avant la saison des pluies. On a retrouvé sa tête piquée sur un bambou, au croisement de la piste Kuo-min-tang et de la route 107.

Mike Herald arrêta la Land Cruiser dans la cour.

Sur la véranda, il y avait toujours de l'animation. Fang, le gros Birman, descendit les marches, se mit au volant d'un 4 × 4 et s'en alla.

– Il va au travail, ricana Virginia Hood.

– Savez-vous si Khun Sa lui-même se risque en Thaïlande? demanda Malko.

– Moi, je ne l'ai jamais vu, dit la jeune Américaine, mais ce n'est pas impossible. On dit qu'il y a des réunions avec des acheteurs d'héroïne. Il a plusieurs affaires à Chiangmai, sous des prête-noms. Comme il achète à tout le monde, à part la DEA, il est à peu près tranquille. Je sais qu'une fois, on l'a vu sur la piste KMT, avec une lourde escorte : deux pick-up chargés d'hommes avec des fusils d'assaut et des lance-grenades. Il connaît la région comme sa poche, puisqu'il y habitait jusqu'en 1982.

– Et la DEA? Ils ne sont pas dangereux pour lui?

– Ils n'ont pas assez d'informations en temps réel. S'il venait en Thaïlande, ils le sauraient mais il serait déjà reparti...

Un nouveau verrou sautait dans le plan de Malko, mais il était encore loin du but.

– Parfait, fit-il, comment contacter ce journaliste sans l'alerter?

Virginia Hood reprit une Lucky Strike dans le paquet de Mike et demanda après avoir soufflé la fumée :

– Qu'est-ce que vous cherchez au juste?

Mike Herald répondit :

– Autant te dire la vérité, Khun Sa retient en otage un de nos agents. Il a mis des conditions impossibles à sa libération. Il veut qu'on lui livre un Chinois de son réseau arrêté par la DEA et qui est en train de le trahir. Même si nous acceptions, il est hors de portée. Nous avons essayé en vain de négocier. Alors, j'envisage un échange. Notre agent contre la maîtresse de Khun Sa.

Virginia Hood eut une moue sceptique.

– Vous ne connaissez pas les Chinois ! Ils ne mélangent pas le cul et le business. Même s'il est fou de cette fille, il ne marchera pas. Enfin, vous pouvez toujours essayer. Mais soyez prudents. Khun Sa est tout-puissant dans le coin et beaucoup le considèrent comme un authentique héros. L'héroïne, ici, c'est une marchandise comme une autre. Personne ne se sent coupable... Dans les villages, tout le monde fume de l'opium. On vous offre une pipe comme un verre de Mékong.

C'était comme en Colombie. Le monde occidental et les paysans producteurs d'opium étaient séparés par des années-lumière.

– Nous allons quand même essayer, insista Malko. Je pense que ce journaliste possède des informations intéressantes. Si nous trouvions le nom de la fille, déjà... Vous ne pourriez pas nous aider ?

Virginia Hood se retourna.

– *No way*, dit-elle calmement ; je veux bien vous aider, mais je ne tiens pas à me suicider. Je suis trop connue ici. Mais je vous conseille de prendre une interprète que je connais, Sao. Elle travaille avec les journalistes de passage. Cela n'éveillera pas l'attention de Sombat Suwatana.

Malko dissimula sa déception. Il sentait que la jeune femme ne changerait pas d'avis.

– Où pourrais-je la trouver ?

– C'est un peu compliqué. Je vais la joindre par ses cousins, elle n'a pas le téléphone et habite dans un village à une dizaine de kilomètres de Chiangmai. Vous serez là-bas demain ?

– Oui.

– A quel hôtel ?

– Au *Westin*. Chambre 1412.

– OK, je vais lui dire de vous contacter. Elle prend 1 000 baths par jour.

Ils sortirent tous les trois de la Land Cruiser. Il faisait presque frais et le son d'une guitare jouant *Scarborough Fair* montait de la véranda. Un calme absolu. Malko se demanda pourquoi une fille aussi belle que Virginia Hood croupissait dans cet antre de hippies...

– Pourriez-vous quand même faire quelque chose pour nous? demanda-t-il.

Espiègle, Virginia Hood s'étira, faisant saillir sa magnifique poitrine.

– Avec joie!

– Essayez de recueillir des informations sur Khun Sa et sur son amoureuse. Cela peut beaucoup nous aider.

– Promis, lança-t-elle. D'ailleurs, vous êtes sympa! Je croyais avoir vu tous les allumés de la terre, mais des types qui s'attaquent à Khun Sa bille en tête, je ne connaissais pas encore. Faites attention de ne pas vous retrouver au bout d'une pique en bambou. Ce mec n'a absolument pas d'humour. Allez, *take care*, et *good luck*!

Elle embrassa d'abord Mike Herald, puis Malko. Ses lèvres pressèrent les siennes un peu plus longtemps qu'il n'était normal pour des gens se connaissant à peine. Puis, elle partit en courant rejoindre son amant guitariste.

*
**

C'étaient les mêmes virages, mais à l'envers. Malko avait pris le volant pour redescendre sur Chiangmai. Les collines succédaient aux collines, uniformément couvertes de jungle. Ils s'étaient levés à six heures et il y avait de la brume sur le minuscule lac de Mae-Hong-Son.

– Il n'y a pas d'avion entre Mae-Hong-Son et

Chiangmai? demanda Malko, les mains ankylosées, pleines d'ampoules à force de changer les vitesses.

– C'est encore plus dangereux que la route, fit laconiquement Mike Herald, cramponné à son siège. Les deux derniers sont tombés. Pas de survivants.

Ils avaient l'impression d'être sur un manège de foire...

– Virginia Hood n'ira pas baver? s'interrogea Malko, au sommet d'un petit col.

– Non, c'est une fille *straight*. Elle est belle, non?

Il y avait de la nostalgie dans sa voix.

– Superbe, reconnut Malko, mais quelle drôle de vie...

L'Américain réussit à allumer une Lucky Strike, malgré les cahots et les glaces ouvertes grâce au pare-vent protégeant la flamme de son Zippo. Son geste habituel lorsqu'il était perturbé. Cela le calmait, d'habitude. Les yeux fixés sur la ligne verte de la jungle, il laissa tomber :

– C'est une folle du cul! Le problème, c'est qu'elle se lasse vite. Moi, c'est vrai, j'étais fou d'elle. Quand j'ai appris qu'elle me trompait avec un négro, j'ai failli aller le flinguer. Un culturiste! Elle en était dingue, me donnait des détails qui me donnaient envie de l'étrangler. Ce fumier se servait d'elle. S'il s'était contenté de lui fourrer sa queue! Vous avez vu le nouveau? Pas le même genre! Avec elle, on ne sait jamais. Quand ses ovaires se mettent à palpiter, elle ne se retient pas. D'ailleurs, j'ai constaté qu'elle vous aimait bien. On serait restés à Mae-Hong-Son, vous y passiez, guitariste ou pas...

C'était un peu l'impression de Malko, et il éprouva un fugitif regret. Il sentait encore la tiédeur des lèvres de Virginia Hood sur les siennes. S'ébrouant mentalement, il s'inquiéta :

– Vous avez appelé Bangkok? Il y a des nouvelles de Matt Grit?

– Aucune.

Malko regarda les crêtes couvertes de jungle qui les

entouraient. A vol d'oiseau, ils se trouvaient à quelques dizaines de kilomètres de Khun Sa et de son otage. Mais c'était comme s'il avait été sur une autre planète.

Le silence retomba entre les deux hommes. Quelques minutes plus tard, ils traversèrent le village de Huai-Som et retrouvèrent la route 107 filant vers le nord; avant de s'engluer à l'entrée de Chiangmai, dans des embouteillages dignes de Bangkok. Il leur fallut une heure pour arriver au *Westin*.

*
**

Sao n'atteignait pas 1,50 mètre... Bien faite, moulée dans un pull et un jean, avec un petit museau de carlin, et une grosse bouche. Elle attendait Malko à côté de la réception du *Westin*.

– Vous êtes l'interprète? interrogea Malko.

– Je.

Ça commençait bien... En quelques minutes, il découvrit que l'anglais de Sao se résumait à un gazouillis à peu près incompréhensible. Mais elle était pleine de bonne volonté. Elle écouta attentivement son histoire : journaliste allemand, il voulait entrer en contact avec le célèbre Khun Sa. On lui avait dit qu'un journaliste du *Bangkok Post*, Sombat Suwatana, le connaissait bien.

Elle ne le connaissait pas. Malko, qui avait relevé l'adresse du *Bangkok Post* dans le quotidien, proposa :

– Allons à son bureau...

– Allons-y, gazouilla Sao.

Elle avait laissé sa Honda au parking et ils prirent une voiture avec chauffeur fournie par le concierge. La Land Cruiser avec sa plaque de Bangkok manquait de discrétion. Le centre de Chiangmai, un kilomètre carré délimité par des canaux, présentait une animation incroyable, et une circulation difficile.

Le *Bangkok Post* se trouvait dans Phra Pokklao, un bureau minuscule dans un hideux building blanc moderne. Deux pièces en enfilade, avec des secrétaires. Après les inévitables *wai*, Sao se lança dans des explications volubiles. De son gazouillis, il ressortit que Sombat Suwatana n'était pas là, mais qu'il devait passer avant la fermeture, à cinq heures. Les deux secrétaires louchaient sur les yeux dorés de Malko en pouffant. Pour elles qui ne voyaient que des prunelles sombres à longueur d'année, il venait d'une autre planète...

Ils s'installèrent sur la banquette, un œil sur la pendule. A cinq heures moins dix, un Thaï au visage bouffi, alourdi par des bajoues, prenant l'air important, en cravate et chemisette, le teint très sombre, fit son entrée. Les deux secrétaires se levèrent comme si c'était le roi de Siam, et la plus gradée commença à pépier... Le nouveau venu se tourna vers Malko avec un sourire fat et lui tendit une main molle.

Sao intervint. Apparemment, Sombat Suwatana ne parlait que thaï et chinois; bizarre pour un journaliste travaillant pour un quotidien de langue anglaise. Il resta debout, appuyé au bureau, tandis que Sao débitait son conte de fées.

Devant son expression plutôt bougonne, Malko vola au secours de son interprète.

– Dites-lui que *Stern* est prêt à payer très cher un entretien avec le général Khun Sa. J'aimerais que monsieur Suwatana vienne avec moi. Il sera rétribué mille dollars par jour.

Pour quelqu'un qui devait gagner moins de mille dollars *par mois*, il y avait de quoi saliver. La traduction de Sao dut être correcte, car le visage du journaliste s'éclaira et son attitude se modifia.

– Il nous propose d'aller discuter dans un café, expliqua Sao. Ici, ils vont fermer.

Ils se retrouvèrent dans un endroit inattendu baptisé *Le Café de la Paix*. Caricatures de vedettes de cinéma aux murs, tables avec des nappes à carreaux, escargots et charcuterie au menu... le redoutable « restaurant français » des Tropiques. Connaissant le goût des Thaïs pour le whisky, Malko commanda une bouteille de

Defender, à laquelle le Thaï rendit immédiatement hommage. Dès le troisième verre, il devint si prolixe que Sao eut du mal à traduire...

Oui, le général Khun Sa l'honorait de son amitié. Il recevait souvent des journalistes étrangers. Il n'était pas xénophobe et avait même écrit au président Bill Clinton pour lui proposer d'arracher l'opium. Mais il avait besoin d'argent pour lutter contre les militaires corrompus du SLORC... et libérer le pays shan.

Plus le niveau du Defender baissait, plus l'image de Khun Sa émergeait, à mi-chemin entre Saint-Vincent-de-Paul et Sainte Jeanne d'Arc.

Avec une rasade de plus, le journaliste thaï devint carrément lyrique, pour évoquer l'ignoble campagne de désinformation de la DEA tendant à faire passer le noble général Khun Sa pour un trafiquant de drogue... Alors qu'il se contentait de percevoir des taxes...

Malko sentit qu'il fallait frapper un grand coup. Il sortit une liasse de billets et compta mille dollars.

– Dites-lui que c'est une avance pour ses frais, expliqua-t-il à Sao. Nous ne voudrions pas perdre trop de temps à attendre à Chiangmai...

Les billets avaient déjà disparu. Devant une telle munificence, le journaliste se sentit obligé de faire un geste. Il griffonna un téléphone et un nom sur la nappe et le tendit à Malko qui lut : « Khun Sei (053) 6598765. »

– Il faut l'appeler de sa part, expliqua Sao. C'est le correspondant de Khun Sa. Tout passe par lui, pour la logistique. Lui, il va joindre Khun Sa directement, pour demander le rendez-vous.

Quand ils sortirent du *Café de la Paix*, Sombat Suwatana titubait légèrement. Visiblement, il aurait bien emporté ce qui restait de la bouteille de Defender. Il serra vigoureusement la main de Malko, lui demandant de le rappeler le lendemain, à cinq heures. Sao était ravie du succès de sa traduction.

De retour au *Westin*, Malko alla retrouver Mike

Herald dans sa chambre. L'Américain écouta son récit, plutôt perplexe.

– C'est bien, conclut-il. Mais sur la fille, vous n'avez rien glané. Qu'est-ce que vous allez faire, si Sombat Suwatana vous embarque pour Ho-mong dans deux jours? Apporter des oranges à Matt?

CHAPITRE XI

Malko ne se laissa pas démonter par la remarque ironique de Mike Herald. Lui aussi avait pensé à cette éventualité qui paraissait encore folle vingt-quatre heures plus tôt.

– Mike, j'ai beaucoup réfléchi, dit-il. Je pense de plus en plus que notre *unique* chance de sauver Matt Grit est de l'échanger contre Khun Sa lui-même. Ce dernier ne lâchera son otage qu'en échange de sa propre liberté... A partir de là, la voie est étroite, c'est vrai. Et elle passe par l'obtention de certaines informations, que seul Sombat Suwatana est en mesure de nous donner. Vous vous souvenez qu'avant de mourir, Mai Prasat avait parlé de chaussures... Nous avons retrouvé la même histoire dans la bouche de Virginia. On peut estimer que Khun Sa a une maîtresse à Chiangmai et qu'il lui arrive d'aller la voir. Tant que nous ne l'aurons pas identifiée, nous sommes bloqués. Impossible de surveiller Suwatana jour et nuit. Il faut qu'il nous le dise.

– Vous y croyez? coupa l'Américain.

– Peut-être, en devenant plus intime avec lui. En le flattant, en le faisant parler de Khun Sa. C'est vrai, je ne suis pas certain d'aboutir, mais, encore une fois, il n'y a *rien* d'autre à faire. Je peux faire traîner le voyage à Ho-mong quelques jours, si cela va trop vite, en prétextant l'arrivée d'un photographe. C'est vrai : c'est acrobatique et dangereux.

Mike Herald eut un geste fataliste.

– OK, vous m'avez convaincu. Prions le ciel que vous ayez raison et qu'on ne débouche pas sur une impasse. Car, même quand on aura identifié la maîtresse de Khun Sa, le principal restera à faire.

– Je vous l'accorde, reconnut Malko.

Aucun des deux hommes n'avait faim. Ils décidèrent de rester dans leur chambre. Les heures à venir allaient être cruciales.

*
**

Sao tourna un visage désolé vers Malko.

– *Khun* Suwatana ne vient pas au bureau aujourd'hui. Il n'a pas laissé de message.

Quatre heures. La journée avait passé lentement et maintenant, cette douche froide. Malko ne voulut pas céder au découragement : la fiabilité n'était pas la qualité première des Thaïs.

– Demandez son numéro chez lui.

Nouveau gazouillis et nouvelle déception.

– Bon, fit Malko. Laissez le message qu'il me rappelle ici, à l'hôtel.

C'était le deuxième contretemps de la journée. Le matin, il avait appelé le numéro du correspondant de Khun Sa, sans succès. Une femme avait répondu qu'il se trouvait à Mae-Hong-Son.

– Rappelez Khun Sei, demanda-t-il.

Elle s'exécuta puis se tourna vers Malko, de plus en plus désolée.

– Il n'est pas là.

– Demandez l'adresse, réclama Malko.

Lorsqu'elle l'eut notée, il se leva.

– On y va.

Une demi-heure plus tard, ils arrivaient au *soi* n° 3 de Waikheo Road. Le 26 était une maison de bois au milieu d'un jardin. Une grosse Thaïe apparut. La conversation s'engagea entre elle et Sao, qui traduisit :

– Khun Sei n'est plus là, on ne sait pas quand il reviendra.

– Où est-il?

– On ne sait pas. Peut-être à Mae-Hong-Son, peut-être ailleurs.

La femme avait envie de parler, ils s'assirent sur des chaises à l'extérieur. La maison paraissait très grande. Finalement, la vérité se fit jour par bribes. Ce lieu servait de pension de famille pour les Shans de passage à Chiangmai. Le loyer était payé par Khun Sa à la propriétaire. Celle-ci ne parlait pas à ses locataires qui faisaient ce qu'ils voulaient.

– On va au *Bangkok Post*, intima Malko à Sao. Il faut absolument obtenir le numéro personnel de Suwatana.

Quelque chose ne collait pas.

Après une nouvelle traversée de Chiangmai, les secrétaires du *Bangkok Post* les accueillirent comme de vieilles connaissances, et Sao se lança dans une longue conversation. A sa mimique désolée, Malko devina qu'il y avait un problème...

– Il ne veut plus nous voir, annonça Sao. Il a dit que vous n'étiez pas assez important pour lui... Mais la secrétaire, qui vous trouve sympathique, m'a donné son numéro chez lui, dans son village. Il doit s'y trouver maintenant.

– Bon, retournons à l'hôtel.

Ils se séparèrent au *Westin*. Sao repartit chez elle. A peine dans sa chambre, Malko composa le numéro du journaliste. Une voix d'homme répondit aussitôt.

– M. Suwatana? demanda Malko.

– Il n'est pas là, fit la voix avant de raccrocher aussitôt.

Furieux, Malko recomposa le numéro. Cette fois, c'est un enfant qui répondit, disant, avant même qu'il ait eu le temps de parler :

– M. Suwatana n'habite pas ici. Laissez-le tranquille!

Ce n'était plus la peine d'insister...

– C'est sa voix que j'ai entendue, annonça un peu plus tard Malko à Mike Herald. Il rompt le contact.

Le tout était de savoir pourquoi. Jusqu'ici, Malko s'était conduit comme n'importe quel journaliste s'accrochant à un bon « contact ». Pour que Sombat Suwatana ait rompu aussi brutalement, il fallait une cause extérieure. Comme il avait dû téléphoner à Khun Sa, le problème ne pouvait venir que de là. Et ce n'était pas rassurant.

Pour peu que le journaliste thaï ait décrit Malko, Khun Sa pouvait avoir reconnu l'homme qui avait été en contact avec Su Wan Ho. Dans ce cas, le plan de Malko tombait à l'eau.

– Attendons jusqu'à demain, suggéra Malko. Nous retournerons voir votre copine. Sinon, il n'y a plus qu'à rentrer à Bangkok.

Tristement, ils allèrent dîner dans un restaurant thaï en plein air, *L'Ecume des jours*, tenu par un Français, au bord de la Mae Ping River. La nourriture immonde, la bière tiède et les moustiques affamés ne leur remontèrent pas le moral. La cantine pleine d'armes dans la Land Cruiser était devenue un gadget inutile. Et pendant ce temps, Khun Sa était peut-être en train de mutiler l'agent de la CIA.

***

Matt Grit regardait les étoiles à travers la grille qui fermait sa cellule creusée dans le sol. Il grelottait. Il eut alors l'idée d'allumer son Zippo et de le laisser brûler pour se réchauffer à sa flamme généreuse! La nuit, il faisait froid à Ho-mong. Couché en chien de fusil sur sa natte, enroulé dans une couverture multicolore tissée sur place, il essayait de s'évader par la pensée.

Depuis qu'on l'avait jeté dans ce trou inondable, il n'avait vu personne, à part le soldat qui lui jetait sa pitance quotidienne : du riz avec des morceaux de porc ou de poulet, une eau tiède et saumâtre. Au Vietnam, en opération spéciale, il avait connu des conditions identiques. Fait prisonnier, les Viets l'avaient gardé plusieurs jours dans une cage immergée dans une petite rivière, où il n'avait que la tête hors de l'eau. Mais aujourd'hui, il avait quelques années de plus...

Il suivit des yeux une étoile filante. Il avait renoncé à guetter les bruits de la nuit, espérant toujours le « vroom-vroom » d'un hélicoptère. Tout en se forçant à ne pas trop espérer, il restait vigilant, pour ne pas rater la chance si elle se présentait. Il ne pouvait pas imaginer que Mike le laisse tomber.

Grâce à sa connaissance du chinois, il avait essayé de lier conversation avec le soldat qui l'emmenait aux latrines. Sans résultat. Ou l'autre ne parlait que shan, ou il avait des instructions précises. Et Matt n'avait rien à lui donner, à part son vieux Zippo dont il ne se serait séparé pour rien au monde. Garanti à vie, comme tous les Zippos, il le garderait jusqu'à son dernier souffle.

Il avait l'impression d'être oublié de tous au fond de ce trou. A des années-lumière de Bangkok. Il ferma les yeux, essayant de deviner ce que Mike Herald pouvait tenter. Il imagina une opération commando, tout en sachant que c'était pratiquement impossible. Le terrain autour de Ho-mong était truffé de mines et de postes de garde. En regardant fixement Vénus, il se mit à prier.

*
**

A dix heures, après avoir appelé une ultime fois le *Bangkok Post* et Khun Sei, Malko prit sa décision : il repartait à Mae-Hong-Son.

L'idée d'affronter à nouveau cette route effroyable lui donnait le tournis, mais à Chiangmai, ils étaient au point mort.

Il descendit avec Mike Herald dans le hall. Sao était là, attendant sagement. Malko alla lui annoncer leur départ. Quand elle sut qu'ils allaient à Mae-Hong-Son, elle demanda aussitôt à Malko :

– Est-ce que vous voulez bien m'emmener? J'ai beaucoup d'amis là-bas. Je reviendrai en bus.

Cinq minutes plus tard, ils sortaient. Normalement, il fallait traverser la ville pour rattraper la route 107, mais Sao leur conseilla de partir vers le sud, par Lumpini Road pour prendre la 106 vers l'est, rattrapant ainsi la *super-highway*, le périphérique de Chiangmai. Malko, au volant, suivit ses indications. Elle semblait folle de joie, assise au milieu du siège arrière. Tout à coup, elle annonça :

– Je crois qu'il y a un pick-up qui nous suit...

Le pouls de Malko grimpa immédiatement à 150. Il jeta un coup d'œil dans le rétroviseur et aperçut un pick-up Toyota noir, juste derrière eux. Deux hommes dans la cabine. Des véhicules semblables, il y en avait des centaines.

– Comment le savez-vous? demanda-t-il.

– Il était dans le parking du *Westin*...

Ça n'avait pas l'air de la bouleverser. Malko accéléra et le pick-up en fit autant.

Sans rien dire, Mike Herald ouvrit son sac de toile et posa son Uzi sur ses genoux. La tension avait brutalement monté. Pourtant, le conducteur de l'autre véhicule se contentait de les suivre.

– Ils veulent peut-être savoir où nous allons? suggéra Mike.

– Vous pensez que ce sont des gens de Khun Sa?

– Ou des mouchards à la solde de la DEA, corrigea l'Américain. Ils ne savent pas qui nous sommes...

Après le carrefour avec la route de Doi Saket, le trafic devint plus fluide. Ils avaient à peine parcouru cent mètres que le pick-up déboîta pour les doubler. Mike Herald posa le doigt sur la détente de son arme, mais rien ne se passa. Malko aperçut fugitivement le profil du passager du pick-up. Il ressemblait à Gengis Khan, avec une moustache tombante. Mais Gengis Khan n'avait jamais arboré de queue de cheval... Un costaud, plutôt Chinois que Thaï.

– Fausse alerte, lança Mike Herald en remettant son Uzi dans le sac.

Il n'avait pas refermé la bouche que le pick-up,

devant eux, leur fit une queue de poisson et se mit en travers de la chaussée, les forçant à s'arrêter. Malko écrasa le frein. Du pick-up jaillit le Chinois à la moustache tombante, un M.16 à la main.

Malko et Mike Herald eurent le même réflexe. Ils ouvrirent en même temps leur portière et plongèrent à l'extérieur. Malko roula sur lui-même et se releva, juste à temps pour voir le Chinois ouvrir le feu sur la Land Cruiser. Une longue rafale qui fit exploser le pare-brise. La Toyota tremblait sous le choc des impacts... Les voitures pilaient derrière, les unes après les autres.

D'un bond, le tireur remonta dans le pick-up, poursuivi par le staccato de l'Uzi. Accroupi derrière une voiture en stationnement, Mike Herald vidait son chargeur. Trop tard : le pick-up démarra en trombe, filant sur la *super-highway* dégagée. Malko se releva, plein d'espoir : deux cents mètres plus loin, un policier thaïlandais alerté par les coups de feu, le visage protégé par un masque à gaz, venait de se placer au milieu de la route, pistolet au poing, pour arrêter le pick-up. Mike Herald courut jusqu'à Malko.

– Putain, on a eu chaud! lança-t-il.

Malko réalisa soudain que Sao était restée dans la voiture.

– *Mein Gott*! Sao!

Ils se ruèrent vers la Land Cruiser. La petite interprète était recroquevillée sur le siège arrière, la tête éclatée, le torse criblé d'impacts. Il y avait du sang partout. Les projectiles du M.16 s'étaient concentrés sur elle. Depuis longtemps, elle avait cessé de respirer. L'avant de la voiture était en bouillie, le capot déchiqueté, comme le radiateur qui laissait échapper une fumée blanchâtre.

Tout à coup, Malko poussa un hurlement de fureur. Là-bas, le pick-up venait de repartir; le policier en uniforme qui l'avait arrêté saluait respecteusement son conducteur.

– Qu'est-ce que cela veut dire? explosa-t-il.

– Je n'en sais foutre rien, dit Mike Herald, mais ça

sent mauvais. J'appelle mon copain Ed Kelly de la DEA. *Lui*, ce n'est pas un fumier. Pourvu qu'il soit à Chiangmai...

Il avait déjà déplié l'antenne du portable.

Leur Land Cruiser était en train de créer un énorme bouchon. Deux policiers en moto surgirent et se figèrent à la vue des impacts et du cadavre de Sao. Mike Herald leur exhiba sa carte de diplomate et ils se calmèrent.

*
**

On venait d'évacuer le cadavre de Sao, qui paraissait encore plus petite morte. Ed Kelly, le chef d'antenne de la DEA à Chiangmai, était arrivé quelques minutes plus tôt et discutait fermement avec un capitaine de la police thaïe qui trouvait cette fusillade suspecte... Petit, les cheveux très noirs, longs dans le cou, un gros nez aquilin, Ed Kelly ressemblait plus à un mafioso qu'à un *special agent*.

Malko s'approcha du groupe.

– Pourquoi le policier a-t-il laissé repartir le pick-up, après l'attentat?

– Il prétend que son conducteur avait une carte des *Special Forces*. La police n'a pas d'autorité sur eux.

– Une fausse carte, suggéra Malko.

– C'est ce que dit le capitaine, précisa Ed Kelly. Mais ce n'est même pas sûr. Les gars des *Special Forces* sont de sacrés voyous.

– Ce véhicule n'avait pas de plaque, fit remarquer Malko.

Ed Kelly sourit.

– Ceux des *Special Forces* n'en ont jamais.

La discussion reprit en thaï entre le capitaine, frêle comme un garçonnet et les deux Américains. Apparemment, il y avait un problème... Ed Kelly expliqua à Malko en sortant son téléphone portable :

– Ce con fait du zèle. Il veut vous emmener témoigner, saisir la Land Cruiser, poser des tas de questions... Je vais essayer d'arranger le coup avec le patron local de l'ONCB. Il est sympa et je l'arrose pas mal.

Il s'interrompit pour parler à son interlocuteur en thaï. Quelques instants plus tard, il tendit le portable au capitaine de la police.

– C'est OK, annonça-t-il. Il a dit au capitaine de ne pas nous causer de problèmes. Il va nous emmener à son bureau. Ce n'est pas très loin d'ici. Il n'y a qu'à charger votre matériel dans ma voiture, ajouta-t-il avec un clin d'œil...

Sous l'œil suspicieux des policiers thaïs, ils transportèrent la cantine pleine d'armes et leurs affaires dans la Land Cruiser d'Ed Kelly. Ce dernier lança à Mike Herald :

– Je monte avec le capitaine. Suivez-moi avec la mienne.

Dès que Malko fut seul avec Mike Herald, il lui demanda :

– Qu'avez-vous dit à Ed Kelly?

– Le minimum. Qu'on préparait une opération clandestine pour libérer Matt Grit. D'où notre présence ici. Et que Khun Sa avait dû avoir vent du truc, ce qui expliquait l'attaque dont on vient d'être victimes. Ed est OK, ce n'est pas un enfoiré comme Simpson. Là, il nous évite de gros emmerdements... Mais, de toute façon, la situation n'est pas brillante.

Malko avait eu le temps de réfléchir, en attendant sous le soleil.

– Oui et non, dit-il. L'ennui c'est que nous avons perdu le contact avec Sombat Suwatana. Donc, pour la « fiancée » de Khun Sa, il va falloir nous débrouiller tout seuls. D'un autre côté, Khun Sa ne doit pas être particulièrement inquiet. Suwatana n'a pas pu lui parler de la fille, puisque nous n'avons pas eu le temps de lui tirer les vers du nez. Il a dû appeler Khun Sa qui a compris aussitôt que le journaliste allemand, c'était moi. C'est bien qu'on ait demandé à aller à Ho-mong. Cela accrédite l'hypothèse d'une sorte d'opération commando plus ou moins suicidaire... Il a dû dire à

Suwatana de nous décourager... Il est en tout cas à mille lieues de soupçonner la *véritable* raison de notre présence à Chiangmai.

– Espérons que notre optimisme se justifiera, conclut Mike Herald. Moi, je trouve qu'on est dans la merde.

Les bureaux de l'ONCB se trouvaient au nord de la *super-highway*, sur la route 107, dans un complexe de bâtiments administratifs entourant le palais de justice, pratiquement en pleine campagne. Une secrétaire, installée en plein air sur le palier du premier étage, en face d'un tableau noir annonçant en thaï les visiteurs de la journée, les introduisit auprès du responsable de l'ONCB. Sri Pasang accueillit chaleureusement les trois hommes. Son bureau ressemblait à un temple, avec un véritable autel croulant sous les Bouddhas et de superbes boiseries. Très affable, il semblait manger dans la main d'Ed Kelly.

– J'ai procédé à une petite enquête en vous attendant, annonça-t-il d'emblée. Aucun membre des *Special Forces* de Chiangmai ne correspond au signalement de l'homme qui a tiré sur vous. Ou il avait de faux papiers, ou il appartient à un groupe basé ailleurs, Chiang Rai ou Mae-Hong-Son... Avez-vous une idée de la raison pour laquelle il vous a attaqués?

– Nous enquêtons sur Khun Sa, expliqua Malko.

Sri Pasang se permit un sourire timide.

– Ce n'est pas une raison suffisante. Si Khun Sa devait faire liquider tous ceux qui enquêtent sur lui, *Khun* Kelly serait mort depuis longtemps. Nous avons un *gentlemen's agreement* avec lui. Les seuls qu'il tue, ce sont les indicateurs, ce qui est un peu moral... Il faut être flexible. Personne ne cherche une guerre d'extermination...

Malko se frottait les yeux. Il avait toujours entendu dire qu'il fallait *deux* gentlemen pour conclure un *gentlemen's agreement*. Sauf en Thaïlande. Quant aux indicateurs, bien sûr, ce n'étaient pas toujours de nobles motifs qui les poussaient, mais le général semblait les considérer comme des victimes expiatoires naturelles...

Le Thaï versa du thé avec componction, s'excusant de ne pas avoir de biscuits. Malko commençait à comprendre pourquoi Khun Sa était aussi puissant. Tout le monde était, peu ou prou, de son côté. C'était finalement un atout : le baron de la drogue ne penserait jamais qu'on puisse l'attaquer de front. D'une voix égale, il posa *la* question :

– Khun Sa ne vient jamais en Thaïlande?

Il s'attendait à des dénégations énergiques, mais Sri Pasang eut un geste évasif.

– Ce n'est pas impossible, reconnut-il, mais, évidemment, je ne suis pas prévenu. Nous avons mis sa tête à prix pour 50 000 dollars. La frontière est très perméable, certes, mais je ne vois pas ce qu'il viendrait faire ici. Il a tout ce qu'il lui faut de l'autre côté, et les espions de M. Kelly sont aux aguets...

L'Américain de la DEA eut un rire cynique.

– Ceux qui sont encore vivants... Khun Sa ne nous aime pas beaucoup.

Sri Pasang sourit. Jaune. Il y eut encore quelques échanges de banalités, puis le patron de l'ONCB, après avoir assuré à Ed Kelly que ses amis ne seraient pas ennuyés par la police locale, les mit poliment dehors.

– J'ai une idée, suggéra Ed Kelly, tandis qu'ils roulaient vers le centre. Je vais vous laisser ma Land Cruiser; je pars demain pour Bangkok et Singapour. J'en ai pour dix jours. Ici, les voitures de location sont pourries. Pendant ce temps, on va faire retaper celle de Mike, il y a un très bon garage Toyota. Vous quittez Chiangmai?

– Oui, confirma Mike Herald.

Ed Kelly eut un rire joyeux.

– Je ne veux pas savoir où vous allez. *Take care.*

Vingt minutes plus tard, ils arrivaient au Nakorn Ping Bridge, remontaient un peu le long de la rivière, tournaient autour d'un superbe *dagoba* blanc comme une meringue et entraient au consulat américain, où la DEA avait un strapontin.

Le bâtiment central, en bois et sur pilotis, ne payait

pas de mine, mais la climatisation marchait. Ed Kelly regarda sa montre.

– Si vous y allez maintenant, vous pouvez encore arriver avant la nuit. Faites attention à la jauge, elle déconne. Voilà l'adresse du garage Toyota et le téléphone. Je ferai transporter la vôtre demain. Et je ne dirai pas à Simpson que je vous ai prêté ma voiture de service...

Il les raccompagna jusqu'à la voiture. Elle était visiblement en moins bon état que celle de Mike Herald.

– C'est vraiment un type super! fit Mike Herald en franchissant le portail du consulat.

Encore une demi-heure et ils retrouvèrent la route 107. Malko eut une pensée attristée pour Sao qui voulait tellement aller à Mae-Hong-Son...

A quoi tient le destin.

*
**

La chaleur écrasait la jungle. Ed Kelly avait oublié de leur dire que sa clim ne marchait pratiquement pas. Du coup, ils roulaient vitres ouvertes, quitte à avaler des tonnes d'insectes.

250 kilomètres de virages et de montagnes russes! La Land Cruiser tanguait comme un boutre dans la tempête et Malko avait les reins en bouillie. Balayant machinalement des yeux le paysage, il aperçut un petit restaurant en contrebas de la route. Deux véhicules étaient arrêtés devant : une vieille Honda et un pick-up Toyota noir en train de démarrer.

– Regardez! lança Malko à l'Américain.

Mike Herald tourna la tête et jura aussitôt.

– *For God's sake!* C'est lui.

Mike tourna brutalement à gauche, s'engageant dans le sentier menant au restaurant. Le conducteur du pick-up les aperçut et accéléra aussitôt, regagnant la route par le bas-côté, en direction de Mae-Hong-Son. Le temps que l'Américain en fasse autant, il avait pris cinquante mètres d'avance... Ils traversèrent tous les deux le village suivant à tombeau ouvert. Impossible de demander de l'aide. Sur cent kilomètres, il n'y avait rien. Soudain, après un virage particulièrement serré, suivi d'un dos d'âne, le pick-up sembla s'être volatilisé.

Mike parcourut encore une centaine de mètres, croyant avoir été distancé. Puis, une des rares lignes droites lui permit de vérifier le contraire. Il revint sur ses pas. Juste avant le village de Mae-Soenye, il aperçut une trouée dans la jungle sur sa gauche : le début d'une piste étroite.

– C'est une des pistes KMT, annonça Mike Herald, ils sont partis par là.

Il y fit aussitôt plonger le museau de la Land Cruiser. La piste était défoncée, mais sèche, avec d'énormes ornières. Elle zigzaguait dans une jungle épaisse en suivant une petite vallée. Sur ses gardes, Malko scrutait la muraille verte des deux côtés. Pas un bruit, à part des oiseaux qui s'envolaient. Ils arrivèrent à un premier village : quelques maisons sur pilotis et un vieux temple de bois en ruines. A l'entrée, il y avait une guérite, vide, avec un écriteau en thaï.

– Normalement, il y a un poste de la BPP ici, annonça l'Américain. S'ils ne sont pas là, c'est que c'est un jour « sans ». La voie est libre pour les Khun Sa *boys*. Plus loin, il devrait y avoir des Rangers et la police de Mae-Hong-Son...

Il repartit, mais au bout de deux kilomètres, il écrasa brutalement le frein.

– On fait demi-tour! lança-t-il. Ces types ont des M.16, ils peuvent nous attendre n'importe où et on ne les verra même pas. De plus, il y a tellement d'embranchements qu'ils sont peut-être déjà retournés sur la route... C'est un vrai labyrinthe.

Malko, frustré, reconnut que Mike Herald avait raison. Cela ne servait à rien de se faire tuer bêtement en pleine jungle. Vingt minutes plus tard, ils émergeaient sur la route goudronnée et reprenaient la route de Mae-Hong-Son.

Malko broyait du noir. Ce voyage était celui de la dernière chance. Si Virginia Hood ne pouvait rien leur apprendre de plus sur la « fiancée » de Khun Sa, ils n'auraient plus qu'à déclarer forfait ou à monter à l'assaut de Ho-mong. Avec une chance sur un million de gagner.

Malko, pour se remonter le moral, essaya de se persuader que ce n'était pas la première fois qu'à mi-chemin d'une mission, l'horizon était bouché. Il devait compter avec sa chance proverbiale et son métier. Sinon, autant retourner à Liezen tout de suite.

Il était plus de cinq heures lorsqu'ils atteignirent la ligne droite avant Mae-Hong-Son. Après avoir déposé leurs bagages au *Holiday Inn*, ils prirent la direction du *guest house* de Virginia Hood.

Plusieurs véhicules étaient garés le long des bâtiments de bois. Dont trois pick-up. Une joyeuse animation régnait sous la véranda. Malko sentit son pouls s'accélérer. L'un des pick-up était noir, sans plaque et plein de boue!

CHAPITRE XII

Comme ils se trouvaient en contrebas et dans l'obscurité, on ne pouvait les voir, de la véranda. Mike Herald arma son Uzi et Malko en fit autant pour son Beretta 92, avant de s'approcher du pick-up. Ce dernier ressemblait à tous les autres, à un détail près : la ridelle arrière était percée de quatre trous ronds. Des projectiles tirés par l'Uzi de Mike Herald. Les traces étaient fraîches, le métal brillant. Aucun doute. Malko contourna le véhicule. La cabine était ouverte. Accroché au plafond, un riot-gun. Debout dans une pince d'acier, un M.16, chargeur engagé. D'autres chargeurs se trouvaient dans un sac de toile, sur le plancher. Malko dégagea le M.16 sans bruit.

Il n'eut qu'à repousser le cran de sûreté pour le rendre opérationnel : il y avait déjà une balle dans le canon, il s'en aperçut en repoussant silencieusement la culasse en arrière. Glissant le pistolet dans sa ceinture, il passa devant Mike Herald et monta silencieusement les marches de bois de la véranda.

Il s'immobilisa sur le seuil, balayant l'espace avec le canon du fusil d'assaut. Il y avait une demi-douzaine de personnes. Deux filles attablées sur des tabourets au bar du fond; Virginia Hood, à demi allongée sur une banquette, la tête sur les cuisses de son amant. Un autre hippie et l'homme qui leur avait tiré dessus à Chiang-mai. De près, il était encore plus impressionnant avec ses longs cheveux noirs réunis en catogan, ses épaules de docker et sa moustache tombante. Un vrai sosie de Gengis Khan. Ses yeux allèrent du visage de Malko au canon du M.16. Il ne montra aucune émotion, mais posa d'un geste volontairement lent la bouteille de Singha qu'il était en train de vider au goulot. Ses pieds nus restèrent étalés sur la table basse devant lui.

– Mike!

Virginia Hood venait d'apercevoir l'Américain. Elle sauta sur ses pieds, s'apprêtant visiblement à se jeter à son cou, puis s'arrêta net en voyant les armes.

– Qu'est-ce que... demanda-t-elle d'une voix blanche.

Mike Herald avait sa tête des mauvais jours.

– Dis à tout le monde de se tirer, ordonna-t-il, y compris à ton copain. Tous sauf le gros, là.

– Khun Koi?

– S'il s'appelle comme ça, oui.

Elle lança plusieurs phrases en thaï et les quatre personnes quittèrent silencieusement la véranda. Mike Herald savait qu'ils n'alerteraient pas la police. Ce n'était pas le genre de la maison. Khun Koi était immobile comme une statue, fixant une affiche en face de lui. Mike Herald l'interpella en thaï. Il se leva et se retourna, les jambes écartées, penché en avant, se retenant à la balustrade de bois.

Mike Herald le fouilla avec soin. Il sortit un portefeuille, puis un petit revolver 2 pouces coincé dans sa large ceinture de cuir, style cow-boy.

– Retourne-toi, lança-t-il.

Khun Koi obéit.

Appuyant le canon de l'Uzi sur le ventre du Thaï, Mike Herald défit de la main gauche les premiers boutons de sa chemise, puis glissa une main sous le tissu. Il tira, faisant apparaître une longue chaîne d'or à laquelle étaient accrochés des blocs rectangulaires, en or eux aussi. D'une secousse violente, Mike Herald arracha la chaîne du cou du Thaï. Pour la première fois, celui-ci essaya de se débattre, mais l'Américain lui expédia un méchant coup de genou dans le bas-ventre.

Il retomba sur la banquette, le souffle coupé. Mike Herald agita son trophée en ricanant. La chaîne en or mesurait près d'un mètre. Les blocs rectangulaires étaient en réalité des temples miniatures de quelques centimètres, chacun abritant un Bouddha.

Il y en avait neuf, tous différents. L'ensemble devait peser plus de deux kilos.

Un sourire crispé sur son visage plat, Khun Koi sembla se ratatiner, la bouche serrée, les épaules tombantes, moustache en berne. L'image même de la consternation. Mike Herald brandit sa prise.

– Je lui ai piqué ses amulettes, à cette face de citron! Il se sent tout nu maintenant. Il va être beaucoup plus gentil.

Se tournant vers Malko, il ajouta :

– Ils sont vachement superstitieux, ici. Pour se protéger des *phis* et de leurs ennemis, ils font bénir des bouddhas par des bonzes connus. Lui en a neuf, le chiffre sacré. Il doit se prendre pour Rambo.

Effectivement, Khun Koi ressemblait à un tigre à qui on aurait arraché les griffes... Virginia Hood intervint, d'une voix posée.

– Expliquez-moi, pourquoi traitez-vous Khun Koi de cette façon? C'est un ami.

Mike Herald lui jeta un regard dépourvu d'aménité.

– Un foutu ami qui nous a tiré dessus tout à l'heure à Chiangmai et qui a tué une pauvre fille. Si on n'avait pas des questions à lui poser, il y a longtemps que je l'aurais emmené dehors pour lui mettre un peu de plomb dans la tête.

Sa bedaine en frémissait d'indignation, mais il ne plaisantait pas. Virginia Hood se tourna vers le Thaï, s'adressant à lui dans sa langue. Il se mit à parler d'une façon volubile et saccadée, mais sans que ses traits expriment la moindre émotion. Mike Herald suivait attentivement.

– Vous comprenez? lui demanda Malko.

– Pas tout, il parle trop vite et il a un foutu accent.

Au bout de dix minutes, Virginia Hood affronta les deux hommes. Elle semblait vraiment ennuyée.

– Il y a eu un malentendu, expliqua-t-elle, Khun Koi ne savait pas que je vous connaissais. Quelqu'un lui a proposé un « contrat » sur vous. Une somme importante, 100 000 baths. Comme les affaires ne vont pas fort en ce moment, il a accepté. Il regrette...

S'ils avaient été à la morgue de Chiangmai, ses regrets eussent été moins évidents.

– Qui, et pourquoi? demanda Malko.

– Un journaliste du *Bangkok Post* qu'il connaît depuis longtemps, qui s'est plaint que vous le ridiculisiez avec une femme dont il est amoureux. Il a dit que c'était honteux qu'un *farang* vienne prendre les femmes des Thaïs. Khun Koi a proposé de tuer la femme, ce qui se fait d'habitude, mais l'autre a dit qu'il voulait la garder, pour lui donner une leçon...

– Le journaliste, c'est Sumbat Suwatana... fit Mike Herald.

Virginia n'eut pas besoin de poser la question... Khun Koi acquiesça à l'énoncé du nom. Il se remit à parler, traduit au fur et à mesure par la jeune femme.

– Il propose de vous donner les 100 000 baths et de tuer le journaliste, afin de payer le prix du sang. Lui n'a rien contre vous. Il aime bien les Américains...

Conversation ubuesque...

– C'est un tueur à gages? demanda Malko.

Virginia se récria, comme si la question avait été incongrue.

– Non, non. Il fait partie des *Special Forces* qui luttent contre le trafic d'héroïne. Mais on lui propose souvent des contrats, parce qu'il est sûr de l'impunité, en sa qualité de policier. Des femmes trompées ou des maris jaloux; ici, c'est très courant. Les Thaïs sont très jaloux...

Décidément, la Thaïlande n'avait pas changé. Malko se souvint de l'assassinat de la maîtresse de son ami Jim

Stanford, par sa femme légitime. Dans sa fureur, elle avait aussi tué son chauffeur, d'énervement... Apparemment, à Chiangmai, on sous-traitait.

L'atmosphère se détendait. Khun Koi, persuadé que sa bonne foi avait été reconnue, avala une gorgée de bière, avant de se lancer dans un nouveau discours.

– Il dit qu'il ne peut tuer le journaliste que si on lui rend ses bouddhas. Sinon, c'est trop dangereux.

Mike Herald intervint.

– Il n'y a pas urgence. Il faut réfléchir à ce qu'on va faire de ce singe. Pour le moment, je vais à l'hôtel appeler Bangkok pour avoir des nouvelles fraîches.

Son pas lourd fit trembler le parquet de bois. Avant de descendre les marches menant au jardin, il se retourna, brandissant le collier aux neuf bouddhas, et lança à la cantonade :

– Pour le moment, je garde ses amulettes! Il va être doux comme un agneau. Vous pouvez lui rendre son M.16.

Khun Koi, le tueur, avait l'air contrit d'un gosse à qui on a confisqué son jouet favori. Malko sourit à Virginia.

– J'ai besoin de vous. Nous sommes dans une impasse.

Il lui expliqua brièvement ce qui s'était passé et pourquoi ils étaient revenus à Mae-Hong-Son. Pendant qu'il parlait, la ravissante Thaïe aperçue à son premier passage, apparut. Virginia lui jeta quelques mots en thaï avant de se tourner vers Malko :

– D'accord, je vais essayer de tirer les vers du nez à Khun Koi. Il vaut mieux que vous ne soyez pas là. Vous devez être fatigué après cette route affreuse. J'ai dit à Krisda de vous masser. Vous vous sentirez mieux ensuite. Je viendrai vous dire ce que j'ai appris.

– Soyez prudente, conseilla Malko. Votre ami Khun Koi n'est pas clair.

Krisda attendait. Elle fit signe à Malko de la suivre et l'entraîna jusqu'au bungalow de Virginia Hood. Une lampe à abat-jour jaune éclairait une grande natte, par terre. Krisda lui fit signe de s'y asseoir. Elle s'accroupit derrière lui et commença à lui masser la nuque. Ses doigts étaient à la fois durs et agiles... Elle lui fit ensuite retirer sa chemise et son pantalon, et s'allonger sur le dos, en slip. Elle commença à lui pincer chaque muscle avec une patience admirable. Descendant peu à peu le long de ses membres, jusqu'à étirer ses doigts l'un après l'autre.

Progressivement, Malko sentit se dissoudre la boule qui lui obstruait l'estomac. Le massage était dénué d'équivoque, mais, peu à peu, le bien-être de Malko se transforma en excitation sexuelle. Il sentit son sexe se raidir à en être douloureux. Souvent, après le danger, il éprouvait des pulsions semblables. Il jeta un coup d'œil à la masseuse. Celle-ci ne semblait pas s'apercevoir de son état. Ses doigts couraient sur ses cuisses, à quelques centimètres de la bosse de son sexe, sans qu'elle fasse mine de l'effleurer.

Inconsciemment, Malko tendait ses reins dans l'espoir d'une caresse. Il se sentait à la fois merveilleusement bien et totalement frustré.

Le plancher qui craquait lui fit tourner la tête. Dans la pénombre, il aperçut la silhouette de Virginia qui venait d'entrer, pieds nus. Krisda se releva aussitôt et s'éloigna sans un mot. D'un mouvement plein de grâce, Virginia Hood s'agenouilla sur la natte, à sa place.

– Vous vous sentez mieux? demanda-t-elle.

Malko n'eut pas le temps de lui répondre. Une longue main fine effleura le coton de son slip, lui envoyant une véritable secousse électrique. Elle se faufila aussitôt sous le tissu et empoigna son sexe à pleine main.

– Je vois que Krisda a bien travaillé, fit-elle d'une voix amusée.

De sa main libre, elle abaissa le slip et sa bouche s'empara avec une lente douceur du membre dressé entre ses doigts. Elle ne s'y attarda pas, comme si elle voulait juste en prendre la mesure. Malko était déjà au bord du plaisir, il n'eut pas le loisir de protester. Les mains l'abandonnèrent, la jeune Américaine se redressa, déboutonna rapidement sa longue robe, s'en débarrassa d'un mouvement d'épaules, découvrant ses superbes seins en poire. Elle enjamba Malko, comme on enfourche un cheval, reprit son membre, et le tint à la verticale. D'un élan, elle se laissa tomber dessus, se l'enfonçant au fond du ventre avec un soupir d'aise.

Malko eut l'impression d'être tout à coup gainé de lave brûlante. Empalée, Virginia se courba sur lui et dit à voix basse :

– J'en ai envie depuis que je vous ai vu. J'en avais la chair de poule...

Elle se redressa et commença à se balancer lentement d'avant en arrière. Malko l'avait saisie aux hanches, accompagnant son mouvement. Elle s'écrasait de tout son poids contre lui, pour se faire pénétrer encore plus profondément. Elle se pencha, sa langue courut au-devant de celle de Malko et elle ajouta un baiser profond et lent à leur accouplement. Elle était encore dans cette position quand elle eut son premier orgasme. Une longue secousse qui la fit frissonner des épaules aux chevilles.

A peine eut-elle fini de jouir qu'elle glissa sur le côté et attira Malko sur elle.

– *Now, you fuck me*! lança-t-elle d'une voix rauque.

Il s'enfonça dans le miel et elle releva aussitôt les jambes en équerre, presque à la verticale. Malko se mit à la pilonner avec une lenteur contrôlée. Virginia gémissait, remuait la tête, serrait les poings, enfonçait ses ongles dans ses paumes. Quand Malko lui replia les cuisses, pour mieux la prendre, elle rugit de plaisir.

– Oh, comme ta queue est bonne, gémit-elle. Tu es fort. Regarde-moi.

C'était la première fois qu'elle le tutoyait.

Elle noua ses jambes derrière son dos, insensible au sol dur. Ils chevauchèrent un moment dans cette position, puis Malko ralentit et lui fit remettre les jambes à l'horizontale. Il les serra entre les siennes, bougeant imperceptiblement. Virginia se mit à onduler sous lui à toute vitesse, les yeux révulsés. Finalement, elle cria, un cri d'oiseau de nuit, aigu, strident, presque un cri de mort. Ce fut son second orgasme.

Pris au jeu, Malko se retenait. Il se retira, en pleine forme, et doucement fit rouler la jeune femme sur le ventre, avant de se coucher sur elle. Virginia tourna son visage mangé par ses cheveux blonds et dit :

– *Do not fuck my ass.*

Pour le reste, elle était d'accord. Ses hanches remontèrent légèrement, permettant à Malko de l'envahir pleinement. Elle était inondée, avide comme si elle n'avait pas fait l'amour depuis des mois. Les paumes à plat, le dos creusé, elle s'offrait sans retenue. Malko, à chaque coups de reins, avait l'impression de s'enfoncer un peu plus loin en elle. Elle lui faisait oublier son fantasme habituel et il profitait sans arrière-pensée de cette croupe sublime. Hélas, il sentit sa volonté atteindre sa limite. Son sexe coulissait plus rapidement. Virginia ondula, gronda, et, au moment où la semence de Malko jaillissait, elle poussa un cri de fauve, encore plus fort que le précédent. Ce fut son troisième orgasme.

Ils restèrent emboîtés l'un dans l'autre. Malko sentait les muscles secrets palpiter autour de son membre. Ils étaient en sueur et baignaient dans la moiteur du *guest house*, dépourvu de climatisation, bien entendu.

Virginia se dégagea et se mit debout, attirant Malko.

– Viens.

Ils se retrouvèrent sous la douche. Froide. Il crut avoir un infarctus. Virginia chantonnait. Ensuite, elle s'enveloppa dans un sarong et vint embrasser Malko avec passion.

– Tu baises bien, dit-elle. Jamais je n'ai aussi bien joui.

Comme le visage de Malko exprimait un léger scepticisme, elle se hâta de préciser avec un sourire :

– C'est vrai, j'ai eu beaucoup d'hommes. J'ai été souvent amoureuse, mais je n'ai encore jamais rien ressenti de semblable lors d'une première rencontre. Nous aurions été seuls, l'autre jour, je me serais mise à genoux pour te prendre dans ma bouche. Pour faire connaissance...

Elle alla chercher un paquet de Lucky Strike et en alluma une avec un Zippo sûrement contemporain de sa Jeep, et tout aussi résistant. Ensuite, farfouillant dans son bar en bambou, elle en sortit une bouteille de Cointreau entamée, des limes, et confectionna deux Cointreau caïpirinha, écrasant soigneusement le citron vert avec un petit pilon en bois, ustensile inséparable de la cuisine thaïe. Ils s'installèrent dans des fauteuils d'osier, sur la petite terrasse. La véranda était toujours allumée. Les cris de plaisir de Virginia avaient forcément dû s'entendre dans tout le *guest house*.

– Ton ami n'est pas jaloux? demanda-t-il.

– Tom? Je ne lui appartiens pas. Il est jeune, il aime baiser et il me baise bien. C'est tout.

Malko s'ébroua. Apaisé, il se remettait à penser. Le pick-up noir de Khun Koi était toujours là...

– Tu as appris quelque chose? demanda-t-il.

– Oui. Khun Koi est de bonne foi. Aucun rapport avec Khun Sa. Les histoires de jalousie sont courantes en Thaïlande. D'ailleurs, il ne vit pas à Chiangmai, mais ici... Il ne reverra pas ce journaliste. Il est prêt à se racheter.

– A cause de l'interprète?

– Non. A cause de moi.

– C'est aussi un de tes amants?

Elle éclata de rire.

– Tu es jaloux! Non. Mais c'est grâce à moi qu'il est avec Krisda. Il en était fou amoureux et elle n'en voulait pas. Je l'ai raisonnée. Maintenant, elle est très contente, il lui fait beaucoup de cadeaux.

– Ça ne le gêne pas qu'il assassine de temps en temps?

– Il faut relativiser... dit Virginia d'un ton léger. Les Thaïs croient profondément que chacun mérite son sort. Si on a des malheurs, c'est qu'on s'est mal conduit dans une vie antérieure. C'est la raison pour laquelle ils n'ont aucune pitié pour les pauvres et les mendiants. Quand ils les aident, c'est uniquement pour *eux-mêmes*, pour acquérir des « mérites »...

Belle mentalité. Mourir, c'était seulement changer de karma. Vive le bouddhisme.

– Ce Khun Koi pose quand même un problème, insista Malko. Il est vraiment membre des *Special Forces*? Ce n'est pas un affidé de Khun Sa?

– Non, je le saurais. Mae-Hong-Son, c'est tout petit.

– Quoi d'autre?

– Il faut lui rendre ses bouddhas, c'est très important pour lui. D'abord, ils lui ont coûté très cher. Les bonzes se font payer une fortune pour les bénir. Il fait un métier dangereux. La nuit, avec des copains, il va attaquer les passeurs d'héroïne. Ceux-ci se défendent. Il y a un mois, une balle s'est écrasée sur la boucle de sa ceinture. Il y a vu une protection divine...

– Il travaille comme « chasseur de primes »?

– Presque. Les Forces Spéciales ont beaucoup de liberté, leurs propres réseaux d'informateurs. Ils touchent du gouvernement un bath par gramme d'héroïne confisqué. Parfois, ils gardent le stock et le revendent eux-mêmes. Parfois aussi, ils font chanter ceux qu'ils arrêtent, et qui paient pour ne pas passer dix ans en prison. Jusqu'à un million de baths. Mais Khun Koi a beaucoup d'ennemis. Sans ses bouddhas, il se sent tout nu. Et puis, si tu les lui rends, je t'apprendrai quelque chose de très important.

– Quoi?

– Je te le dirai après. Juré. Alors, tu es d'accord?

– Oui.

– Super! Allons le voir.

Ils regagnèrent la véranda. Seul, Khun Koi attendait. Il ressemblait à un écolier puni. Virginia lui parla longuement et son visage s'éclaira. Il se leva et vint prendre la main de Malko entre les siennes, en s'inclinant profondément.

– Il dit qu'il fera ce que tu lui demandes dès qu'il aura ses bouddhas, traduisit Virginia. Il va dormir ici ce soir, parce qu'il a peur de sortir sans eux.

– Je reviendrai demain matin, promit Malko. Peut-il me raccompagner?

A peine Virginia eut-elle traduit, que le Thaï fouilla dans sa poche et tendit à Malko un trousseau de clefs.

– Il préfère te prêter sa Toyota.

La journée se terminait étrangement. Au moment où Malko montait dans le pick-up, Virginia vint s'accouder à la glace ouverte.

– Tout à l'heure, Khun Koi m'a raconté ses conversations avec son « commanditaire ». Sombat Suwatana lui a donné des détails sur la femme qu'il te reprochait d'avoir prise. Il s'agit d'une Chinoise très belle, une chanteuse qui se produit dans plusieurs cabarets de Chiangmai. Elle fait aussi un peu de télévision sur le channel 5, le Thaï Military Channel.

– Est-ce que ce ne serait pas la fiancée de Khun Sa?

CHAPITRE XIII

Malko demeura interdit. Virginia Hood lui apportait sur un plateau une information peut-être vitale. Mais ce n'était pas à Mae-Hong-Son qu'il allait identifier cette mystérieuse Chinoise.

– Ce serait un pas de géant, fit-il. Je vais retourner à Chiangmai. Tu veux venir avec moi?

Elle secoua la tête.

– Non. Je n'aime pas Chiangmai et je ne veux pas froisser Mike. Je crois qu'il est toujours amoureux de moi. Quand tu reviendras ici, si tu veux passer quelques semaines, nous irons ensemble nous promener dans la jungle. J'ai appris à aimer la forêt et j'ai fait construire un bungalow sur le bord de la Pai, à vingt kilomètres d'ici.

– Peut-être, dit Malko. Mais avant, j'ai beaucoup de travail...

Elle termina avec gourmandise leurs deux Cointreau Caïpirinha, l'embrassa et il regagna sa voiture. Il descendit la colline pour regagner le *Holiday Inn*. Il trouva Mike Herald seul au bar, avec sa tête des mauvais jours. L'Américain ne ménagea pas le suspense.

– Les enfoirés de la DEA ont gagné! lança-t-il. La justice thaïe autorise l'extradition volontaire de Lo Te Ming.

La douche glaciale! Alors qu'il reprenait espoir grâce au tuyau de Virginia, Malko prit un tabouret et commanda une vodka.

– Quand quitte-t-il le territoire thaïlandais?

– On a encore une quinzaine de jours, parce que les papiers doivent être transmis à l'Attorney général, chez nous, et au ministère de l'intérieur thaï.

– Khun Sa est forcément au courant?

– C'est paraît-il dans le *Bangkok Post* d'aujourd'hui, mais les journaux arrivent ici avec vingt-quatre heures de décalage.

Malko luttait pour ne pas se laisser envahir par le découragement. A côté de cette catastrophe imminente, l'histoire de l'amante chinoise de Khun Sa paraissait futile, le plan de Malko farfelu. Malko mit quand même l'Américain au courant des révélations de Virginia. Mike Herald lui jeta un regard en coin.

– Virgina a bien travaillé. J'étais sûr qu'elle allait faire de son mieux. C'est pour ça que je vous ai laissé là-bas.

Les petits yeux noirs de Mike Herald brillaient d'une lueur ironique.

– Vous croyez que je n'ai pas vu qu'elle avait envie de vous sauter? Je la connais. Quand elle a le feu au cul, elle devient infernale... Mais bon, je m'en fous. De l'eau a coulé sous les ponts. Quant à Gengis Khan, on va lui rendre ses gris-gris, puisqu'il ne peut pas vivre sans. Mais c'est quand même un enfoiré de voyou. Demain, on retourne à Chiangmai. Dieu fera peut-être un miracle.

Ils gagnèrent la salle à manger déserte, à part un groupe de Japonais. Malko monta ensuite se coucher, laissant Mike Herald au bar, en train de se remonter le moral avec une bouteille de Defender Success de douze ans d'âge...

*
**

Matt Grit était si ankylosé qu'il eut du mal à se lever quand un homme en uniforme de la Mong Army tira sur la corde qui lui liait les poignets et lui fit signe de monter les barreaux de l'échelle de bambou. Il cligna des yeux face au soleil éblouissant. L'air était presque frais. L'animation habituelle régnait dans Ho-mong, de l'autre côté de la clôture de barbelés. Il aperçut une colonne d'adolescents en uniforme défilant avec des fusils en bois, doublée par des véhicules klaxonnant à tout va. Il scruta le ciel, dans l'espoir d'apercevoir un hélicoptère ou un avion. Dans son trou, il rêvait parfois d'un raid qui écraserait Ho-mong, Khun Sa, ses soldats et même lui ! Il n'en pouvait plus, depuis qu'il croupissait dans ce trou. Deux fois par jour, un garde lui apportait une cuvette en émail avec du riz et des morceaux de poulet. On l'en sortait une fois par jour pour renouveler le pansement de son doigt amputé qui commençait à cicatriser et l'emmener aux toilettes. Un médecin chinois enduisait son moignon d'un onguent puant mais efficace.

Amaigri, découragé, Matt Grit avait renoncé à compter les jours de sa captivité. Il revoyait encore le soldat braquant un M. 16 sur lui, au moment où il s'apprêtait à partir. Depuis, il avait basculé dans le cauchemar... Au début, il n'avait pas trop paniqué, prenant même la chose avec philosophie. Il était courant en Asie qu'on retienne des gens contre leur gré pour accélérer une discussion. On ne les considérait pas comme des otages mais comme des hôtes forcés qu'on traitait avec égards. Et puis, Matt Grit appartenait à la plus importance agence de renseignement du monde, travaillant elle-même pour le compte de l'unique puissance mondiale de cette fin de siècle. Jusque dans cette jungle au bout du monde, il se fiait à la puissance de l'Oncle Sam. Son histoire ne pouvait que se terminer bien. Ses compatriotes soulevaient des montagnes pour protéger leurs ressortissants. Un Américain, aux yeux de la CIA, valait bien cent Chinois... Il avait tenu le coup.

Jusqu'au jour abominable où on l'avait amputé de l'index gauche. Il ne s'y attendait pas, il s'était débattu, il avait hurlé. Il avait fallu l'attacher avec des sangles de cuir. Le médecin chinois avait procédé sans torture inutile, en lui administrant même une anesthésie locale. Ce qui n'avait pas empêché Matt Grit de s'évanouir. Lorsqu'il avait repris connaissance, un gradé de la MTA lui avait expliqué d'un ton sentencieux, en excellent anglais, que sa mutilation n'avait d'autre but que de raccourcir sa captivité... Il fallait bien faire comprendre à ceux qui refusaient d'accéder à la modeste exigence du général Khun Sa que ce dernier ne bluffait pas.

Un peu plus tard, Matt Grit avait dû se prêter à la cérémonie humiliante de la photo de sa main amputée, sur fond de *Bangkok Post*, afin de dater son supplice.

A ce moment, il couchait encore dans un bâtiment de briques confortable, avec une douche, et un lit. Et puis, cela avait été ce trou dans le sol, réservé, paraît-il, aux voleurs d'héroïne. Le pire était d'être coupé de tout, comme un rat dans une cage. On semblait l'avoir oublié. Même en montant sur les barreaux de l'échelle et en collant sa tête à la grille, au ras du sol, il ne voyait qu'un pan de mur blanc.

Le soldat qui le tirait par sa corde comme on tire un animal l'amena à son ancien baraquement. Le cœur de Matt Grit se mit à battre plus vite. On avait disposé à son intention une tenue militaire complète, du gilet de corps à l'uniforme gris, avec des rangers! Le soldat défit ses liens et lui désigna la douche.

Matt Grit, les jambes encore flageolantes, se précipita dessous. Bien qu'elle soit froide, c'était délicieux. Il y resta près d'un quart d'heure, laissant l'eau dégouliner sur son corps, et peu à peu envahi par un espoir fou. Cela sentait la libération. On voulait le rendre présentable. Il se rasa avec un Bic en parfait état et enfila sa nouvelle tenue. Il y trouva même un paquet de Lucky Strike neuf qu'il se hâta d'entamer, avalant voluptueusement la fumée...

Il était encore sur son petit nuage quand l'officier de la MTA à qui il avait déjà eu affaire pénétra dans la pièce, lui jeta un regard approbateur et s'adressa à lui dans son excellent anglais.

– Le général Khun Sa a exprimé le désir de partager son repas avec vous. J'espère que vous êtes sensible à cette marque d'amitié.

Matt Grit réussit à grimacer un sourire, et, refrénant sa fureur, se contenta de demander :

– Savez-vous pourquoi il désire me voir?

– Il vous le dira lui-même. Venez!

Les pourparlers avaient dû enfin aboutir! Tout à sa joie, l'Américain suivit son guide. Ils longèrent d'abord les écuries, puis la piscine. Dans une cour, une batterie de Sam 6 avait été installée pour protéger la demeure de Khun Sa. Une douzaine de soldats bayaient aux corneilles, allongés sur l'herbe, à côté de leurs missiles protégés par une toile de camouflage.

La maison était infiniment plus luxueuse que celles de Ho-mong : planchers en teck, murs en briques. Au mur, les portraits du roi et de la reine de Thaïlande! Ainsi que des trophées de chasse. Par une porte ouverte, il aperçut une chambre à coucher aux murs tapissés de pin-up déshabillées. Il était dans l'intimité du puissant Khun Sa. Une jeune Shan apparut, les cheveux noirs séparés par une raie au milieu, très gracieuse dans son long sarong descendant jusqu'aux chevilles.

– Asseyez-vous là, ordonna l'officier de la MTA en désignant un fauteuil à Matt Grit, avant de s'éclipser.

Tout autour de la maison, des soldats de l'armée shan veillaient, un chiffon rouge noué au canon de leur M. 16, qui signalait leur appartenance à la garde rapprochée du *Warlord*. La fille posa devant Matt Grit un *namanao* qu'il but avec délice. Après l'eau croupie pleine d'amibes... S'il n'y avait pas eu son doigt amputé, il aurait pu croire qu'il émergeait d'un cauchemar.

Il entendit le martèlement d'un galop de cheval. Quelques instants plus tard, Khun Sa apparut sur un superbe cheval noir. Sa tenue était noire, sur le bras gauche de sa chemise l'écusson de l'armée shan représentait des montagnes jaunes, un ciel bleu et une étoile. Le Chinois mit pied à terre, abandonnant son cheval à un soldat accouru. Un Colt 45 automatique dans un holster et de hautes bottes complétaient sa panoplie de commandant. Avec son front dégarni, son nez un peu aplati au bout, ses yeux très bridés et son visage plat, il avait plus le type chinois que shan.

Il s'avança vers Matt Grit, la main tendue.

– Je faisais mon exercice quotidien, expliqua-t-il. J'ai assisté à l'entraînement des *Juniors*.

Les enfants au crâne rasé défilant avec des fusils de bois, pensa Matt Grit. Il ne savait quelle contenance adopter. Khun Sa le traitait comme un invité, et non comme un otage maltraité et mutilé !

– Venez ! lui dit-il.

L'Américain le suivit et ils débouchèrent derrière la maison. Matt Grit découvrit un spectacle étrange : une cage où se trouvaient plusieurs singes d'assez petite taille, qui se mirent à glapir en voyant les deux hommes, accrochés aux barreaux de bambou de leur cage. Khun Sa s'installa sur un banc de bois, face à une table où étaient percés plusieurs trous de la taille d'une soucoupe. Il invita son hôte à prendre place face à lui. Matt Grit était étonné : d'habitude, les Shans étalaient une couverture à même le sol et y disposaient les plats et les boissons.

La fille réapparut, portant un grand plat fumant de riz gluant, puis des bols contenant différentes sauces, et de la bière.

Les glapissements des singes firent tourner la tête à Matt Grit. Quatre soldats avaient ouvert leur cage et en avaient saisi deux. Ils leur lièrent rapidement les membres, de façon à ce qu'ils ne puissent bouger, avant de les glisser sous la table. Bien qu'ils se débattent violemment, ils parvinrent à coincer le sommet de leur crâne dans les trous circulaires. La partie supérieure de leur calotte crânienne émergeait du plateau de bois.

Un des soldats s'approcha et tendit respectueusement à Khun Sa un coupe-coupe. Le regard du Chinois croisa celui de Matt Grit. Il souriait, bonhomme.

– Je vous ai convié à un repas tout à fait spécial,

dit-il dans son anglais rocailleux. Lorsque je rends visite aux Yaos (1), afin d'honorer ma lutte pour l'indépendance du pays shan, ils m'offrent leur mets favori : de la cervelle de gibbon. J'ai voulu aujourd'hui, afin de vous faire oublier votre désagréable captivité, dont je ne suis pas responsable, vous faire partager ce repas de fête.

Matt Grit eut toutes les peines du monde à ne pas se lever. En Asie, il avait déjà mangé du serpent et du chien, mais au moins, c'était cuit... Il regarda en luttant contre la nausée les deux crânes qui dépassaient de la table. Son regard était encore fixé sur elles lorsque la lame du coupe-coupe, tenue par un soldat, trancha d'un coup sec celle qui lui faisait face. La seconde suivit. Invisibles sous la table, les singes émettaient des sons aigus, saccadés, atroces. Matt Grit se força à baisser les yeux sur la masse grise striée de vaisseaux sanguins, palpitante. Il essaya de toutes ses forces de penser à autre chose. En face de lui, Khun Sa avait pris dans sa main une boule de riz gluant, l'avait modelée et creusée. Il y ajouta du piment, détacha un morceau de cervelle et l'enfouit dans le riz. Les glapissements suraigus du singe redoublèrent.

Faisant un effort surhumain, Matt Grit l'imita, prenant bien soin d'enfouir au cœur du riz gluant le fragment de cervelle encore chaude. Il avala la boulette d'un coup, sans mâcher, hagard. Khun Sa l'observait, impassible. Le singe dont il dévorait la cervelle n'avait plus que des mouvements de réflexes. Il savait par où commencer...

– C'est délicieux, n'est-ce pas? commenta le Chinois.

Tout ce que Matt Grit put exprimer fut un bruit de déglutition, un haut-le-cœur mal contenu. Encore n'avait-il que le goût du riz dans la bouche... Khun Sa plongea son écuelle dans le crâne du singe et extirpa un énorme morceau de cervelle qu'il étala sur un morceau de riz gluant, qu'il arrosa ensuite de piment. Le singe de

(1) Tribu laotienne qui cultive le pavot.

Matt Grit remuait encore faiblement. L'Américain, blême, se demanda s'il n'allait pas se trouver mal.

***

Matt Grit en était à sa troisième bière. Sous le regard vigilant de Khun Sa, il avait dû avaler la moitié de la cervelle de « son » singe, qui ne bougeait plus du tout. Rassasié, le Chinois s'était lancé dans un monologue sur les qualités nutritives de la cervelle, tout en se nettoyant les gencives avec un cure-dents. Il rota à la chinoise, et lança à Matt Grit :

– Je vous ai invité pour vous annoncer une nouvelle importante, Mister Grit.

Brutalement, le goût de la cervelle crue disparut et l'Américain sentit son pouls s'accélérer. Il touchait au bout de ses épreuves.

– Je le pensais, dit-il.

– Ce n'est pas une bonne nouvelle, laissa tomber Khun Sa.

Matt Grit scruta les petits yeux noirs sans expression. De nouveau, la peur le tenailla.

– Que voulez-vous dire? demanda-t-il d'une voix mal assurée.

Khun Sa hocha la tête avec une expression pleine de tristesse.

– Vos amis ne paraissent pas attacher une grande importance à votre existence. Il ont pris à la légère mon offre généreuse. Aujourd'hui, il est à peu près certain que je n'obtiendrai pas satisfaction. M. Lo Te Ming va être transféré aux Etats-Unis. Ses ragots et ses mensonges risquent de me causer beaucoup de tort... Même si j'ai ma conscience pour moi... Je suis contraint de montrer mon désaccord avec cette légèreté américaine. A leurs yeux, je ne suis qu'un vulgaire trafiquant de drogue, un criminel de droit commun.

– Je pourrai témoigner du contraire, proposa Matt Grit; lorsque je rejoindrai Bangkok.

Khun Sa reposa son cure-dents.

– Vous ne retournerez jamais à Bangkok. A mon grand regret.

– Vous allez me garder ici indéfiniment?

– Non, bien sûr, je ne suis pas un homme cruel. Je dois seulement me faire respecter, car j'ai beaucoup d'ennemis. Si on pense que je suis devenu faible, la vie deviendra très difficile pour moi.

– Que voulez vous dire?

Matt Grit essayait de chasser de son esprit la signification évidente des paroles de Khun Sa.

– Je suis obligé de donner une leçon à ceux qui veulent m'abattre, continua celui-ci. Aussi, j'ai décidé de vous faire connaître une fin spectaculaire. Afin de frapper les esprits de ceux qui auraient envie de me trahir à nouveau.

Matt Grit, accablé, le cerveau vide, contemplait Khun Sa. Celui-ci enchaîna :

– J'ai un déplacement à faire ces jours-ci. Lorsque je reviendrai, nous déjeunerons à nouveau ensemble. Mais c'est vous qui tiendrez le rôle du singe. Je pense que cette fin... inédite fera réfléchir ceux qui ont pensé me faire perdre la face.

Matt Grit ne put émettre le moindre son. Il fixait à présent le crâne ouvert, dans le trou de la table, devant lui.

Il ne se débattit même pas lorsque trois soldats vinrent l'arracher à son siège pour le traîner jusqu'à une cage en bambou semblable à celle des singes. Ils l'y enfermèrent, après avoir lié ses chevilles et ses poignets.

La voix de Khun Sa le fouetta comme un coup de cravache.

– Profitez bien de vos derniers jour de vie, Matt Grit, pour maudire la stupidité de vos supérieurs.

CHAPITRE XIV

Mike Herald et Malko émergèrent du *Bubble*, groggys de décibels. La discothèque de Charoen Prathet Road était presque vide, à part quelques couples d'amoureux enlacés dans des coins sombres. Pas de chanteuse. Le samedi, il y avait un orchestre philippin.

– Quel est le prochain? demanda Mike Herald.

Malko consulta le plan de Chiangmai hérissé de points rouges : tous les hôtels ou les boîtes susceptibles de présenter une chanteuse en attraction. Revenus de Mae-Hong-Son quelques heures plus tôt, ils s'étaient aussitôt attaqués à ce travail de fourmi : dénicher une chanteuse chinoise dont ils n'avaient ni le nom, ni même le signalement précis. Une agence de voyage leur avait donné la liste des hôtels comportant des attractions. Il n'y avait plus qu'à faire le tour de la ville. Ils avaient déjà, à dix heures du soir, rayé les deux tiers de leur liste : *Chiangmai Plaza, Diamond Riverside, Bubble, Royal Princess, Chiangmai Orchid.*

– L'*Amari*, annonça Malko. C'est le plus proche.

– Va pour l'*Amari*, fit Mike Herald qui ne semblait pas partager l'optimisme de Malko.

Dix minutes plus tard, ils entrèrent dans le plus ancien hôtel de la ville. Malko repéra tout de suite, sur une des colonnes du hall, une affiche vantant le show du night-club, au sous-sol. Son cœur battit plus vite. Il y avait un orchestre *et* une chanteuse chinoise aux traits avenants. Ils descendirent; là non plus il n'y avait pas grand monde. Sur l'estrade, une Chinoise boulotte, au visage constellé d'acné, braillait dans un micro avec des mimiques de théâtre chinois. Il lui fallut un certain temps pour réaliser qu'elle interprétait une chanson napolitaine... Vulgaire, replète comme un porcelet, elle ne pouvait pas être le coup de foudre du puissant Khun Sa.

Ils remontèrent, pour retraverser toute la ville. Déjà onze heures et demie. A Chiangmai, les gens se couchaient tôt. En traversant le *night-market*, un marché en plein air pour touristes, Malko repéra un bar-discothèque d'où sortait de la musique. Ils s'arrêtèrent.

Effectivement, à côté d'un piano, moulée dans une robe fendue jusqu'à la hanche, une chanteuse squelettique, dont les seins refaits ressemblaient à des obus, susurrait une chanson des années 50 pour quelques touristes en goguette. Ils battirent en retraite, poursuivis par une hôtesse qui leur promettait monts et merveilles.

– Allez, on rentre, bougonna Mike Herald. J'en ai marre de ces rades pourris.

A côté des endroits qu'ils avaient visités, le *Westin* ressemblait à un palais.

A peine étaient-ils dans le hall que leurs oreilles furent agressées par des vocalises aiguës, émises par une Chinoise en longue robe verte, juchée sur une scène en face du grand bar qui prolongeait le hall.

Le *Westin* était sur la liste de Malko, qui cependant n'avait jamais vu aucune animation dans l'hôtel. Le show ne devait pas passer tous les jours. Mike Herald jeta un regard blasé à la chanteuse et dit :

– Je suis crevé. Je remonte. Si vous avez besoin de moi...

Malko gagna le bar tout en longueur et s'installa sur un tabouret, face au podium. La vodka proposée était de la Smirnoff, autrement dit de l'alcool à brûler. Il commanda une « Original Margarita ». Tequila, Cointreau, et citron vert. La chanteuse faisait un break dans les coulisses avec l'orchestre, avantageusement remplacé par des disques. Devant lui, un groupe de Japonais bruyants en était à sa troisième bouteille de Taittinger Comtes de Champagne Blanc de Blancs 1988, à 200 dollars la bouteille.

L'orchestre réapparut. Le chef s'approcha du micro et annonça :

– Miss Rochanna!

Une Chinoise émergea de l'arrière-scène, moulée dans une longue robe verte ras du cou. De somptueux cheveux noirs, de superbes yeux en amande, une grande bouche bien dessinée... Elancée et pulpeuse, elle mesurait plus de 1,70 mètre. Ses doigts étaient chargés de bagues et elle ne sentait pas la misère. D'une voix flûtée, elle attaqua une chanson nostalgique chinoise et les Japonais, émus, se turent...

Elle chantait bien, immobile, un peu soporifique... Voyant que l'assistance était en train de s'endormir, elle changea de rythme et se mit à chanter du jazz, allant et venant sur le podium.

Malko eut l'impression de recevoir un coup de poing dans l'estomac! Dans les mouvements virevoltants de la chanteuse, le bas de sa robe se soulevait, découvrant ses chaussures. De très beaux escarpins noirs incrustés, sur les côtés et le dessus, de pierres rouges brillant sous les projecteurs. Qui ressemblaient furieusement à des rubis.

Malko ne quittait plus des yeux la chanteuse. Comme elle se démenait beaucoup, on voyait souvent ses pieds. Ses escarpins étaient littéralement incrustés de pierres rouges. C'étaient de véritables rubis, il y en avait au bas mot pour 100 000 dollars...

Un homme comme Khun Sa qui en gagnait quatre cent millions par an était sûrement assez fou pour offrir un tel cadeau à une femme qu'il voulait séduire.

Maintenant qu'il était au pied du mur, il fallait passer au stade suivant : lier connaissance avec Rochanna. Tout son plan passait par elle. A son insu, bien entendu. Rien ne devait l'alerter, lui laisser penser qu'il s'agissait d'autre chose que d'un admirateur. En dépit de sa robe moulante, il se dégageait d'elle une certaine innocence. Elle chantait sans jouer de son corps. Bizarrement, Malko ne l'imaginait pas avec un homme comme Khun Sa. Et ça l'inquiétait. S'il n'y avait pas eu les chaussures...

Il quitta le bar pour s'installer à une table en bordure de la piste et fit signe au maître d'hôtel.

– J'aimerais partager une coupe de champagne avec Miss Rochanna, dit-il. Je suis impresario et elle me paraît avoir beaucoup de talent.

Le Thaï arbora un sourire désolé.

– Impossible, *sir*, elle ne vient pas parmi les clients. Je peux lui demander de vous donner l'adresse de son impresario à Chiangmai.

Malko tira de sa poche deux billets de cent dollars et les tendit discrètement au maître d'hôtel avec un sourire entendu.

– Je suis certain que vous saurez la convaincre. Apportez-moi une bouteille de Taittinger Comtes de Champagne Blanc de Blancs 1988. Bien glacé. Dans combien de temps Miss Rochanna finit-elle son numéro?

– Dans une demi-heure environ...

– Parfait. Je compte sur vous.

Le maître d'hôtel ne refusa pas les billets et battit en retraite, ébahi de tant de munificence. C'était ce qu'il gagnait en un mois... Le Taittinger fut apporté par un garçon plié en deux. Les Thaïlandais, qui imitaient tout, n'étaient pas encore arrivés à fabriquer du bon champagne... Il n'y avait plus qu'à attendre la fin du tour de chant.

Le maître d'hôtel ne croyait sûrement pas à la fiction de l'impresario, mais Malko n'était pas le premier étranger fortuné à draguer une chanteuse dans un palace. Si Rochanna refusait son invitation, il en serait quitte pour boire son Taittinger tout seul et chercher un autre moyen de l'approcher!

*
**

Quand Rochanna surgit à côté de la table de Malko, il allait se lever et partir. Son numéro était terminé depuis dix minutes et elle avait disparu dans les coulisses... Il se leva vivement, s'empara de sa main, la baisa et lui glissa pratiquement une chaise sous les fesses !

– Je suis ravi que vous soyez venue, dit-il avec chaleur.

La chanteuse jeta autour d'elle un regard timide et gêné. Les Japonais étaient partis, ils étaient pratiquement seuls.

– Ce n'est pas mon habitude de boire avec les clients, dit la Chinoise, mais le maître d'hôtel m'a dit que vous étiez dans le show-business.

– Je vous trouve exceptionnelle, fit Malko. Je suis producteur de variétés pour la télévision et je cherche des jeunes femmes comme vous. Vous avez une très belle voix, un physique extrêmement attirant et je pense que vous savez jouer la comédie.

Sa tirade terminée, il remplit deux coupes de Taittinger Comtes de Champagne Blanc de Blancs 1988 et en tendit une à Rochanna.

– Vous êtes très gentil, dit-elle d'une voix presque enfantine. J'aime beaucoup chanter, cela fait des années que je m'entraîne. Je présente aussi un programme à la télévision, une fois par semaine. Malheureusement, je ne vais pas pouvoir rester longtemps avec vous.

« A la télévision »! Malko se souvint de l'information transmise par Virginia Hood. La « fiancée » de Khun Sa travaillait au channel 5.

– Aucune importance, assura Malko. Si nous pouvions déjeuner un jour prochain, je vous expliquerais comment nous pourrions collaborer...

Rochanna le dévisageait d'un regard aigu, se demandant visiblement s'il ne souhaitait pas tout simplement la mettre dans son lit. Elle paraissait très jeune, timide et très convenable. Malko savait que les Chinoises restaient souvent vierges très tard et qu'elles ne se commettaient pas avec les étrangers. Rochanna n'était pas une pute, cela se voyait tout de suite. Sa longue robe verte, même si elle la moulait d'une façon suggestive, ne laissait même pas apparaître ses chevilles.

Ils burent encore un peu de champagne et il la détailla. En dehors de ses extraordinaires chaussures incrustées de rubis, elle portait un somptueux bracelet au poignet gauche, avec une bague assortie, et un tour de cou de perles... Pratiquement certain qu'il s'agissait bien de la « fiancée » de Khun Sa, Malko devait se décider très vite, faire le numéro du séducteur ou celui de l'impresario.

L'important était qu'elle ne parle pas de lui au Chinois.

– Vous vivez à Chiangmai? demanda-t-il.

– Oui, mes parents ont une fabrique de *wood-carving*. j'ai fait des études, mais pour continuer, il aurait fallu que j'aille à Bangkok. Mon père n'a pas voulu. Alors, j'ai pris des cours de chant et j'ai commencé à travailler pour le channel 5 de la télévision. Son patron, le général Supaporn, est un ami de mes parents...

Malko continuait à lui verser du champagne. Cela faisait bien vingt minutes qu'elle était à sa table. Il n'y avait plus qu'eux et le barman. Jamais il ne s'était donné autant de mal pour séduire une femme! Le regard de la Chinoise était devenu un peu plus flou. Le Taittinger Comtes de Champagne Blanc de Blancs 1988 faisait son effet. Elle jeta à Malko un regard troublé à travers ses longs cils et dit dans un rire gêné :

– Je n'avais encore jamais rencontré un homme aussi blond que vous! Avec des yeux... (Elle rit de nouveau.) On dirait de l'or.

Quand on connaît le goût des Chinois pour l'or... Cette simple phrase fit basculer Malko. Rochanna le regardait comme un bonbon. On sentait qu'elle avait envie de toucher sa peau pour s'assurer qu'il était vrai. Ce n'était sûrement pas une fille légère, elle était peut-être même vierge, mais Malko l'attirait. La musique en sourdine ajoutait à l'atmosphère romantique.

Imperceptiblement, l'ambiance changeait entre eux. Rochanna était plus détendue, tout en restant naturellement distante. Elle demanda, avec une ironie perceptible :

– Vous êtes venu jusqu'à Chiangmai pour chercher de nouveaux talents?

– Non, pour rendre visite à un vieil ami un peu bizarre qui s'est installé à Mae-Hong-Son. Il adore la Thaïlande.

Rochanna pouffa. Elle ne pouvait pas imaginer qu'on vive à Mae-Hong-Son. Malko ramena la conversation sur elle, et remarqua :

– Vous avez des bijoux superbes!

Ses joues rosirent et elle battit des paupières, pétrie de timidité.

– Oh, j'adore les bijoux! Tout ce que je gagne y passe.

– C'est un bon investissement, dit Malko en souriant.

Tout à coup la jeune femme sursauta après avoir regardé sa montre.

– *Oh, my God*! Il est tard. Le chauffeur m'attend pour me ramener à la maison. Il ne faut pas qu'il me voie avec vous...

Elle semblait sincèrement paniquée. Malko se demanda s'il s'agissait d'un homme de Khun Sa ou d'un employé de ses parents; ils se levèrent ensemble. Il ne fallait pas la brusquer.

– J'espère que nous pourrons nous revoir ces jours-ci, proposa-t-il.

– Je ne sais pas, fit-elle, à nouveau distante.

Il lui baisa la main, la retenant un peu plus longtemps que la normale. Elle ne parut pas choquée. Il la suivit des yeux, se demandant si cette douce Chinoise allait vraiment le mener à Matt Grit.

*
**

Mike Herald écoutait Malko en fumant sa première Lucky de la journée. L'odeur du tabac blond embaumait la chambre, luttant courageusement contre l'insecticide. L'Américain grommela.

– Ces putains de moustiques ont été importés du pôle nord! Ils adorent la clim... Alors, vous allez faire la cour à la « fiancée » de Khun Sa?

Malko le sentait plutôt ironique, mais ne se vexa pas. Il avait maintenant l'habitude de ses manières bourrues et le savait rongé à l'idée que leur expédition échoue... Ce qui signifiait la mort pour Matt Grit.

– Mike, dit-il, je veux autant que vous sauver Matt Grit. Je crois qu'on a tout essayé. Nous avons failli y rester deux fois déjà. Je suis persuadé que cette fille est la maîtresse ou la fiancée de Khun Sa. Mais peut-être ne vient-il jamais la voir. Il faut approfondir la relation avec elle pour le savoir.

Mike Herald retint un ricanement.

– Approfondir, c'est le mot...

– Je ne suis pas certain du tout qu'elle accepte une aventure, souligna Malko sans se fâcher. Mais elle ne *sait pas* ce que je cherche. Donc elle peut me révéler des faits intéressants. C'est cela... ou monter à l'assaut de Ho-mong.

– Je sais, reconnut l'Américain, mais c'est plus fort que moi, j'ai l'impression de perdre mon temps ici.

– Je comprends, admit Malko. Mais tant qu'il y a une chance, il faut la courir, même si elle est minime.

Mike Herald bâilla.

– Qu'est-ce qu'on va faire toute la journée?

– Vous avez un *stringer* ici?

– Oui.

– Pourquoi ne pas essayer de se renseigner sur Rochanna? Avec *énormément* de prudence.

– Ouais, c'est une idée, reconnut l'Américain. Et vous?

– Moi, j'ai une course à faire en ville, dit-il. Ensuite je reviens à l'hôtel. On se retrouve pour déjeuner.

*
**

Quand Rochanna aperçut Malko dans l'ombre du bar, elle lui adressa immédiatement un sourire discret mais chaleureux...

La journée avait passé avec une lenteur exaspérante. Finalement, Mike Herald n'était pas revenu déjeuner et Malko s'était installé à la piscine. Au cas, hautement improbable, où Rochanna l'aurait fait surveiller, il devait être dans son rôle de riche oisif. Et, de toute façon, il n'avait hélas, rien d'autre à faire... Mike était revenu en fin de journée, d'une humeur de chien, après avoir couru toute la journée après son *stringer* sans le trouver. Ils avaient dîné à la cafétéria et l'Américain était ensuite allé se caler devant CNN. Cette inaction forcée le rendait irascible et dépressif. Il ne pouvait s'empêcher de penser sans arrêt à Matt Grit, dans son trou, à moins de deux cents kilomètres.

Rochanna attaqua un des airs nostalgiques chinois par lesquels elle commençait son numéro.

Il avait une heure à patienter.

*
**

Le numéro de Rochanna se terminait. Malko but un peu de Taittinger Comtes de Champagne rosé 1985. Volontairement, il n'avait fait transmettre aucun message à la Chinoise. Il fallait qu'*elle* vienne.

Comme d'habitude, elle disparut de la scène et une musique de fond remplaça l'orchestre. Cinq minutes s'écoulèrent. Longues. Puis Rochanna apparut. Elle avait troqué sa robe de scène pour un chemisier et une jupe plissée assez courte. Très jeune fille, elle se dirigea vers sa table. Dès qu'elle fut assise, Malko posa en face d'elle un petit paquet.

– J'ai pensé à vous, dit-il.

Elle regarda le paquet, visiblement surprise.

– Qu'est-ce que c'est?

– Regardez.

Elle défit le papier, découvrant un écrin bleu qu'elle entrouvrit. Malko l'observait. Il vit une stupéfaction totale se peindre sur ses traits, mêlée d'une joie enfantine. Le bracelet en rubis et diamants dont les deux extrémités représentaient des têtes de panthère, copie d'un bijou Cartier, était réellement superbe. Il l'avait acheté chez le meilleur bijoutier de Chiangmai.

Les yeux de Rochanna brillaient, sa belle bouche tremblait. Heureusement, ils étaient dans l'ombre et personne ne pouvait les voir. Elle referma vivement l'écrin et le repoussa en direction de Malko.

– C'est superbe, dit-elle, mais je ne peux pas l'accepter.

Malko avait prévu cette réaction. Il poussa à nouveau l'écrin devant la jeune femme.

– C'est seulement un hommage à votre beauté et à votre talent, fit-il avec douceur.

Rochanna se troubla et, d'une voix moins ferme, protesta encore.

– C'est ridicule, il s'agit d'un bijou de très grande valeur. Je ne vous connais pas, c'est la seconde fois que nous nous parlons...

– Je vous le demande, insista Malko.

Il prit l'écrin, l'ouvrit, en sortit le bracelet et avec la dextérité d'un prestidigitateur, le glissa au poignet de Rochanna.

Celle-ci essaya maladroitement de l'enlever, mais Malko posa une main sur la sienne, l'immobilisant. Avec ce cadeau, il avait pris un risque pour gagner du temps. Impossible de s'éterniser avec Rochanna, tandis que Matt Grit croupissait dans son trou et que Lo Te Ming allait être extradé. Heureusement, on était en Asie où l'argent régissait les rapports entre hommes et femmes d'une façon différente de l'Europe. Un homme offrant un cadeau somptueux à une femme ne pouvait pas être vraiment mauvais, même s'il était bourré comme un canon d'arrière-pensées.

– Rochanna, dit-il, lorsque je vous ai vue pour la

première fois, j'ai été subjugué. Je suis riche et je n'attends rien de vous. J'avais seulement envie de voir vos yeux briller de plaisir. Faites-moi la joie de garder ce bracelet. Ainsi, quand je serai reparti de Thaïlande, vous penserez quelquefois à moi...

On pouvait entendre les crissements des violons... Le regard de Rochanna s'adoucit et elle prononça exactement la phrase que Malko attendait.

– Il faut que personne ne le sache, murmura-t-elle. On pourrait imaginer des choses horribles. Mais je ne sais pas comment vous remercier...

Ses yeux étaient fixés sur le bracelet qu'elle ne cherchait plus à retirer.

Malko en profita pour lui verser un peu de Taittinger Comtes de Champagne rosé 1985 et leva sa coupe.

– A votre avenir, Rochanna.

Elle trempa ses lèvres dans les bulles et dit timidement.

– Je ne m'appelle pas Rochanna. C'est mon nom de scène. Mon véritable nom est Yu Niang.

– C'est plus chinois, remarqua Malko en souriant.

Elle hésita avant de demander timidement :

– Vous êtes vraiment producteur de télévision?

– Non.

Elle ne fit aucun commentaire. Intérieurement, Malko était partagé entre une intense jubilation et un peu de honte. Il était arrivé en un temps record à entrer dans l'intimité de la maîtresse de Khun Sa. Au prix d'une comédie assez vilaine... Mais le sort de Matt Grit justifiait cette entorse à son éthique. Vaguement mal à l'aise devant le regard limpide de Yu Niang, il était certain cependant qu'elle ne parlerait désormais de lui à personne.

Elle posa soudain sa coupe de champagne.

– Il faut que je vous quitte, murmura-t-elle. On vient me chercher.

Elle paraissait totalement affolée. Sans même dire au revoir, laissant l'écrin du bracelet sur la table, elle se leva et fila en direction du hall de l'hôtel. Elle le traversa rapidement.

Au moment où elle atteignait la porte-tambour, un homme surgit. Il s'arrêta devant elle et lui serra la main en s'inclinant profondément.

C'était Sombat Suwatana, le journaliste « ambassadeur » de Khun Sa.

CHAPITRE XV

Malko, invisible dans l'ombre du bar, regarda Yu Niang et le journaliste disparaître par la porte à tambour. La présence de Suwatana ôtait tous les doutes. En plus, Yu Niang jouait franc-jeu avec lui. Si elle parlait à Sombat Suwatana de l'aventure qui lui arrivait, Malko pouvait s'attendre à de sérieux ennuis. Il imaginait sans mal la réaction du puissant Khun Sa découvrant qu'un agent de la CIA draguait sa maîtresse... Il lâcherait sur lui une meute de tueurs.

Malko remonta dans sa chambre. Il verrouilla la porte, mit la chaîne et posa sur la table de nuit le Beretta 92, une balle dans le canon. Si une douzaine de tueurs avec des M.16 et des lance-grenades surgissaient, ce ne serait qu'un baroud d'honneur, mais il ne pouvait quand même pas s'enfermer dans le coffre de l'hôtel...

Une chose l'intriguait. Pour être la maîtresse d'un homme comme Khun Sa, Yu Niang semblait étrangement pure et naïve. Bien sûr, elle pouvait jouer la comédie, mais il n'en avait pas l'impression. Sa joie devant le bracelet était celle d'une jeune fille.

Même si Khun Sa était l'amant de Yu Niang, cela semblait plus logique qu'elle aille le voir à Ho-mong pour lui éviter un déplacement dangereux dans un pays hostile. Si ce n'était pas le cas, il n'avait aucune idée de la fréquence des incursions de Khun Sa en Thaïlande. Or, le sablier continuait à se vider... Il ne lui restait que quelques jours pour sauver Matt Grit. Mais il avait beau se creuser la tête, il ne voyait pas le moyen d'accélérer les événements. Apprivoiser Yu Niang, si ce n'était pas complètement impossible, prendrait du temps. Ce dont il disposait le moins.

Sans s'en rendre compte, il bascula dans le sommeil. Le téléphone le réveilla en sursaut. Il ouvrit les yeux et vit qu'il faisait encore nuit. Il décrocha et entendit une voix féminine demander :

– Je suis à la chambre 2412?

Yu Niang!

– Oui. Quelle bonne surprise!

Yu Niang eut un rire soulagé.

– Je craignais de m'être trompée. Je voulais m'excuser de vous avoir quitté si brusquement, hier soir. Mais il ne fallait pas que l'on vous voie avec moi.

Il s'efforça de prendre un ton léger pour demander :

– Vous avez un homme jaloux dans votre vie? C'est vrai que les Thaïs sont très jaloux. Nous ne faisons pourtant rien de mal...

– Ce n'est pas tout à fait cela, corrigea-t-elle. Si on savait que vous m'avez offert ce bracelet, vous pourriez avoir de gros problèmes...

Il décida d'avancer un pion.

– C'est votre « ami »?

– Oh, non, juste un camarade. Mais je ne fais pas ce que je veux...

– Vous êtes majeure, pourtant...

Nouveau rire perlé.

– Chez nous, dans les familles chinoises, les filles doivent obéir à leur père, tant qu'elles ne sont pas mariées. Et...

Elle se tut brutalement, comme si elle en avait trop dit. Le cerveau de Malko tournait à cent mille tours.

– Vous voulez dire que votre père vous a fiancée sans vous demander votre avis?

Yu Niang se contenta de rire.

– Ne parlons plus de cela. Je vais être obligée de vous quitter, maintenant.

Malko plaça un nouveau pion.

– Vous ne pouvez pas vous échapper pour déjeuner avec moi?

Il y eut un silence. Malko crut qu'elle allait dire « oui », mais elle annonça d'un ton désolé :

– Je voudrais bien, vous êtes si gentil... Mais Chiangmai est une toute petite ville. Tout se sait.

– Dans ce cas, suggéra Malko, allons faire une promenade en dehors de la ville. Personne ne nous verra. J'aimerais tant parler avec vous...

Nouveau silence. La jeune Chinoise réfléchissait. Puis, très vite, comme si elle avait peur de changer d'avis, elle demanda :

– Vous voyez l'embranchement qui mène au Lanna Hospital, sur le *super-highway,* entre la rivière et la route de Chiang Rai?

– Je trouverai, affirma Malko.

– Si vous pouvez être là vers deux heures, j'essaierai de venir. J'ai une Honda Civic blanche.

Elle raccrocha comme si elle avait honte de sa proposition.

Malko avait envie de faire des bonds de joie dans son lit. Il eut du mal à se rendormir, réfrénant une furieuse envie de faire partager sa satisfaction à Mike Herald. Il n'avait pas parlé du bracelet à l'Américain...

*
**

Malko terminait son petit déjeuner quand on frappa à sa porte. C'était Mike Herald, moins bourru que d'habitude.

– Je me suis levé à six heures pour mettre la main sur mon type, annonça-t-il.

Il était presque dix heures et Malko commençait à s'inquiéter de la disparition de l'Américain.

– Vous l'avez trouvé?

– Oui. Il m'a appris quelques trucs. Cette chanteuse est très connue à Chiangmai. Son vrai nom, c'est Yu Niang Simao. Elle présente une émission pour les enfants, tous les jeudis, sur le Thaï Military Channel. Elle a posé pour le magazine *Vogue*, par l'intermédiaire d'une agence de Singapour. Les Thaïs étaient fous de fierté.

– Mais elle est Chinoise.

– Bien sûr, mais de nationalité thaïe...

– Vous avez trouvé quelque chose sur ses liens avec Khun Sa?

Avant de répondre, Mike Herald prit un croissant et l'avala d'un coup, pratiquement sans le mâcher.

– Et comment! Son père est officiellement propriétaire d'une grosse entreprise de *wood-carving*, route de Sankaen Peng. On dit en ville qu'il a été financé par Khun Sa. Mais j'ai trouvé mieux. Vous vous souvenez du container saisi avec les trois tonnes d'héroïne?

– Oui.

– Il avait été envoyé par la Diamond Transworld Corp, une *shipping company* de Chiangmai. Cette affaire appartient au père de Yu Niang.

Un ange passa et s'éloigna dans un nuage de poudre blanche. Le lien entre la douce Yu Niang et Khun Sa était définitivement établi. Rien d'étonnant à ce qu'elle soit sa maîtresse. Ce qui l'était plus, c'était l'idylle secrète nouée avec Malko. Celui-ci, à son tour, entreprit de mettre Mike Herald au courant de ses exploits...

*
**

Sombat Suwatana, un sourire aux lèvres, pénétra dans la meilleure bijouterie de Chiangmai, sur le quai Manee Noparat. La patronne chinoise se précipita. Il achetait souvent pour le compte de Khun Sa et était un de ses meilleurs clients. Elle s'empressa, offrant du thé, montrant ses nouvelles créations. Le journaliste thaï examinait toutes les vitrines. A la troisième, il découvrit ce qu'il cherchait : la réplique exacte du nouveau bracelet arboré la veille par Yu Niang. Ce bijou l'avait frappé. La jeune Chinoise adorait les bijoux, Khun Sa l'en comblait, sans parler d'objets inouïs comme la paire d'escarpins incrustés de rubis, mais celui-là semblait trop cher pour qu'elle se le soit offert elle-même.

Il prit le bracelet et le montra à la Chinoise.

– C'est joli...

– Il est superbe, renchérit-elle. Justement, un *farang* m'en a acheté un hier. Mais, à vous, je ne ferai pas le même prix, bien sûr.

Elle lui dit à voix basse son prix « spécial ». Encore plusieurs milliers de dollars. Sombat Suwatana ne l'écoutait pas, obsédé par une seule question : qui était l'acheteur de ce bijou?

– C'est un de vos clients habituels qui a acheté l'autre bracelet? demanda-t-il d'un ton détaché.

La bijoutière chinoise secoua la tête.

– Non, non. Un *farang* que je n'avais jamais vu. Grand, blond. Des yeux couleur d'or. Ça m'a frappée.

Le journaliste eut l'impression qu'une main invisible lui tordait l'estomac : le signalement correspondait au faux journaliste allemand que Khun Sa lui avait dit être un agent de la CIA! Khun Sa avait ordonné qu'on l'abatte, et après l'échec de l'opération, il avait intimé à Suwatana de fuir tout contact. Consigne que celui-ci avait suivi scrupuleusement. Il ignorait même si ce Malko Linge était toujours au *Westin*.

Il reposa le bracelet, bredouilla qu'il allait réfléchir et sortit. Sur le trottoir, il composa le numéro du *Westin* sur son téléphone portable et demanda M. Malko Linge.

– Il est sorti, répondit la standardiste, quelques instants plus tard. Puis-je prendre un message?

Sombat Suwatana avait déjà raccroché. Il reprit la tonalité et commença à composer le numéro de l'IMARSAT (1) de Khun Sa. S'interrompant aussitôt, il s'éloigna à pied le long du canal, le cerveau en ébullition.

La logique était de prévenir Khun Sa. Mais comment prévoir la réaction de celui-ci, s'il apprenait qu'un de

(1) Téléphone-satellite.

ses pires ennemis courtisait la femme qu'il se préparait à épouser?

Après un dur combat intérieur, il arriva à la conclusion qu'il était préférable de ne pas mentionner à Khun Sa cette relation sulfureuse. Le Chinois risquait d'avoir une réaction imprévisible dont Sombat Suwatana serait la première victime... Bien sûr, garder le silence comportait aussi des risques. Mais entre deux maux...

Suwatana n'avait pas la moindre idée de la façon dont cet homme avait connu Yu Niang, mais aux yeux de Khun Sa, il risquait d'être tenu pour responsable. N'était-il pas une des rares personnes au courant de l'idylle entre Khun Sa et la jeune fille? Il aurait beaucoup de mal à convaincre Khun Sa qu'il s'agissait d'une coïncidence. Le Chinois le soupçonnerait d'avoir trop parlé. Et alors...

Il était arrivé à sa voiture et ne sentait plus le soleil brûlant sur ses épaules. Il tâchait de se persuader que l'agent de la CIA ne *pouvait pas* connaître les liens entre Khun Sa et Yu Niang. C'était une histoire personnelle qui ne menaçait en rien la sécurité du général.

*
**

Malko guettait la meute grondante des deux-roues arrêtés au feu protégeant l'embranchement menant au Lanna Hospital. Il y en avait au moins une centaine, comme au départ d'un moto-cross! Le feu passa au vert et tous se ruèrent en avant dans un nuage de poussière, manquant d'aplatir le frêle policier au visage mangé par son masque à gaz anti-pollution posté au milieu de la chaussée. Malko lui-même recula pour ne pas être écrasé... Derrière les motos et les cyclo-pousses disparus depuis longtemps de Bangkok venaient les voitures. Une Civic déboîta et vint s'arrêter sur le bas-côté. Derrière les glaces teintées noires, on distinguait à peine le conducteur. Malko fit le tour de la voiture et y monta.

– Bonjour!

Yu Niang tourna vers lui un visage radieux et redémarra, pour bifurquer un peu plus loin sur la route de Chiang Rai. Elle la quitta bientôt pour une petite route grimpant vers les collines proches. Elle faisait très sage, en chemisier blanc et en jean, pas maquillée.

– Où allons-nous? demanda Malko.

– A Doï Suthet. Une petite montagne avec un monastère.

Peu à peu, les rares maisons faisaient place à une végétation luxuriante. Elle tourna encore à gauche, dans un chemin poussiéreux qui grimpait autour d'une colline couverte de jungle au sommet de laquelle on distinguait un grand temple. Le bracelet offert par Malko dansait au poignet de Yu Niang. Malko savait qu'à la moindre maladresse, son crédit volerait en éclat. Il était différent des autres *farangs*, aux yeux de Yu Niang, parce qu'il n'avait pas essayé de lui arracher sa culotte au bout de cinq minutes. En plus, elle était fascinée par sa blondeur, comme toutes les Asiatiques qui ne rêvent que de peau blanche et d'yeux clairs.

Ils arrivèrent au sommet de la colline de Doï Suthet et elle se gara devant le monastère, laissant tourner le moteur, à cause de la clim. La vue était superbe : tout Chiangmai s'étalait à leurs pieds, la plaine se perdait au sud dans la brume de chaleur. Yu Niang tira un paquet de Lucky Strike d'un étui en or guilloché et, après en avoir offert une à Malko, alluma une cigarette.

– Je viens souvent ici, dit-elle. C'est agréable, il n'y a jamais personne, sauf quelques bonzes. L'un d'eux dit l'avenir.

– Que vous a-t-il prédit?

Elle lui jeta un regard plein de reproche.

– Vous n'y croyez pas, n'est-ce pas? Pourtant, ils disent souvent des choses incroyables. Celui-là m'a dit que je ne me marierai pas cette année...

– Ah bon. Cela n'a rien de très étonnant...

Elle tira une bouffée de sa Lucky et souffla la fumée dans le pare-brise.

– Si.

– Vous êtes très jeune...

– J'ai vingt-trois ans et je suis fiancée. Justement, je dois me marier l'année prochaine. L'année du Cochon d'Or. C'est un présage très faste. Cela n'arrive qu'une fois par siècle.

– C'est merveilleux, dit Malko un peu platement. Votre fiancé va vous laisser continuer à travailler?

Le regard de Yu Niang se voila.

– Je ne crois pas. Il est très strict; et puis, je ne vivrai plus à Chiangmai.

– Vous irez à Bangkok?

Elle sourit avec mélancolie.

– Non, hélas. A la campagne. Mais je préfère ne pas en parler.

Malko sourit.

– Alors, il faut espérer que le bonze a raison...

– Il est très savant, dit-elle.

Ils restèrent là, silencieux, à regarder le paysage. Malko se sentait dans une impasse. Il ne pouvait interroger directement Yu Niang. Il s'aperçut qu'elle le regardait du coin de l'œil, avec une expression un peu trouble. L'atmosphère avait brutalement changé.

A l'instinct, il se pencha lentement vers elle. Yu Niang ne recula pas. Lorsque leurs lèvres se touchèrent, elle eut un léger mouvement de recul, puis sa bouche s'écrasa violemment sur celle de Malko. Comme si elle se jetait à l'eau... Leur baiser fut long et passionné. Malko sentait les ongles de la jeune Chinoise griffer sa nuque. Il effleura sa poitrine très doucement, sentit les pointes aiguës de ses petits seins. Il s'y attarda, les caressant à travers le chemisier. Yu Niang eut un sursaut d'électrocutée et sa tête heurta presque le pavillon. Pourtant, sa bouche ne se décolla pas de la sienne. Au contraire.

Tout son corps se tordit, pour mieux se serrer contre lui, et dix ongles acérés s'enfoncèrent dans sa nuque. Elle gémit, lui mordit la lèvre, puis, presque brutalement, elle le repoussa, les yeux fermés. Sa poitrine se soulevait encore à toute vitesse. Malko avait l'impression qu'un fauve lui avait déchiré la nuque. Yu Niang avait un tempérament de feu. Elle tourna vers lui un regard chaviré.

– Il faut que vous sachiez que je ne ferai jamais l'amour avec vous! dit-elle dans un souffle. C'est impossible.

– Je n'ai pas l'intention de vous violer, répliqua-t-il d'un ton volontairement léger.

Pendant quelques instants, il avait oublié la CIA et sa mission impossible.

– Vous êtes si gentil, si prévenant, dit-elle. En Thaïlande, les hommes sont grossiers avec les femmes. Vous êtes différent.

Mal à l'aise, Malko ne répliqua pas, gêné par la sincérité de Yu Niang. Il avait tout calculé, mais ce coup de cœur de la jeune fille pour un homme qui lui avait fait habilement la cour le laissait désarmé. Et aucun plan ne se dessinait. D'une main tremblante, elle passa la première, comme si elle craignait de recommencer. Ils descendirent les lacets de la colline.

Ils n'échangèrent pas un mot jusqu'à l'endroit où elle l'avait retrouvé. Elle se gara sur le bas-côté, se tourna vers lui et dit d'une voix encore troublée.

– C'était merveilleux.

– Quand puis-je vous revoir?

Elle sourit.

– Ce soir...

– Ce n'est pas la même chose...

Le visage de la jeune Chinoise s'assombrit.

– Je vous ai dit de ne pas vous faire d'illusions. Même après ce qui s'est passé.

– Je ne parlais pas de cela, corrigea Malko. J'aimerais pouvoir bavarder plus tranquillement que dans le bar de l'hôtel...

– Moi aussi, soupira Yu Niang. J'essaierai de me libérer, comme aujourd'hui. Mais je ne sais pas quand. Sauf mercredi, en tout cas.

– Pourquoi?

– C'est mon anniversaire. Je ne chante pas à l'hôtel. Je passerai ma soirée avec mon fiancé.

On était samedi. C'était trop beau! Yu Niang venait de lui apprendre quand Khun Sa venait en Thaïlande. A moins qu'elle ne se rende de l'autre côté de la frontière. Il chercha désespérément comment poser la question, sans trouver.

– Tâchez de trouver un moment d'ici mercredi, insista-t-il.

*
**

– Khun Sa sera probablement en Thaïlande mercredi prochain. J'ignore encore où, combien de temps, mais au moins pour la soirée. C'est une occasion unique.

Tout à sa joie, Malko n'avait pas remarqué l'attitude bizarre de Mike Herald. L'Américain semblait absent, avachi, les boutons de sa chemise prêts à exploser sous la pression de son ventre. Il tirait machinalement sur une de ses éternelles Lucky.

– Que se passe-t-il? demanda Malko.

– Lo Te Ming est parti ce matin pour Langley, annonça Mike Herald. Sur un Grunman de la *Company*.

CHAPITRE XVI

Malko demeura quelques instants assommé par la mauvaise nouvelle. Juste au moment où ils entrevoyaient une lueur d'espoir!

– Comment l'avez-vous appris?

– Par mon adjoint, il vient de m'appeler. Lui-même l'a su par un copain de la DEA. Ils n'ont pas fait de publicité pour éviter un attentat.

– Vous pensez que Khun Sa est déjà au courant?

Mike Herald eut une mimique désabusée.

– Il y a des chances! Les Triades surveillaient l'affaire et elles ont des antennes *partout*. Nous avons une bonne chance de risquer notre vie pour rien, mercredi...

– Si le pire était vrai, objecta Malko, nous pourrions au moins venger Matt Grit. En livrant Khun Sa à la DEA au lieu de l'échanger.

– Je me fous de Khun Sa, grommela Mike Herald. C'est Matt que je veux, vivant! Et j'ai bien l'impression qu'il ne l'est plus...

– Oui ou non, avez-vous l'intention de tenter de kidnapper Khun Sa mercredi?

Mike Herald haussa les épaules.

– Evidemment. Si je ne le faisais pas, je ne pourrais plus jamais me regarder dans une glace... Mais...

– Mais quoi?

Malko commençait à être agacé par les soudains états d'âme de l'Américain.

– En admettant qu'il n'ait pas encore coupé la tête de Matt, lança Mike Herald, nous allons au massacre. Il ne sera pas seul. D'habitude, même dans sa zone, en pays shan, il se déplace avec une escorte armée. Or, nous ne pouvons pas faire intervenir les Thaïs.

– Absolument, approuva Malko. Même en prenant en compte l'effet de surprise, il faut un minimum... Sur qui pouvons-nous compter?

Mike Herald lui jeta un regard désabusé.

– Vous, moi et éventuellement l'enfoiré aux bouddhas. S'il n'a pas déjà oublié sa grosse frayeur. Il doit avoir quelques bras cassés avec lui, fiables comme des cloportes...

Malko ne voulut pas polémiquer. Depuis le début, ils savaient à quoi s'en tenir.

– Considérons que le jour « J », c'est mercredi, fit-il. En fin de journée. Yu Niang m'a parlé d'un dîner d'anniversaire. Cela m'étonnerait que Khun Sa vienne festoyer à Chiangmai. Il sait que la DEA a des espions partout, et il n'est pas suicidaire. Mais cela laisse le choix entre des centaines d'endroits, tous les villages entre la frontière et ici. Et Dieu sait s'il y en a. A mon avis, il ne sortira pas de la zone des collines. Il peut s'esquiver rapidement en cas de pépin. L'idéal serait de le surveiller dès son entrée en Thaïlande.

– C'est impossible, coupa Mike Herald. Il y a des dizaines de pistes dans la jungle. Il faudrait une armée.

– Donc, c'est Yu Niang qu'il faut suivre, dès son départ de Chiangmai, conclut Malko. Votre *stringer* ne vous a pas dit où elle vivait? Je sais qu'elle est encore chez ses parents.

– Non, répondit l'Américain. Je ne veux pas trop l'exciter là-dessus. C'est risqué. C'est à nous de trouver son adresse, ça ne doit pas être très difficile.

– Il faut aussi contacter Khun Koi, continua Malko. Et pour cela, retourner à Mae-Hong-Son.

– Qu'allez-vous lui dire?

– Une partie de la vérité. Il nous faut des voitures et des téléphones aussi.

– La mienne est prête, j'ai téléphoné. On a celle d'Ed Kelly et Khun Koi a son pick-up. Quant à l'artillerie, tout est dans la cantine. Les téléphones également.

– Qu'est-ce qu'il manque, alors?

– De la chance! Une sacrée dose de chance, laissa tomber Mike Herald.

Il alla prendre dans le mini-bar une bouteille de Defender et s'en servit une large rasade.

– Putain, si on réussit ce coup, je quitte le métier! Et quand je raconterai aux mecs de la DEA, à cet enfoiré de négro, que j'ai eu Khun Sa et que je l'ai laissé partir, il va avoir un infarctus.

– Ne vendez pas la peau de l'ours! conseilla Malko. Bien sûr, on a progressé. Mais il y a encore tellement à faire!

*
**

Il y avait plus de monde que d'habitude au bar du *Westin* où se produisait Yu Niang. C'était samedi. La jeune femme semblait particulièrement inspirée. Plusieurs fois, sans quitter le podium, elle s'était approchée de la table où Malko flirtait avec une bouteille de Taittinger Comtes de Champagne rosé 1985.

Mike, lui, traînait dans le hall, prêt à suivre la Chinoise quand elle partirait.

Plus que deux chansons. La nuque de Malko, lacérée par les ongles de Yu Niang, le brûlait encore. Il se reversait un peu de champagne quand Mike Herald vint se glisser près de lui. L'Américain semblait perturbé.

– Attention! L'enfoiré de journaliste qui a voulu nous liquider est dans le hall.

Malko sentit une coulée glaciale le long de sa colonne vertébrale. Si Mike ne l'avait pas prévenu, c'était la catastrophe. Il signa son addition et, profitant d'une interruption, quitta le bar et remonta dans sa chambre. Là, il attendit près du téléphone. Rien. Yu Niang avait dû être happée par Suwatana, impossible pour elle de communiquer.

Vingt minutes plus tard, on gratta à la porte et il se précipita, le cœur battant.

Ce n'était que Mike.

– Ils sont partis?

– Oui, fit l'Américain mais séparément. C'est bizarre, il ne lui a même pas parlé... Et elle ne l'a pas vu! J'ai eu l'impression qu'elle vous cherchait. Elle est restée seule au bar à se faire draguer par des malfaisants pendant dix bonnes minutes...

Malko ne répondit pas tout de suite, perturbé par ce nouveau développement. Qui Sombat Suwatana surveillait-il? Yu Niang ou Malko? Si c'était ce dernier, il n'y avait que demi-mal, car il ne pouvait deviner leur rapprochement. Il fallait simplement redoubler de vigilance, car le journaliste thaï était peut-être en train d'organiser un nouvel attentat. De toute façon, Malko n'avait pas l'intention de revoir Yu Niang. Elle ne lui apprendrait rien de plus. Par contre, il voulait retourner à Mae-Hong-Son, afin de « verrouiller » la participation de Khun Koi à leur projet.

– Soyez *très* vigilant, recommanda-t-il à Mike Herald. Suwatana nous prépare peut-être un autre mauvais coup. Je vais partir demain matin à Mae-Hong-Son voir Virginia et Khun Koi. Pendant ce temps, trouvez l'adresse de Yu Niang. Il suffit de la suivre demain soir.

– Pas de problème, affirma l'Américain, avant de regagner sa chambre.

Demeuré seul, Malko essaya de se vider le cerveau pour trouver le sommeil. Il y était parvenu quand le téléphone le réveilla en sursaut. La pendule lumineuse indiquait 2 h 37. Il décrocha, mais dès qu'il dit « allô », on raccrocha. C'était soit une erreur, soit Suwatana qui s'assurait de sa présence. Cela devenait inquiétant.

Pourvu que rien de fâcheux n'arrive d'ici le mercredi suivant!

***

Cette fois, Malko était sous sa douche lorsque le téléphone sonna. Il n'y eut pas de blanc et une voix pleine de gaieté annonça :

– Hello, c'est moi!

La voix de Virginia Hood.

– Vous êtes à Mae-Hong-Son?

Machinalement, il avait repris le vouvoiement.

– Non. En bas, dans le *lobby*. Khun Koi venait ici chercher des pneus, je l'ai accompagné.

– Il est là?

– Non, il est parti faire ses courses, il me reprend ensuite.

– Je descends.

C'était inespéré, cette visite de Khun Koi allait leur éviter quelques milliers de virages.

***

Malko, douché et habillé, sortait de sa chambre quand le téléphone sonna à nouveau. Il revint sur ses pas, décrocha et dit « allô ».

– C'est moi, annonça la voix imperceptible de Yu Niang.

Etonné, Malko s'assit sur le lit, laissant la porte ouverte.

– C'est gentil de m'appeler, dit-il.

– Pourquoi ne m'avez-vous pas attendue hier?

La voix de Yu Niang était à la fois triste et pleine de reproches.

– J'ai vu votre ami dans le hall, expliqua-t-il et je me suis éclipsé. J'ai pensé qu'il ne fallait pas qu'il nous voie ensemble.

– Ah bon! (Sa voix exprimait une stupéfaction sincère.) Je ne l'ai pas vu. Je vous ai attendu un peu, puis je suis rentrée. J'étais triste.

Un coup léger fut frappé à la porte. Malko leva la

tête : Virginia Hood s'encadrait dans le battant, vêtue d'une de ses robes hippies au tissu arachnéen, des sandales aux pieds. Malko mit un doigt sur ses lèvres. Silencieusement, Virginia entra dans la chambre et referma la porte. Dans l'écouteur, la voix timide de Yu Niang annonça :

– Je vous ai téléphoné cette nuit.

– C'était vous!

Il n'en dit pas plus. Virginia Hood, d'un geste gracieux, venait de s'agenouiller en face de lui. Dans ses yeux bleus, des paillettes vertes étincelaient, comme autant de minuscules signaux. Elle défit posément les boutons fermant sa robe jusqu'à la taille, libérant deux magnifiques seins en poire. Fixant Malko, elle commença à les masser lentement, comme un homme se masturbe.

– J'étais très triste, continua la voix flûtée de Yu Niang dans le récepteur. Je pensais que vous ne vouliez plus me voir, après ce que je vous avais dit...

– Qu'est-ce que vous m'aviez dit?

Virginia était en train de défaire la grosse ceinture du jean de Malko. Profitant de la situation, elle le força à se soulever pour le faire glisser le long de ses jambes, puis fit de même pour le slip. Ses doigts se refermèrent sur Malko pour une caresse efficace. Lorsqu'elle jugea le résultat suffisant, elle se rapprocha, emprisonnant le membre entre ses seins pour une caresse tiède et douce, incroyablement chargée d'érotisme.

– Que je ne voulais pas faire l'amour avec vous, répondit Yu Niang.

Malko ne répondit pas. D'un coup, Virginia venait de l'engloutir dans sa bouche. Il avait du mal à se concentrer sur sa conversation téléphonique, avec ce fantôme lubrique attaché à son sexe!

– Vous ne m'écoutez pas, lança Yu Niang d'un ton plein de reproche, j'ai été idiote de vous téléphoner.

– Si, absolument, protesta Malko, mais c'est un malentendu.

Virginia Hood accélérait son rythme. Il sentit la sève

monter de ses reins et retint un grognement sauvage qui se mua en gémissement incontrôlé.

– Qu'est-ce qu'il y a? demanda la voix soudain méfiante de Yu Niang. Vous n'êtes pas seul?

– Si, bien sûr, mais je me suis cogné.

Virginia était en train d'aspirer le reste de sa semence avec la conscience professionnelle d'une chatte nettoyant ses petits. C'est dans un brouillard complet que Malko entendit Yu Niang annoncer :

– Aujourd'hui, je viens à la piscine. Vers quatre heures. Si vous êtes là, je peux vous rejoindre dans votre chambre.

Malko n'en revenait pas. Lui qui s'était juré de ne pas revoir Yu Niang! Alors qu'il cherchait une échappatoire, elle raccrocha, comme effrayée par ce qu'elle venait de dire. Malko fixa Virginia en train de reboutonner sa robe.

– On ne vous a jamais dit que vous étiez la reine des salopes?

La jeune femme se contenta de sourire et dit d'une voix égale :

– Si. Mais généralement, les hommes aiment cela.

*
**

– Je vais louer une moto, suggéra Mike Herald. C'est plus souple qu'une voiture.

– Yu Niang va sûrement mettre sa voiture au parking, approuva Malko. Profitons de sa visite pour la suivre. Ce sera déjà ça de fait. Cela ne devrait pas poser de problème. Mais vous ne voulez pas que Virginia « double » avec la Land Cruiser?

Mike Herald secoua la tête.

– Non. Elle n'a pas l'habitude, elle pourrait se faire repérer.

– Faites également attention que Yu Niang ne soit pas elle-même sous surveillance, recommanda Malko. Hier soir, elle ignorait la présence de Sombat Suwatana.

– N'ayez pas peur, affirma l'Américain, je connais ce genre de truc.

Après sa « prestation » impromptue, Virginia Hood était redescendue dans le hall du *Westin* pour guetter Khun Koi. Jusqu'à quatre heures, Malko n'avait rien d'autre à faire que de recruter ce dernier.

– Descendons, suggéra-t-il. Je préfère emmener Khun Koi ailleurs pour discuter.

Ils arrivèrent dans le hall pratiquement en même temps que l'agent des *Special Forces* qui se répandit en *wai*, dégoulinant de respect envers Malko. Virginia expliqua que Malko avait une proposition à lui faire et le Thaï proposa de les emmener déjeuner dans une guinguette tranquille au bord de la Nam Ping. Tous s'entassèrent dans la Toyota.

Le *Lanna Khan* consistait en un ensemble de paillotes autour d'un buffet thaï. Pas un chat. Vu la chaleur, c'était explicable. Heureux comme une salamandre, Khun Koi leur fit les honneurs des lieux, leur préparant une sélection de plats aussi brûlants que la température... Après l'inévitable tom-yam-khoum, Malko demanda à Virginia Hood, préalablement mise au courant, d'expliquer au Thaï ce qu'ils attendaient de lui.

Il écouta la jeune Américaine attentivement, sans exprimer aucun sentiment, prenant parfois une cuillerée de soupe ou une gorgée de bière. Par l'échancrure de sa chemise, Malko apercevait une partie de ses « amulettes ».

Lorsqu'elle eut terminé, il posa une première question.

– Vous voulez intercepter un chargement d'héroïne?

Visiblement, Khun Koi ne comprenait pas bien ce qu'ils cherchaient.

– Non. Il s'agit de protection.

– Contre qui?

– Khun Sa et ses hommes.

– Khun Sa?

Il dissimula sa gêne sous un rire nerveux. Malko fit traduire par la jeune femme.

– Nous voulons neutraliser la garde de Khun Sa, afin d'avoir une discussion avec lui.

– Mais Khun Sa ne vient pas en Thaïlande... objecta Khun Koi.

– Nous pensons qu'il viendra mercredi. Sinon, l'opération serait annulée.

Le Thaï était de plus en plus mal à l'aise. Jouant avec ses bouddhas, les égrenant comme des chapelets, il posa une question très courte à Virginia.

– Il demande si on veut tuer Khun Sa...

– Absolument pas, affirma Malko. Seulement parler avec lui.

Le Thaï sembla nettement soulagé, mais toujours dans le brouillard.

– Demandez-lui s'il a entendu parler d'un prisonnier, un *farang* qui se trouverait à Ho-mong?

Oui, il avait entendu dire que Khun Sa retenait un *farang*, mais on ne savait pas pourquoi.

– C'est pour négocier sa libération, expliqua Malko, que nous voulons voir Khun Sa. Mais nous craignons d'y aller seuls.

Le visage de Khun Koi s'éclaira et il se lança dans un long monologue traduit au fur et à mesure par Virginia.

– Il accepte de nous protéger, mais il était très inquiet. Il ne travaille *jamais* contre les courriers de Khun Sa, seulement contre des gens qui lui ont déjà acheté et payé de l'héroïne... Qu'ils se fassent prendre, Khun Sa s'en moque. Sinon, il aurait coupé depuis longtemps la tête de Khun Koi... A part les gens de la DEA, *personne* ne travaille contre Khun Sa. Il est trop puissant.

Malko était édifié. Il se hâta de dire :

– Nous lui offrons 250 000 baths.

Virginia traduisit l'offre, mais Khun Koi répliqua aussitôt qu'il l'aurait fait pour rien, en raison de la dette qu'il avait envers Malko. Celui-ci demanda :

– Peut-il nous retrouver à Chiangmai, mercredi?

Khun Koi fit la grimace. Nouveau monologue.

– Il préfère ne pas venir à Chiangmai trop souvent, ce n'est pas son territoire. On se demanderait ce qu'il fait là. Il propose qu'on le retrouve quelque part du côté du village de Pai. C'est plus discret.

– Va pour Pai, dit Malko. Où?

– Il y a un vieux temple, il sera là avec ses hommes, dès l'aube. Il nous attendra. Je connais l'endroit.

– On peut compter sur lui?

– Oui.

Khun Koi les observait en lissant machinalement sa moustache tombante. Ce n'était pas l'allié rêvé...

La chaleur sous le toit des paillotes rendait l'atmosphère irrespirable. D'ailleurs, il n'y avait que deux autres tables occupées, par des Thaïs mithridatisés.

Malko se tourna vers Virginia.

– Vous ne le lâchez plus jusqu'à mercredi. S'il changeait d'avis, ce serait une catastrophe.

La jeune Américaine le rassura d'un sourire.

– Khun Koi est OK. Mais je veillerai à ce que tout se passe bien.

En entendant son nom, Khun Koi sourit, à tout hasard...

– Je vais vous donner un portable, compléta Mike Herald et le numéro de ceux que nous allons utiliser. Quel est votre programme maintenant?

– On revient à l'hôtel et on prend la route de Mae-Hong-Son.

– Alors, allons-y.

*
**

Par la baie vitrée de sa chambre, Malko surveillait la piscine. Le ralliement de Khun Koi à leur entreprise le laissait insatisfait. Ils partaient sur un malentendu : Khun Koi était persuadé de jouer le rôle d'une sorte de garde d'honneur dans un rendez-vous accepté par Khun Sa. Alors qu'il s'agissait d'un piège tendu à ce dernier. Comment Khun Koi réagirait-il en découvrant la vérité?

Le fantôme de Khun Koi s'effaça brusquement : dix étages plus bas, Yu Niang venait d'apparaître au bord de la piscine, où seuls quelques *farangs* fous de bronzage affrontaient le soleil tropical. Malko était partagé entre une envie sincère de la revoir et la crainte de déclencher une catastrophe. Il inspecta les abords de la piscine sans repérer de présence suspecte.

La jeune Chinoise disparut dans une cabine et revint, moulée dans un maillot une pièce noir, juchée sur des mules roses, assorties à une immense capeline! Pour être certaine de ne pas bronzer, elle s'installa à l'ombre. Malko déplia son portable et composa le numéro de Mike Herald.

– J'ai repéré sa voiture, annonça aussitôt l'Américain, elle est à côté des bus, dans le parking. Prévenez-moi quand elle redescendra, que je me prépare...

Pour l'instant, Yu Niang lisait un magazine chinois. Puis, elle le posa pour aller se baigner. Quelques longues brasses et un peu de dos crawlé. Deux *farangs* la guignaient et vinrent tourner autour lorsqu'elle ressortit. Elle se plongea ostensiblement dans sa lecture...

Les minutes s'écoulaient. Malko se demanda, secrètement soulagé, si elle n'avait pas changé d'avis.

Yu Niang enfin se leva, laissa sa serviette et sa capeline sur sa chaise longue et se dirigea, en maillot, vers le couloir menant à l'intérieur de l'hôtel. Quelques instants plus tard, elle frappait à la porte. Elle avait dû courir. Malko la fit entrer aussitôt et ils se firent face, un peu décontenancés.

– J'espère que personne ne m'a vue! soupira-t-elle. Heureusement, l'ascenseur était vide.

Elle parlait pour meubler le silence. Elle baissa les yeux.

– Ne me regardez pas ainsi, fit-elle, vous me gênez.

Ils se fixèrent un long moment en silence. En maillot, Yu Niang était délicieuse à regarder. Un corps fin et harmonieux, à la peau très blanche. Malko se dit que si la jeune Chinoise avait été suivie, le mal était fait. Alors autant se conduire normalement. Quand une femme amoureuse va retrouver un homme, c'est pour qu'il la prenne dans ses bras.

Il fit un pas vers elle, en souriant.

– Je vous regarde parce que je vous trouve très belle, dit-il.

Quand il passa un bras autour de sa taille, Yu Niang leva son visage vers lui, sa bouche s'entrouvrit et elle pressa son corps contre le sien. Sans la moindre réticence. En quelques secondes, ce fut, comme dans la Civic, une étreinte d'une violence absolue, les dents qui s'entrechoquaient, le pubis de Yu Niang poussant impérieusement contre son ventre. Son corps était brûlant, comme si elle avait la fièvre. Ils oscillaient comme deux ivrognes et finirent par perdre l'équilibre, tombant, toujours enlacés, sur l'immense lit.

Tout en l'embrassant, Malko se mit à caresser son dos, puis le creux de ses reins, ses fesses fermes et rondes, enfin ses cuisses. Yu Niang frémissait, poussait de petits soupirs et lui déchirait la nuque tel un chat qui fait ses griffes. On sentait son inexpérience aux mouvements gauches de son corps. Les pointes de ses seins avaient pris la dureté du marbre. Malko glissa une main sous le latex du maillot et emprisonna un sein entre ses doigts. Yu Niang s'écartant vivement, détacha sa bouche de lui, le regard affolé, les cheveux dans le visage.

– Non! Ne me touchez pas!

Ce n'était pas un ordre, mais une supplication! Haletante, le bassin encore collé au sien, la bouche gonflée, elle laissait filtrer entre ses paupières mi-closes un regard troublé. Même dénuée d'expérience, elle ne pouvait ignorer l'effet qu'elle produisait à Malko.

Celui-ci aurait pu facilement lui ôter son maillot et la prendre. Quelque chose le retenait. Il voulait qu'elle garde un bon souvenir de cette rencontre : c'était tout ce qu'il pouvait lui offrir. Elle se redressa, au prix d'un effort visiblement surhumain, et se remit debout.

– Je m'en vais!

Elle ne bougea pas, restant à côté du lit.

Malko la prit par la main, la força à se rasseoir et lui dit doucement :

– Yu Niang, vous n'êtes plus une petite fille, même si vous n'avez jamais fait l'amour. Vous avez envie de moi et j'ai envie de vous. Nous n'y pouvons rien.

Elle secoua violemment la tête, comme si elle ne pouvait pas répondre, puis, d'une voix presque inaudible, demanda :

– Je veux que vous me fassiez une promesse.

– Laquelle?

– Que vous ne me ferez pas l'amour. Même si j'en ai très envie et vous aussi.

– Pourquoi?

– C'est impossible. Je dois me marier vierge. Nous sommes très traditionalistes.

– Vous n'êtes pas amoureuse de votre futur mari?

Elle secoua la tête sans répondre, gênée. Malko essaya de l'attirer vers lui mais elle résista.

– Vous ne m'avez rien dit...

– Vous avez ma parole, Yu Niang, dit Malko. Quoi qu'il arrive.

Un éclair de joie passa dans ses yeux et ses traits se détendirent aussitôt. Elle se pencha vers lui.

– Je peux faire tout ce que je veux?

On aurait dit une petite fille devant un plateau de confiserie.

– Tout.

Aussitôt, ses mains pesèrent sur les épaules de Malko, le forçant à s'allonger. Dès qu'il fut sur le dos, Yu Niang commença à défaire les boutons de sa chemise, puis ceux des poignets, et l'aida à l'ôter complètement. Agenouillée à côté de lui, elle passa les doigts dans la toison de sa poitrine, ravie. Les Asiatiques n'ont pas de poils... Puis elle mit son bras à côté du sien et soupira.

– Je n'aurai jamais une peau aussi blanche!

Encore un rêve... Sa main remonta, caressa longtemps les cheveux blonds comme pour s'imprégner de leur couleur. Puis elle se pencha et l'embrassa, tandis que, peu à peu, son corps s'allongeait contre le sien. Elle interrompit soudain son mouvement pour dire :

– Fermez les yeux.

Malko obéit.

Quelques secondes plus tard, Yu Niang se coucha sur lui et il sentit ses seins nus aux pointes dressées contre sa peau. A tâtons, il découvrit qu'elle avait roulé son maillot jusqu'aux hanches. Elle se mit à bouger contre lui, comme pour un *body-massage*, s'appliquant contre chaque centimètre carré de sa peau.

Puis elle poussa un petit cri : la boucle de la ceinture Hermès de Malko lui faisait mal. Enhardie, elle n'hésita pas, l'aidant à se débarrasser de son pantalon. Elle ne toucha pas à son slip. Elle se recoucha sur lui, calant son pubis sur son sexe enserré dans le tissu. Sa bouche s'écrasa contre celle de Malko, ses ongles recommencèrent à lui déchirer la nuque.

Une étrange expérience commença.

Yu Niang, dans un état indescriptible, se frottait contre lui comme une chatte en chaleur, de la poitrine au sexe. Ses jambes s'écartaient spasmodiquement, mimant le coït. Sa bouche s'arracha de celle de Malko pour murmurer à son oreille.

– Serrez-moi fort!

Il obéit.

Yu Niang se démenait contre lui, le souffle court, ondulant presque avec rage. Soudain elle poussa un râle sauvage. Ses ongles se plantèrent dans la nuque de Malko, son souffle devint glacé et son bassin fut secoué par une série de spasmes très rapprochés. Son pubis semblait soudé au membre tendu de Malko. Elle arracha sa bouche de la sienne et le fixa, le regard noyé de plaisir, flou.

Elle venait de jouir. D'une voix blanche, elle balbutia :

– C'est la première fois que je fais l'amour avec un homme. C'est merveilleux.

Elle demeurait collée à lui, respirant très fort. Les pointes de ses seins s'étaient un peu amollies, mais elle avait allongé ses jambes sur celles de Malko, chaque centimètre carré de leur peau restait en contact. Lui ne pouvait réprimer une érection d'acier! Il lui fallait toute sa volonté d'homme d'honneur pour ne pas violer Yu Niang. Il ne put s'empêcher de remarquer :

– Ce n'est pas *tout à fait* faire l'amour.

Yu Niang sourit.

– C'est vrai, reconnut-elle. Fermez les yeux.

Cela devenait une habitude. Malko obéit. Il la sentit glisser sur le côté et des doigts, légers comme des papillons, effleurèrent son sexe à travers le slip. Il soupira involontairement. C'était vraiment le supplice de Tantale. Soudain, une main écarta l'élastique et l'autre, d'un geste brusque et un peu maladroit, se referma autour de son sexe, le serrant si fort qu'il faillit crier. Il écarta légèrement les paupières et découvrit Yu Niang, agenouillée, en extase devant le membre découvert, en partie enserré par ses doigts. Sa tête se pencha et, de toutes ses forces, il pria pour qu'elle le prenne dans sa bouche.

Hélas, elle s'arrêta à quelques centimètres. Mais ses doigts se mirent à agiter doucement le membre raidi... Puis, de plus en plus vite. Certes, ce n'était pas le raffinement du Kamasoutra, mais le désir à l'état brut. Malko était d'ailleurs dans un tel état qu'il ne lui fallut pas longtemps pour exploser dans un rugissement de plaisir.

Yu Niang ne bougea pas, extatique. Ensuite, elle posa sa joue contre le ventre de Malko, demeurant ainsi de longues minutes. Ils étaient tous les deux apaisés et les battements de leur cœur se calmèrent. Yu Niang se redressa et remit son maillot en place. Ses yeux étaient cernés de noir. Malko avait l'impression qu'on lui avait passé la nuque à la paille de fer. Cette expérience érotique l'avait rajeuni de plusieurs dizaines d'années, mais ne lui laissait aucune frustration. Il se leva après s'être rajusté.

– Je vais partir, fit Yu Niang. Nous ne nous reverrons plus. C'est trop dangereux, dit avec douceur la Chinoise. Je rêvais de faire ce que j'ai fait aujourd'hui avec vous. Mais je sais que si je vous revois, j'aurai envie d'aller plus loin et cela, je ne le peux pas. Au moins, j'aurai commencé ma vie de femme avec un homme que j'ai choisi. Je ne vous oublierai jamais.

Elle fit un pas vers lui et l'étreignit. Leur baiser fut moins violent, mais tout aussi passionné. Quand elle se détacha, Yu Niang dit dans un souffle :

– Ne revenez plus me voir chanter. Je porterai toujours votre bracelet.

Elle se dirigea vers la porte, l'ouvrit, se retourna pour un dernier sourire et disparut. Malko demeura pensif quelques instants. Que resterait-il de cet intermède merveilleux, après le mercredi suivant? Il prit son téléphone portable et composa le numéro de Mike Herald.

– Elle descend, annonça-t-il.

*
**

– Elle habite une grande maison dans un *soi*, entre la *highway* 107 et *super-highway*, annonça Mike Herald. Il n'y a qu'un seul accès. Apparemment, personne ne la suivait.

– Il faudra surveiller les lieux dès mercredi matin, fit Malko. D'ici là, il y a une seule chose importante à faire : préparer notre plan de secours.

– C'est-à-dire?

– Supposons que tout se passe bien, qu'on se retrouve en compagnie de Khun Sa. Le chantage que l'on exercera sur lui ne peut fonctionner qu'avec une menace crédible. S'il refuse, on l'empêche de retourner en Birmanie.

– Il y a Khun Koi pour ça, objecta l'Américain.

– Cela peut ne pas suffire. Il faudrait pouvoir, le cas échéant, utiliser la DEA. Eux ont les moyens.

L'Américain réfléchit quelques instants.

– Ed est à Bangkok, mais je suis copain avec son adjoint, Robert Davis. Je peux prendre contact avec lui mercredi matin; qu'il soit en alerte, sans savoir de quoi il retourne, bien sûr.

Les dés étaient jetés. La visite de Yu Niang avait au moins permis de savoir où elle demeurait. Tout cela n'était important que si Matt Grit était toujours vivant. Sinon, leurs efforts seraient inutiles. Même le fait de livrer Khun Sa à la DEA n'était qu'une piètre consolation. Quelqu'un prendrait sa suite. Il y avait trop d'argent à gagner.

Certes, philosophiquement, il était réconfortant de mettre Khun Sa hors d'état de nuire, mais sur le trafic de drogue, l'impact serait faible. En Colombie, la mort de Pablo Escobar, le patron du cartel de Medellin, n'avait rien changé : la cocaïne coulait toujours à flots du pays. La seule nouveauté était la montée en puissance du cartel de Cali...

Les organisations de trafic de drogue étaient comme des multinationales. Si on les décapitait, une autre tête repoussait aussitôt et les affaires continuaient.

Dans soixante-douze heures, ils seraient fixés.

CHAPITRE XVII

Une brume de chaleur moite couvrait encore les sommets des collines entourant la cuvette de Ho-mong. Elle ne se dissipait que vers midi, lorsque le soleil était haut dans le ciel. Matt Grit, assis dans sa cage de bambou, regarda les nuages blancs qui s'effilochaient. Ayant perdu une dizaine de kilos, il flottait dans ses vêtements. Ses joues s'étaient creusées, ses cheveux gris trop longs le vieillissaient, ainsi que la barbe qui lui mangeait le visage. Pire, il se sentait brisé, sans ressort. Sournoisement, l'idée avait fait son chemin dans sa tête : on l'avait abandonné.

Il n'avait pas revu Khun Sa depuis leur déjeuner, et s'acharnait à croire que le Chinois avait bluffé, par cruauté gratuite. Il s'accrochait à ce répit relatif. D'après Khun Sa lui-même, rien de fâcheux ne devait lui arriver avant le voyage que le général de l'armée shan devait entreprendre. Or, tous les matins, de sa cage, il pouvait voir passer Khun Sa dans sa tenue noire.

– *Gung Ho*! (1)

Le glapissement d'un soldat le fit sursauter. Une section de la MTA venait d'entrer dans le patio, en face de la maison. Ils étaient à pied, en armes et furent suivis de trois pick-up noirs Toyota, tous semblables, sans plaque. Un affût de mitrailleuse était installé sur le

(1) En avant.

plateau du second. Des soldats commencèrent à y installer des caisses de munitions. Puis ce fut le tour de deux mortiers de 60 pour l'autre véhicule.

Les caisses d'obus formèrent un vrai blockhaus. Les hommes transpiraient sous le soleil, sans dire un mot. D'autres apportèrent une M. 60 flambant neuve, une excellente mitrailleuse, et la mirent en place.

Des reflets verdâtres sur les glaces du premier pick-up apprirent à l'Américain qu'elles étaient blindées. C'était donc le véhicule personnel de Khun Sa.

Son cœur se mit à battre la chamade. Tout cela annonçait un prochain départ; trop prochain... Il se déplaça dans sa cage pour mieux voir. Quatre soldats supplémentaires venaient d'arriver, portant sur le dos des étuis de toile contenant chacun un RPG 7. Seize en tout. De quoi détruire un escadron blindé. Aucun véhicule ne résistait à ces grenades antichars autopropulsées...

Les derniers à venir furent quatre hommes porteurs de longs tubes : des Sam 7, fusées sol-air de fabrication soviétique, plus très jeunes mais encore capables d'abattre un avion ou un hélicoptère...

Une véritable armada. Ce n'était pas pour se rendre à une de ses raffineries d'héroïne que Khun Sa la mobilisait. D'habitude, lorsqu'il demeurait sur son territoire, il se contentait de quelques soldats armés de M. 16 regroupés sur la plate-forme.

– Monsieur Grit!

Matt Grit se retourna vivement. Khun Sa le contemplait, impassible, impeccable dans sa tenue de cavalier, en bottes noires et brillantes. Il semblait d'excellente humeur et désigna de sa badine les hommes qui attendaient son inspection, au garde-à-vous.

– Comme je vous l'avais dit, M. Grit, je pars en voyage, fit-il de sa voix rocailleuse. Lorsque je reviendrai, c'est-à-dire demain, nous aurons le plaisir de déjeuner ensemble...

Matt Grit se sentit liquéfié.

– Vous plaisantez, lança-t-il d'une voix faible. Vous ne pouvez pas.

Brusquement furieux, Khun Sa cingla de sa cravache les barreaux de bambou de la cage

– Vos amis américains aussi ont cru que je plaisantais! siffla-t-il. Il y a quelques jours, Lo Te Ming s'est envolé de Bangkok sur un Grunman spécial de la DEA. Destination Washington. Je les avais prévenus. Vous devriez déjà être mort.

Il se détourna et alla passer en revue son escorte, inspectant chaque détail avec soin, vérifiant les piles des Sam 7, l'état des RPG 7. Ce n'était pas pour la parade. Pendant quelques heures, sa vie et sa sécurité allaient dépendre de ces hommes et de leur armement. Bien qu'il ne soit pas trop inquiet. Grâce à ses contacts dans la police thaïe, il *savait* que la DEA n'était pas au courant de son incursion en Thaïlande. Ed Kelly, son représentant à Chiangmai, venait d'être appelé en consultation à Bangkok.

Quant aux Thaïs, ils ne risquaient pas de bouger. La *Border Police Patrol* n'agissait qu'avec son accord, et l'armée n'avait aucune envie de s'attaquer à lui directement. En plus, par pure coquetterie, il n'emportait pas un gramme d'héroïne...

Ce voyage était strictement privé. L'anniversaire de Yu Niang servait de prétexte pour demander officiellement sa main à son père, Li Simao, qui ne pouvait que lui accorder. Directeur officiel d'une fabrique de *woodcarving* financée à 100% par Khun Sa, son complice dans les expéditions d'héroïne à destination des Etats-Unis, il n'existait financièrement que grâce à Khun Sa.

Aussi, devant la passion de ce dernier pour sa fille, il s'était résigné à la lui donner en mariage. Dans ces familles, c'était toujours le père qui choisissait. Après tout, Khun Sa, avec son aura et son immense fortune, n'était pas un mauvais parti. Bien sûr, pour Yu Niang, vivre à Ho-mong ne serait pas d'une folle gaieté, mais cela lui éviterait au moins la tentation de poursuivre une carrière dans le show-biz, ce qui hérissait son père.

Le jour où Khun Sa l'avait découverte à la télévision, comme présentatrice, il en était tombé amoureux... Maintenant, les dés étaient jetés... Il avait préparé un cadeau somptueux pour sceller ses fiançailles : une bague composée d'un rubis de qualité exceptionnelle de dix carats, extrait des mines de Pai Lin et racheté directement aux Khmers rouges.

Il serait encore obligé de patienter quelques semaines avant de mettre Yu Niang dans son lit, pour se plier aux traditions, mais les fiançailles accomplies, il était tranquille.

Cette agréable nouvelle compensait un peu la catastrophe Lo Te Ming. Repenser au traître le plongeait dans une fureur sans nom. Si on le lui avait livré, il aurait mis des mois à le faire mourir, selon les vieilles méthodes chinoises. En le pelant, centimètre carré par centimètre carré, jusqu'à ce qu'il ne soit plus qu'un écorché vif...

Il retirerait beaucoup moins de plaisir de l'exécution de Matt Grit, contre lequel il n'avait aucun grief personnel. La méthode qu'il avait choisie pour éviter de perdre la face n'avait pas que des avantages : il n'était pas certain que la cervelle humaine soit aussi délicieuse que la cervelle de gibbon.

*
**

Malko regarda sa montre : une heure et demie. Après deux jours tendus d'inaction, une planque même en plein soleil était excitante! La chaleur était effroyable. Lui et Mike Herald avaient pris position sur la *super-highway*, de part et d'autre du *soi* menant à la maison de Yu Niang. Plusieurs personnes en étaient sorties, mais pas la jeune femme. Avec sa moto, Mike Herald pourrait suivre au plus près, tandis que Malko demeurerait à l'écart. Les deux hommes avaient puisé dans le stock d'armes de quoi soutenir un siège. Chacun disposait d'un téléphone mobile.

– Je vais manger une soupe, annonça Mike Herald.

Il enfourcha la moto et fila vers le *Holiday Inn,* distant de cinq cents mètres. Malko augmenta la clim.

Il se sentait mal à l'aise à l'idée de se retrouver face à Yu Niang.

Une meute de Hondas passa devant lui. D'où il était, impossible d'apercevoir la maison... Pourvu qu'il n'y ait pas eu de contre-temps. La veille au soir, suivie par Mike Herald, Yu Niang était rentrée normalement chez elle, après son tour de chant. L'Américain avait pu vérifier, en passant devant à moto, que sa Civic blanche était toujours garée devant la grande maison. Donc, elle était là.

Malko sortit de sa voiture et déplia l'antenne du portable. Il lui fallut s'y reprendre à quatre fois avant d'accrocher avec Virginia Hood. Il l'entendait très faiblement.

– Tout va bien, annonça-t-elle. Nous sommes à l'endroit prévu.

– Notre ami est bien là?

– Ils sont *tous* là, souligna la jeune femme.

– Aucune nouvelle spéciale?

– Aucune.

– Alors, à plus tard.

Virginia Hood et l'équipe de Khun Koi se trouvaient à environ deux heures de Chiangmai, dans les collines de la région frontalière. Malko était persuadé que Khun Sa ne descendrait pas dans la plaine, mais resterait à l'abri de la jungle aux mille pistes.

Depuis que Malko lui avait appris le véritable but de leur opération – libérer Matt Grit –, la jeune Américaine n'avait plus eu aucune réticence à collaborer.

Mike Herald revint. Malko, pour tromper son anxiété, alla à son tour grignoter quelque chose. A son retour, rien n'avait bougé... Et les heures recommencèrent à s'égrener. Pour déjouer une surveillance possible, ils s'astreignaient à se déplacer, gardant toujours le *soi* en vue.

Le soleil commença à descendre, la température à devenir plus supportable. Cinq heures. Dans une heure, il ferait nuit. Malko avait mal aux yeux à force de fixer l'entrée du *soi.* Comme toujours sous cette latitude, la nuit tomba à toute vitesse. A six heures, toutes les voitures qui passaient avaient allumé leurs phares...

A six heures dix, Malko sentit son pouls grimper comme une fusée. Deux phares blancs se rapprochaient dans le *soi.* Ceux d'une grosse Mercedes noire – une 560 ou une 600 – avec une plaque rouge signifiant qu'elle était neuve. La voiture tourna à gauche dans *super-highway.* Une voix éclata dans le téléphone. Mike.

– Vous avez vu? Ça doit être elle. Il y avait une voiture comme ça dans le jardin.

Malko déboîtait déjà, laissant plusieurs véhicules entre la Mercedes et lui.

– Allez vérifier avec la moto, dit-il, je les suis.

– OK.

Il parcourut un kilomètre, jusqu'à l'interminable feu au croisement de la *highway* 107. Au sud, elle s'enfonçait vers la vieille ville, au nord elle partait sur Mae-Hong-Son et Chiang Rai. Au bout de cinq minutes, la Mercedes tourna à gauche. Vers le nord.

La route était encore large et très fréquentée, Malko n'eut aucun mal à rester à bonne distance... Quelques minutes plus tard, la voix de Mike Herald lui versa du baume au cœur.

– La voiture n'y est plus. C'est bien elle.

Les glaces noires empêchaient de le vérifier, mais la tension de Malko s'apaisa d'un coup. Il venait de franchir un nouveau cap : Yu Niang était en route pour retrouver Khun Sa. Les heures qui suivaient seraient décisives.

*
**

La route 107 filait droit vers le nord et déjà les premiers contreforts des collines couvertes de jungle l'enserraient des deux côtés. La Mercedes 600 venait de traverser le village de Mae Rim sans ralentir. Encore trente kilomètres et la route se séparait en deux : tout droit vers Chiang Rai et à l'ouest en direction de Mae-Hong-Son. Il y avait encore pas mal de circulation, beaucoup de pick-up et des motos. Celle de Mike accéléra pour dépasser la Mercedes dans le village, puis s'arrêta ostensiblement. L'Américain, couvert de son casque intégral, mit pied à terre. Attendant quelques minutes pour repartir, il annonça à Malko sur le portable :

– Il y a quatre personnes dans la voiture. Un chauffeur, un homme et deux femmes à l'arrière. Je n'ai pas pu discerner leur visage.

Encore vingt minutes de route. La Mercedes ralentit : ils approchaient d'un gros village encore très animé, avec ses tubes de néon éclairant les étalages et ses lampes à acétylène. Au milieu du village se trouvait l'embranchement menant à Mae-Hong-Son, encore distant de 200 kilomètres. La Mercedes prit cette direction.

Le cœur de Malko battit plus vite : Yu Niang et sa famille allaient vers la frontière. Donc, ils se rapprochaient de Pai, où se trouvaient Khun Koi et ses hommes.

La Mercedes parcourut encore une dizaine de kilomètres. Les maisons d'un village apparurent : Thung Cho. Il s'étirait sur un kilomètre. Après un virage, soudain la Mercedes disparut ! Malko continua machinalement. On ne pouvait pas l'avoir semé, la route était toute droite devant lui. Il sortit du village et attendit Mike Herald qui roulait loin derrière lui.

– Ils se sont arrêtés quelque part, dit-il. Retournez avec la moto, essayez de savoir où.

Un motard *farang* ne se faisait pas remarquer. Beaucoup de hippies sillonnaient les routes et les pistes sur des engins loués. Malko se gara sur le bas-côté et éteignit ses phares. Mike fut de retour au bout de quelques minutes.

– Il y a un restaurant, annonça-t-il, un truc assez grand; chinois. La voiture est garée dans la cour.

– Pas trace de Khun Sa?

– Aucune. Pas d'autres voitures. Qu'est-ce qu'on fait?

– J'appelle Virginia Hood pour qu'elle nous rejoigne. Il n'est pas question de bouger d'ici. Khun Sa peut arriver à n'importe quel moment... Retraversons le village, on sera plus tranquilles de l'autre côté.

En passant, il ralentit devant le restaurant. L'enseigne était en thaï et en chinois. Une construction simple, à un seul étage. L'entrée principale se trouvait dans la cour où était garée la Mercedes. De l'autre côté, la façade donnait sur un terrain vague. Ils s'enfoncèrent de quelques mètres dans un chemin creux et stoppèrent loin des regards.

– Pendant que j'appelle, dit Malko, retournez ostensiblement au restaurant. Garez-vous et demandez si on peut dîner à plusieurs. Regardez le menu, renseignez-vous...

Mike parti, Malko composa le numéro du portable de Virginia Hood. Une fois, deux fois, dix fois. La communication ne passait pas! Parfois, à cause des montagnes, les ondes ne passaient pas. Il s'astreignit à attendre deux minutes, puis recommença. Sans plus de succès! C'était l'horrible tuile. A eux deux, il leur était impossible d'affronter Khun Sa! Il était encore en train d'essayer quand Mike réapparut.

– Bingo! annonça-t-il. J'ai parlé avec un des cuisiniers. Le restaurant est retenu ce soir pour des clients importants qu'il ne connaît pas. Certains sont déjà arrivés. On attend les autres vers neuf heures. Je connais même le menu... Ils vont bouffer jusqu'à pas d'heure.

– Et les lieux?

– Problème. Ils seront dans la plus grande salle, celle

qui donne sur les cuisines. Le seul accès est la porte d'entrée principale. Il faudra arriver par la cuisine.

Malko secoua la tête.

– Non, les gardes de Khun Sa risquent de nous allumer immédiatement. Il faut entrer par la grande porte. Ouvertement.

– Elle sera gardée aussi, objecta l'Américain.

– Nous allons tenter le coup, proposa Malko. Khun Koi dira aux gardes que nous avons rendez-vous. Les autres penseront que nous sommes des trafiquants d'héroïne invités à la fête. En attendant, il y a un problème. Khun Koi et Virginia ne répondent plus.

– *Shit! Shit! Shit!*

L'Américain alluma nerveusement une Lucky Strike; Malko vit que ses mains tremblaient.

– Cet enfoiré a dû se dégonfler! explosa-t-il.

– Je n'en sais rien. J'espère qu'il n'est rien arrivé à Virginia. Je vais prendre la voiture et aller voir.

– Vous ne trouverez jamais, objecta l'Américain.

Malko le craignait.

– OK, nous y allons tous les deux. On laisse la moto ici.

– Et les autres?

– Ils ne vont pas s'envoler. Un dîner de fiançailles, ça dure... Pai est à une heure au plus.

– En roulant vite... Et s'il y a un *vrai* problème là-bas?

– Vous prévenez la DEA.

*
**

De nuit, les virages étaient encore plus impressionnants. A cause de la végétation, on avait l'impression de rouler sous un tunnel. Presque pas de circulation. En dépit de ses efforts, Malko n'arrivait pas à faire plus de soixante de moyenne. Et encore, ils étaient secoués comme dans une essoreuse.

– Encore vingt kilomètres! annonça Mike Herald.

Les deux hommes pensaient à la même chose : ils

n'avaient pas encore croisé Khun Sa. Cela commençait à devenir étonnant.

– Regardez! lança soudain Mike Herald d'une voix excitée.

Malko aperçut, après un dos d'âne, trois véhicules qui venaient vers eux, roulant vite, en convoi. Une minute plus tard, ils les croisaient. Trois pick-up Toyota rigoureusement semblables, dont les plateaux étaient occupés par des hommes assis, chose courante en Thaïlande. Aucun des véhicules n'avait de plaque... Ils disparurent au virage suivant.

– Ce sont eux! fit l'Américain. Bon dieu, vous aviez raison!

Malko fit un rapide calcul. Khun Sa serait au restaurant dans quarante-cinq minutes. Il y resterait au minimum deux heures. Ils étaient dans les temps. Un quart d'heure plus tard, ils arrivèrent à Pai.

– A droite, ordonna Mike.

La route contournait le village. Malko fila entre les maisons de bois. Quelques épiceries étaient encore ouvertes. Guidé par l'Américain, il parvint au bout du village. Sur leur droite, juste avant la jungle, se dressait une énorme structure de bois : un vieux temple. Dans le sentier y menant, deux véhicules étaient garés : un pick-up Toyota et la vieille jeep de Virginia Hood. Malko sauta à terre. A peine avait-il fait dix mètres que Virginia surgit du temple.

– J'étais folle d'inquiétude! lança-t-elle. Mon téléphone ne marche plus. La chaleur. Je n'avais aucun moyen de vous joindre.

Khun Koi arriva à son tour, massif et impressionnant. Il écrasa les phalanges de Malko entre ses mains d'étrangleur. Ce dernier se tourna vers Virginia Hood.

– Expliquez-lui que nous allons directement rejoindre Khun Sa. Il se trouve dans un restaurant du village de Thung Cho, à environ une heure d'ici. Avec toute une escorte.

Khun Koi sembla très impressionné. D'abord que

Khun Sa soit en Thaïlande, ensuite qu'il ait donné rendez-vous à Malko. Le quiproquo continuait. Il siffla pour rameuter ses hommes, qui accoururent.

Malko découvrit de très jeunes gens armés de M.16. Cinq en tout. L'idée n'était pas de se battre. Tout allait se jouer au poker. Un poker menteur et mortel.

Il reprit la tête du petit convoi. La Jeep de Virginia Hood faisait un fracas épouvantable. Malko avait du mal à maîtriser son anxiété tandis que les virages défilaient. Il avait hâte d'arriver mais profitait de cette brève détente. A côté de lui, Mike fumait une Lucky Strike, sans un mot. Enfin, ils redescendirent dans la vallée. Thung Cho se trouvait à quelques minutes. Malko réduisit son allure. Leur arrivée ne devait en aucun cas ressembler à une menace. Il y aurait un moment difficile... Quelques minutes où tout allait se jouer.

Les premières maisons apparurent. Malko stoppa cinquante mètres avant le restaurant. Aucune animation particulière. Mike descendit.

– Vous êtes certains que vous n'avez pas besoin de moi?

– Non, affirma Malko. Vous êtes le seul à pouvoir parler à l'adjoint d'Ed Kelly. Et Virginia Hood parle mieux thaï que vous.

La jeune femme, après avoir abandonné sa Jeep à Mike Herald, prit place à côté de Malko. Celui-ci se tourna vers elle.

– Vous n'êtes pas obligée de venir. Ce que nous allons faire est horriblement dangereux...

– Non, je viens, dit-elle d'une voix un peu troublante. J'espère que cela marchera...

– Alors, en avant.

Mike, au volant de la vieille Jeep, démarra le premier. Malko le laissa s'éloigner vers Chiangmai. C'était son assurance-vie. Il attendit que les feux de la Jeep aient disparu pour repartir.

Son pouls battait à 150... D'un coup d'œil dans le rétroviseur, il s'assura que le pick-up de Khun Koi était là. C'était comme avant un catapultage... Chaque seconde semblait une éternité.

Le portail du restaurant surgit sur sa gauche. Malko s'y engagea avec une lenteur voulue, pénétra dans la cour. Les trois pick-up s'y trouvaient, déjà prêts à partir, devant la Mercedes à plaque rouge. Malko alla jusqu'au fond du parking et stoppa, imité par Khun Koi.

– Allons-y, dit-il à Virginia Hood.

Ils sortirent de la voiture. Aussitôt, le faisceau de lumière d'un projecteur les illumina, s'attardant sur eux. Malko ne distinguait pas tous les hommes de Khun Sa, mais deux gardaient la porte, M.16 à l'épaule. Le projecteur se déplaça, illuminant le pick-up de Khun Koi. Ce dernier avait déjà sauté à terre avec ses hommes, tous arme à la bretelle.

Malko entendit des voix surexcitées s'entrecroiser dans l'obscurité. C'était le moment le plus délicat. Si quelqu'un se mettait à tirer, c'était le massacre.

Khun Koi leva la main droite d'un geste et lança à la cantonade.

– *Hoey, sick harm* (1).

Il enchaîna avec une longue phrase, souriant sous la lumière crue.

– Qu'est-ce qu'il a dit? demanda Malko à Virginia.

– Que nous sommes des amis du général Khun Sa. Qu'il nous attend.

Une éternité. Le projecteur les inondait toujours de son halo blanc. Malko s'efforçait d'avoir une attitude détendue. Khun Koi, lui, l'était vraiment, persuadé que Khun Sa les attendait... Ils avaient pratiquement atteint la porte. Plusieurs hommes en uniforme surgirent de l'obscurité, visiblement décontenancés. Cela ne ressemblait pas à un raid de la *Border Police* ou de la DEA. Malko voyait les visages crispés des sentinelles. Ils avaient leurs armes à la main, mais ne savaient que faire. Khun Sa comptait de nombreux amis, même

(1) Salut, braves guerriers.

parmi les *farangs*. La présence d'une femme les perturbait... Khun Koi arriva à la porte, arborant un large sourire. Il lança une phrase amicale aux deux hommes qui la gardaient.

– Il dit qu'il va rester dehors avec eux. Qu'un des hommes conduise son maître au général Khun Sa... traduisit Virginia.

Malko avait tout imaginé. Si Khun Sa se trouvait en face d'hommes en armes, il pouvait mal réagir. Le tout était de parvenir à portée de voix... Comme le soldat ne réagissait pas, Khun Koi lui jeta :

– Vérifie qu'il ne porte pas d'arme et ouvre vite.

Le soldat de la MTA ne s'était jamais trouvé devant une telle responsabilité. Dans son cerveau fruste, il ne comprenait pas que Khun Sa ne l'ait pas mis au courant. Il se dit que si ces *farangs* n'avaient pas d'armes, il ne risquait pas grand-chose à les laisser entrer. A l'intérieur, il y avait encore, dans l'avant-salle, une demi-douzaine de soldats armés... Il palpa Malko rapidement et, ouvrant la porte, fit signe à Virginia Hood de passer aussi. Khun Koi cria joyeusement :

– Ne me laissez pas mourir de faim!

Malko avait l'impression que son cœur allait éclater, tant sa tension était forte. Il regarda autour de lui. Plusieurs soldats étaient en train de bâfrer autour d'une table ronde. Ils levèrent des regards étonnés sur les deux *farangs*. L'un d'eux se dressa, venant à leur rencontre. Virginia Hood lui jeta sèchement en chinois :

– Nous avons rendez-vous avec le général. Pour lui présenter nos vœux de bonheur et de prospérité.

C'était une invention de Malko... Le soldat hésita, puis se dit que si les gardes de l'extérieur les avaient laissé passer, il n'y avait pas de problème... Virginia Hood avait déjà atteint la tenture qui les séparait de la grande pièce. Elle l'ouvrit posément. Malko sur ses talons, elle pénétra dans la pièce, laissant retomber le tissu derrière eux.

Malko photographia la scène. Au milieu de la pièce était dressée, presque au niveau du sol, une table très basse, ronde, chargée de victuailles et de bouteilles. Du coca, de la bière Singha et deux flacons en cristal de cognac. Du Gaston de Lagrange XO, complément indispensable d'un repas chinois cossu. Des tapis avaient été entassés sur le sol, garnis d'amoncellements de coussins et de poufs triangulaires et multicolores qu'on utilise souvent en Thaïlande pour se reposer le dos. Quatre personnes se trouvaient autour de la table.

Face à Malko, un Chinois en tenue noire, les cheveux plaqués, le visage plat, le nez long. Khun Sa. Il arborait un ceinturon militaire auquel était accroché un pistolet automatique dans un holster.

En face de lui, tournant le dos à Malko, Yu Niang portait une robe brodée qui la couvrait jusqu'aux pieds; ses cheveux étaient relevés en un chignon compliqué. A gauche, un Chinois replet et presque chauve, sûrement son père. A droite, une Chinoise sèche comme une trique, bijoutée comme un arbre de Noël. Au fond à gauche se trouvait une porte donnant sur la cuisine.

Le regard de Khun Sa vacilla de stupéfaction. D'un geste sec, il reposa ses baguettes et lança un appel bref.

– Il demande qui nous sommes, pour oser interrompre son repas, traduisit Virginia Hood. Il s'agit d'un dîner privé.

Visiblement, le Chinois ne pouvait imaginer une intrusion agressive.

Ils allaient se faire jeter dehors comme des malotrus. Malko regardait le dos de Yu Niang. La jeune femme ne pouvait les voir, mais ses parents leur adressait des regards pleins de mépris.

– Dites-lui ce que nous voulons, demanda Malko à Virginia Hood.

Il ignorait à quel point Khun Sa parlait anglais, et ce n'était pas le moment de se comprendre de travers. Virginia Hood s'approcha de la table et se mit à parler chinois. Au fur et à mesure de sa tirade, le sang se retirait du visage de Khun Sa, ses yeux noirs s'enfonçaient dans leur orbite. Les parents de Yu Niang avaient cessé de manger et contemplaient la scène, bouche bée.

Et ce qui devait arriver arriva. Poussée par la curiosité, Yu Niang se retourna. Malko sut qu'il se souviendrait toute sa vie de son expression. D'abord une stupeur absolue, puis ses traits déformés par le maquillage blanc de parade se défirent d'un coup, comme de la cire qui fond. Des larmes jaillirent de ses yeux, ses lèvres bougèrent... Malko avait l'impression de monter le Golgotha. Il aurait voulu lui hurler qu'il avait été sincère ce samedi après-midi, que la vie n'était jamais noire ou blanche... Mais Yu Niang se détourna et demeura figée, droite, comme momifiée d'un coup!

L'atmosphère s'était brutalement tendue. Il suffisait que Khun Sa entre en fureur et dise à ses hommes de les abattre sur-le-champ pour que tout le beau plan de Malko se dissolve dans le sang...

Il n'osait pas bouger. Tout tenait à un fil...

Avec une agilité rare, Khun Sa se leva soudain. Il n'était pas très grand, mais il émanait de lui une puissance étonnante. Son regard fixé sur Malko exprimait une haine incroyable. Sa main droite glissa jusqu'à la crosse en ivoire de son colt et il l'empoigna, l'arrachant de son étui.

CHAPITRE XVIII

Pendant quelques secondes qui lui parurent des siècles, Malko pensa que Khun Sa allait tirer. Les yeux du Chinois n'étaient plus que deux points noirs et brillants, son bras était tendu à l'horizontale, le canon du colt braqué sur le ventre de Malko. Un garçon surgit de la cuisine, croulant sous les plats, et s'arrêta net devant cette scène incroyable. Le léger bruit détendit l'atmosphère. Les traits de Khun Sa se décrispèrent légèrement. Malko en profita pour lancer en anglais :

– Général Khun Sa, je n'ai aucune mauvaise intention. Je suis venu discuter de la libération de Matt Grit.

Comme le Chinois ne répondait pas, Virginia traduisit dans sa langue. Khun Sa abaissa lentement son arme et la remit dans son étui. Dans un anglais rugueux, il répliqua :

– Vous appartenez à la DEA?

– Non, à la CIA.

– Bien. Qu'avez-vous à me dire?

Son anglais, bien qu'imparfait, était tout à fait compréhensible. Malko désigna une table vide dans un coin.

– Qui êtes-vous?

– Mon nom est Malko Linge. A Bangkok, j'ai été en contact avec un de vos amis, Su Wan Ho.

Le regard de Khun Sa s'assombrit.

– Ah, c'est vous! Comment m'avez-vous trouvé ici?

– Je ne peux pas vous le dire. Mais si j'avais de mauvaises intentions, je ne serais pas venu seul...

– Vous n'êtes pas seul, releva le Chinois.

– C'est tout comme, en regard de votre escorte. Je vous dis que je ne suis pas venu faire la guerre.

Khun Sa hocha la tête, comme s'il approuvait, mais il enchaîna immédiatement :

– Cette soirée est strictement privée. Vous n'avez pas à me déranger. Allez m'attendre dehors.

Yu Niang et ses parents étaient immobiles comme des statues. Malko eut une brève pensée pour ce que devait éprouver la jeune Chinoise. Mais il n'avait pas le temps de s'attendrir. Avec un sourire poli, il répliqua :

– Général, ce que j'ai à vous dire ne prendra que quelques minutes. Mais c'est important.

Les petits yeux noirs se plissèrent. Pleins de méchanceté.

– C'est plus tôt qu'il fallait venir M. Linge. Lo Te Ming est déjà aux Etats-Unis, depuis plusieurs jours. Il n'y a plus rien à négocier.

C'était le moment critique. Malko accentua légèrement son sourire et dit de la même voix posée :

– Si, vous.

Il vit les doigts de Khun Sa serrer la crosse de son colt. Il était de nouveau en danger de mort immédiate. Son regard plongé dans celui du Chinois, il insista.

– Général Khun Sa, il vous est facile de me tuer ici et maintenant. Mais dans ce cas, vous ne reverrez jamais la Birmanie. Ce n'est pas la solution que j'envisage. Je veux seulement que vous m'écoutiez quelques minutes. Ensuite, vous ferez ce qu'il vous plaira.

Encore d'interminables secondes, puis Khun Sa, tourné vers sa table, lança quelques mots en chinois, sur un ton déférent. D'un pas lourd, il gagna une petite table carrée, à l'écart, près de la porte des cuisines. Virginia battit en retraite.

Malko se déplaça à son tour et vint s'asseoir en face du Chinois. A peine un mètre les séparait. Il pouvait observer les prunelles noires sans cesse en mouvement, le visage plat parcouru de tressaillements. Khun Sa posa ses mains à plat sur la table : elles étaient petites, soignées, une chevalière à l'annulaire gauche portait un sceau jaune. Un gros chrono Rolex ornait son poignet droit. A le voir ainsi, on n'imaginait pas sa puissance. Il observait Malko comme un tigre contemple un lapin : avec gourmandise. Malko esquissa un sourire.

– Vous permettez que je téléphone?

Il prit son portable dans la poche de sa veste, déplia l'antenne et composa le numéro de Mike Herald, en priant intérieurement pour qu'il n'y ait pas de problème technique. La voix tendue de l'Américain éclata dans le récepteur, audible pour Khun Sa.

– Malko. Tout va bien?

– Tout va bien. Je vous rappelle dans une demi-heure.

Le *vrai* bras de fer commençait. Dans le regard de Khun Sa, il voyait non de l'inquiétude, mais de la curiosité. Pendant sa conversation avec Malko, il avait allumé une cigarette avec un Zippo camouflé comme une tenue de combat, probablement volé sur le cadavre d'un G.I. trente ans plus tôt.

– Je vous prie de m'excuser d'avoir perturbé votre dîner de fiançailles, fit suavement Malko. Je n'avais pas le choix.

Khun Sa frémit.

– Comment savez-vous cela?

– Je ne peux pas vous le dire. En tout cas, les escarpins incrustés de rubis que vous avez offerts à votre fiancée sont ravissants.

Jeter le désordre chez l'adversaire, c'était une des maximes de la guerre chez les Chinois... Khun Sa marqua le coup sans rien dire. Détournant la conversation, il lança :

– Je suis un homme pacifique, un combattant de la Liberté, et j'aime beaucoup les Américains. D'ailleurs, j'ai écrit au président Clinton pour lui proposer un plan d'éradication de tout le pavot cultivé dans la région.

C'est la DEA qui essaie de me faire passer pour un trafiquant de drogue.

Voilà qu'il se lançait dans son numéro de charme. Les parents de Yu Niang et la jeune Chinoise étaient toujours devant leurs assiettes vides, comme pétrifiés. La bonne humeur de Khun Sa venait de ce qu'il ne se sentait pas en danger. A ses yeux, Malko, agent de la CIA, venait simplement plaider pour la libération de l'otage qu'il détenait. Il pouvait, à peu de frais, lui accorder quelques jours de sursis, permettre pourquoi pas une visite guidée... Sans pour cela renoncer à sa vengeance...

Malko saisit la balle au bond.

– Moi non plus, je ne vous veux aucun mal, affirma-t-il. Je vous demande simplement de relâcher Matt Grit, notre agent.

Khun Sa ne répondit pas directement.

– Lorsque j'étais prisonnier à Rangoon, de 1969 à 1974, mes partisans ont enlevé deux médecins soviétiques à l'hôpital de Taung-Gyi afin de les échanger contre moi. Les Soviétiques se sont montrés beaucoup plus rapides que les Américains aujourd'hui. Ils ont fait pression sur les Birmans pour qu'ils me libèrent. Ensuite, j'ai fait relâcher ces médecins qui se sont montrés enchantés de leur séjour dans le pays shan.

L'allusion était transparente. Comme pour bien enfoncer le clou, il précisa, brandissant son Zippo comme une arme à feu en direction de Malko.

– Dans l'affaire qui nous préoccupe, vous n'avez pas rempli votre part du marché, je n'ai pas à remplir la mienne.

Du même ton calme, comme s'il s'agissait d'une banale discussion d'affaires, Malko répliqua :

– Disons que je change les termes du marché. Je remplace Lo Te Ming par vous, général Khun Sa.

Les yeux du Chinois se fermèrent presque complètement. En dehors de leur conversation, il régnait un silence minéral dans la pièce. Les garçons, retranchés dans la cuisine, avaient cessé le service et les gardes de Khun Sa se tenaient à l'extérieur.

– Je ne vous comprends pas bien, M. Linge, dit Khun Sa, menaçant.

– Laissez-moi vous expliquer, dit Malko, s'exprimant avec une lenteur voulue. Vous vous trouvez en Thaïlande, à environ deux heures de route de la frontière. A part l'ami à qui j'ai téléphoné, moi et *vos* amis, personne ne le sait. Mon offre est la suivante. Vous faites venir ici Matt Grit et vous me le remettez. Ensuite, votre soirée familiale terminée, vous repartez à Ho-mong. Ni la DEA, ni la *Border Patrol Police* ne sauront que vous êtes venu... Je ne suis pas là pour vous faire la guerre, mais pour sauver la vie de Matt Grit.

Khun Sa écoutait, ses prunelles noires d'une fixité effrayante. Un cobra prêt à frapper. Malko marchait sur des œufs. Il ne s'agissait pas seulement d'un rapport de force, mais de « face ». Si le Chinois avait l'impression de la perdre, cela pouvait dégénérer dans l'horreur. Il se hâta d'ajouter, afin de mettre du baume au cœur de Khun Sa :

– Lorsque la DEA apprendra que vous êtes venu jusqu'ici, ils seront évidemment furieux, mais ce n'est pas mon problème.

Cela ne dérida pas Khun Sa. D'une voix âpre, il demanda :

– Et que se passe-t-il si je refuse?

Malko ne fuit pas son regard.

– Des choses désagréables pour tout le monde, dit-il. D'abord, vous comprenez que si la colère vous poussait à un geste irréparable à mon égard, mon ami Mike Herald, responsable de la CIA à Bangkok, réagirait instantanément. Je dois le rassurer toutes les trente minutes. Donc, en cas de refus de votre part, Mike alertera la DEA, l'ONCB et l'armée thaïe. Grit est un de ses vieux amis. Ils ont des moyens puissants. Jamais vous ne pourrez regagner votre base. Avant, vous aurez sûrement le temps de me tuer, ainsi que ceux qui sont avec moi... Matt Grit sera sûrement exécuté à Homong. Mais vous serez en prison, ou mort. Ce n'est, bien entendu, pas un ultimatum... Le choix vous appartient.

Il avait la gorge sèche et ce n'était pas seulement la chaleur. En face de lui, Khun Sa était immobile comme un bloc de glace. Seuls ses yeux bougeaient. Il analysait la situation, en caressant son Zippo camouflé dont il semblait apprécier particulièrement le chaud contact métallique.

D'une voix sèche, il affirma :

– Je ne crains ni les hélicoptères, ni la *Border Patrol.* Mes hommes ont de quoi riposter.

Il n'était pas vraiment convaincu.

– C'est un *gambit*, fit Malko en souriant, sans être certain que le Chinois comprenait.

Il se sentait d'un calme olympien. Décidément, risquer la mort était devenu une drogue pour lui.

– Votre proposition est inacceptable, laissa tomber Khun Sa d'une voix sourde.

Malko ferma les yeux une fraction de seconde. Beaucoup de choses défilèrent sous ses paupières fermées : des instants semblables, le château de Liezen, le sourire radieux d'Alexandra. Perdu.

Avec un sourire mécanique, il commença à se lever.

– Tant pis, dit-il.

– Attendez!

La voix de Khun Sa avait claqué comme un coup de fouet. Il continua aussitôt :

– Voici *ma* proposition. Vous êtes mon hôte, ainsi que la femme qui vous accompagne. Dès que nous aurons fini de dîner, nous repartirons à Ho-mong. Après une nuit de repos, vous serez libre de repartir avec Matt Grit...

Il fallait être Chinois et joueur de ma-jong pour énoncer cela sans un fou rire. Cependant, un immense soulagement intérieur envahit Malko. La confrontation s'éloignait : la négociation démarrait.

– Général, dit Malko, j'aimerais beaucoup accepter

votre hospitalité, mais nous devons régler ce problème auparavant. En ce moment, nous perdons du temps, ce qui prolonge votre séjour en Thaïlande. Pourquoi refusez-vous mon offre?

Khun Sa prit un cure-dents, joua machinalement avec.

– Je n'ai pas confiance dans la DEA. Une solution intermédiaire consisterait à m'accompagner jusqu'à la frontière avec votre escorte. Nous y retrouverions M. Grit et vous repartiriez avec lui.

Astucieux... Une fois à la frontière, ni la DEA, ni les Thaïs n'auraient le temps de régir. Khun Sa pourrait liquider Matt Grit *et* Malko...

Un gradé de la MTA traversa la pièce, s'inclina devant Khun Sa et murmura quelques mots à son oreille. Le Chinois inclina la tête affirmativement. Le soldat repartit et, quelques instants plus tard, le rideau s'écarta sur Sombat Suwatana.

Le journaliste se figea en reconnaissant Malko. Khun Sa se leva et marcha droit sur lui. Il le prit par le coude et l'entraîna vers la porte.

*
**

Sombat Suwatana, le dos collé au mur du restaurant, dans la cour, sentait ses dents s'entrechoquer. Jamais il n'avait vu Khun Sa dans cet état. Les doigts du Chinois étaient enfoncés dans son bras comme des serres d'acier. Tout autour, il distinguait dans la pénombre les silhouettes de ses hommes. Il n'avait de secours à espérer de personne.

– Comment ce *farang* est-il ici? bredouilla le journaliste.

Khun Sa serra un peu plus fort.

– Il était au courant, pour les chaussures. C'est toi qui les as apportées. Tu lui as parlé.

– Non, non, je vous le jure, Général, gémit le Thaï.

Les doigts de Khun Sa lâchèrent son bras. Il recula

d'un mètre, arracha le colt de son holster, repoussa le cran de sûreté et, le bras tendu, l'extrémité du canon à quelques centimètres des yeux exorbités de Sombat Suwatana, pressa sur la détente.

Le premier projectile fit éclater le front du journaliste. Khun Sa sontinua à tirer, accompagnant sa victime dans sa chute, jusqu'à ce que la culasse se bloque en position ouverte, le chargeur vide. Il ôta celui-ci, en remit un autre, fit monter une balle dans le canon, mit le cran de sûreté et renfonça l'arme dans son holster.

Ensuite, il rentra dans le restaurant, sans un regard pour le cadavre.

Malko le vit revenir, impassible, et se rasseoir en face de lui. Tout le monde avait entendu les détonations. Cet incident rappelait à Malko, qu'il traitait avec un tueur féroce. Khun Sa l'interrogea immédiatement.

– Vous êtes d'accord avec ma proposition?

– Avec une légère modification, répliqua Malko. Vous comptez gagner Ho-mong par quel itinéraire?

– Par la piste KMT.

– Il me semble qu'il y a un poste de la BPP, avant le village de Nan-mon. La piste est fermée par une palissade.

Khun Sa n'extériorisa pas sa surprise de voir un *farang* connaître aussi bien la région, et se contenta de préciser :

– Pour moi, la palissade n'est *jamais* fermée.

Evidemment, il triplait les salaires des soldats de la BPP...

– Je n'en doute pas, assura Malko. Voici ce que je vous propose. Nous allons partir tous les deux avec un chauffeur jusque là-bas. Votre escorte reste ici. Un de vos hommes amènera Matt Grit. Vous repartirez avec cet homme et je repartirai avec Grit. Votre escorte vous rejoindra plus tard.

Avant que Khun Sa puisse répondre, le portable de Malko se mit à sonner. Il l'activa aussitôt et la voix anxieuse de Mike Herald éclata dans le récepteur.

– Malko?

– Tout va bien, Mike, assura Malko. Désolé, je n'avais pas vu l'heure passer. Je rappelle.

Ce coup de fil venait à point nommé pour rappeler à Khun Sa la menace qui pesait sur lui... Malko avait été aussi loin qu'il le pouvait dans ses consessions. Même en prenant toutes les précautions, il courait un risque certain en s'aventurant seul à la frontière. Mais, pour que l'opération réussisse, il fallait offrir au Chinois une proposition *acceptable*.

Il releva les yeux. Khun Sa le fixait, les mâchoires contractées, le regard fixe, réprimant visiblement une envie de tuer. Malko pensa soudain au détail qui pouvait faire basculer le Chinois du bon côté de la négociation.

– Général, fit-il, vous avez ma parole que personne ne sera mis au courant de vos relations avec Miss Yu Niang. Il s'agit de votre vie privée.

A l'expression de Khun Sa, il sentit qu'il avait tapé juste.

– J'accepte, dit le Chinois. Je vais terminer mon repas. Vous pouvez vous installer à cette table avec votre amie. Nous partirons ensuite. Je vais appeler Ho-mong.

CHAPITRE XIX

La fin du repas de fiançailles avait été presque normale. Pour faire oublier à sa fiancée et à ses futurs beaux-parents l'interruption inattendue de leurs agapes, Khun Sa faisait circuler autour de la table une bouteille de cognac Gaston de Lagrange XO qu'ils buvaient comme du Coca-Cola dans de grands verres. Les Chinois, raffolant du cognac en général et du français en particulier, faisaient assaut des meilleures marques pour leurs festivités. Même Yu Niang participait.

Par moments, de sa table, Malko apercevait son profil. Jamais, depuis son entrée, leurs regards ne s'étaient croisés. Des garçons surgissaient de la cuisine avec des monceaux de plats, mais Malko n'aurait pas pu avaler un petit pois et Virginia semblait tout aussi contractée que lui. Après son accord, Khun Sa avait envoyé chercher un téléphone portable avec lequel il avait appelé Ho-mong. En Chinois, bien entendu. Virginia, qui essayait d'écouter la conversation, avait avoué ensuite à Malko :

– Je n'ai rien compris. C'est du dialecte haw...

Malko était tiraillé; d'un côté, il se félicitait d'avoir misé sur le pragmatisme du Chinois, et gagné. De l'autre, il réalisait que *son* propre plan comportait des risques inouïs. Dans la zone frontière, même si Khun Sa était seul, c'était son terrain. Rien ne l'empêchait de tendre une embuscade sur le chemin du retour. Un homme comme lui essaierait de retourner la situation à son avantage jusqu'à la dernière seconde.

Mais les dés étaient jetés.

A la table de Khun Sa, les quatre participants venaient de terminer le *durian*, un fruit de la taille d'un ananas, hérissé de piquants, dont la chair onctueuse à la saveur de camembert pourri était très appréciée des Chinois. On vida les dernières gouttes de Gaston de Lagrange XO, le thé circula à toute vitesse et tout le monde se leva, dans un festival de courbettes réciproques. Cassé en deux, le puissant Khun Sa tendit à Yu Niang un petit écrin qu'elle accepta avec un rire perlé. Lorsqu'elle l'ouvrit et mit la bague à son doigt, les parents firent assaut de salamalecs.

C'était touchant comme la remise de la Légion d'Honneur à une fripouille.

Puis, Khun Sa les raccompagna.

Virginia et Malko se levèrent à leur tour. Celui-ci activa son téléphone mobile et appela Mike Herald, à qui il résuma rapidement la situation.

– Dès que nous serons partis, dit-il, changez de position, venez à l'ouest du village, de façon à savoir si les gardes de Khun Sa se mettent en route. D'après nos accords, ils ne doivent pas bouger d'ici avant mon retour. Si c'était le cas, cela signifierait qu'ils ont ordre de nous intercepter et il n'y a plus de *deal*.

– Vous voulez dire qu'on tape?

– Oui, sans vous préoccuper de moi... Dans ce cas de figure, je serais en *très* mauvaise position.

– Et Virginia?

– Elle reste ici avec les hommes de Khun Sa. On la récupérera ensuite. Si tout se passe bien, je vous appelle dès que j'ai Matt Grit. Si les voyous de Khun Sa bougent, c'est *vous* qui m'appelez.

– OK, acquiesça Mike. Je croise les doigts. *Take care.*

Ce fut la fin de la conversation. Les nerfs de Mike Herald étaient mis à rude épreuve.

Virginia et Malko sortirent du restaurant, juste à

temps pour voir la Mercedes franchir le porche, saluée par Khun Sa. Khun Koi surgit de l'obscurité. Virginia lui expliqua quel serait son rôle. Il l'écouta, puis s'adressa à elle, qui traduisit.

– Il a entendu dire par les hommes de Khun Sa que vous alliez récupérer un prisonnier qu'il détient.

– C'est exact, dit Malko.

Khun Koi plissa ses yeux bridés dans un sourire assez diabolique et lança une longue phrase à Virginia.

– Il dit que Khun Sa vaut plus cher que tous les prisonniers. La DEA paierait des millions de dollars pour lui...

Il en salivait d'avance. Le chasseur de primes ressortait. Malko doucha son enthousiasme par l'intermédiaire de Virginia.

– Pour nous, ce prisonnier vaut plus que Khun Sa.

Khun Koi haussa les sourcils, cherchant en vain ce qui pouvait être plus précieux que quelques millions de dollars. Il n'eut pas le temps de réfléchir longtemps : Khun Sa arrivait. Il se plia en deux devant le Chinois qui eut une brève conversation avec lui. Il se tourna ensuite vers Malko.

– Je suis prêt à partir. Je pense qu'ils nous attendent déjà là-bas.

– Vous avez précisé qu'une seule personne doit se trouver avec Matt Grit?

– Ce sont les ordres que j'ai donnés.

Ils arrivèrent devant le pick-up de Khun Koi. Khun Sa monta le premier, se plaçant au milieu de la cabine. Malko, près de la portière droite. Un M.16 était accroché au pavillon par des clips. A peine la porte fermée, le Toyota démarra.

La route était sombre, il n'y avait pas de lune et pas un véhicule. Les gens n'aimaient pas circuler sur cet itinéraire fourmillant de contrebandiers et de gens armés...

Tranquillement, Khun Sa alluma une cigarette et se tourna vers Malko.

– C'est dommage que vous ne veniez pas jusqu'à Ho-mong, remarqua-t-il de sa voix rocailleuse. Vous verriez comment j'ai transformé un village en une ville moderne de vingt mille habitants...

– Une autre fois, fit Malko.

Entouré d'une division de Marines...

*
**

Le Toyota cahotait dans les ornières, se mettant parfois en travers. A grands coups de volant, Khun Koi le maintenait sur la piste. Les phares éclairaient des arbres à l'infini et des crêtes sombres se découpant sur le ciel plus clair. Pas une lumière en vue. Depuis qu'ils avaient quitté la route pour cette piste menant théoriquement à Mai-lun, du côté birman, il n'avait pas vu âme qui vive, même en traversant deux villages claquemurés; pas même un chat errant.

Le Toyota grimpait de mini-cols, replongeait vers des vallées. C'était interminable. Impossible de s'orienter...

Encore vingt minutes de piste.

Khun Sa semblait de plus en plus détendu. Normal : il était tout près de son territoire. Ici, une intervention-éclair de la DEA était illusoire. On aurait dix fois le temps de leur couper la tête. Malko scrutait la piste, l'estomac bloqué. Et si Khun Sa leur avait tendu un piège?

Sa seule protection reposait sur Khun Koi, dont le pistolet pendait à la ceinture, hors de portée de Khun Sa. Malko surveillait les mains du Chinois.

Ils longeaient une grande vallée. Khun Sa tendit la main vers une ligne de crête, à quelques kilomètres sur leur droite.

– Voilà le territoire shan! annonça-t-il.

Ils approchaient. Khun Koi n'avait pas ouvert la bouche. Maintenant, le sol était plat, mais la piste tournait sans cesse. Brutalement, les phares éclairèrent un grand panneau indicateur en thaï. La piste se scindait en deux : à droite, une palissade de bois la fermait, ornée de plusieurs écriteaux. Au milieu s'élevait une petite colline coiffée de bâtiments sans lumière. A gauche, la piste redescendait vers la vallée. Khun Sa lança un ordre en chinois et Khun Koi s'arrêta, laissant son moteur tourner.

– C'est ici, annonça le Chinois.

Malko regarda autour de lui, pas rassuré. On pouvait dissimuler un régiment dans cette jungle épaisse.

– Où sont-ils? demanda-t-il.

– Qu'il fasse trois appels de phares.

Khun Koi s'exécuta. Aussitôt, des phares s'allumèrent, derrière la palissade! Un véhicule était arrêté dans l'ombre de la colline. Khun Sa se tourna vers Malko.

– Voilà. Ils sont là.

– Comment vont-ils venir, c'est fermé?

– A pied. Moi, je repartirai avec eux.

– Attendez. Dites à Khun Koi que je prends le volant.

Le Thaï obéit et Malko fit le tour du véhicule pour prendre le volant. Il manœuvra, plaçant le Toyota face à la pente, puis mit pleins phares. Le faisceau éclaira un pick-up. Tout seul. Malko manœuvra alors le projecteur orientable placé sur le toit, et balaya toute la zone.

Précaution aléatoire : des hommes à pied pouvaient se dissimuler dans la forêt. Mais il n'y avait qu'un seul véhicule.

Khun Koi, prudent, s'était écarté dans l'ombre et on ne le voyait plus. Malko éteignit le projecteur, décrocha le M.16 et sauta à terre.

– Voulez-vous dire à votre homme de libérer le prisonnier? demanda-t-il à Khun Sa. Et qu'il allume ses phares.

Khun Sa descendit à son tour et cria quelque chose, les mains en porte-voix. Malko aurait bien voulu être plus vieux d'une heure...

Une des portières du Toyota s'ouvrit et un homme descendit, d'assez petite taille et maigre. D'une démarche titubante, il se dirigea vers la barrière et commença à l'escalader avec difficulté.

Khun Sa lança alors à Malko :

– Je vous quitte ici.

– Attendez!

Tant que Khun Sa était près de lui, il ne risquait pas la rafale sournoise. Bien sûr, c'était une protection à très court terme. Le silence de la nuit et le vide autour d'eux étaient oppressants. Malko appela.

– Matt Grit!

– *Yes. That's me*! cria l'Américain.

Il se laissa retomber lourdement sur le sol, du bon côté de la barrière, et Malko crut qu'il ne pourrait pas se relever. Mais il se redressa, d'abord à quatre pattes, et accourut en claudiquant! Malko fut frappé par ses traits émaciés, ses yeux enfoncés dans leurs orbites et sa maigreur squelettique. Une barbe grise lui mangeait le visage. Il s'arrêta net en voyant Khun Sa.

– Qu'est-ce qu'il fait là... Cet horrible salaud!

– Nous avons conclu un accord, expliqua Malko. Pour votre libération. Montez dans le pick-up, nous allons repartir. Vite.

L'Américain obéit sans insister, comme s'il avait le diable à ses trousses. Malko lança un regard écœuré à Khun Sa et ne put s'empêcher de remarquer :

– Il ne semble pas avoir gardé un bon souvenir de votre hospitalité...

Khun Sa ne répondit pas. La tension était palpable. Malko avait du mal à lui dire de s'éloigner : c'était sa dernière garantie. Il avait beau scruter la jungle, tout était calme. Il désigna de la main les bâtiments, en haut de la colline.

– C'est le poste de la BPP?

– Oui, fit Khun Sa, mais ils ne sont jamais là la nuit.

Ils se toisèrent en silence quelques secondes. Soudain, Malko réalisa que Khun Koi avait disparu!

– Khun Koi!

Sa voix n'éleva aucun écho. Il n'eut pas le temps de

se poser beaucoup de questions. Une détonation claqua, venant du monticule. Khun Sa tournoya sur lui-même et tomba à terre. Il se débattit quelques secondes, puis se mit à quatre pattes. Sa main fila vers l'arme accrochée à sa ceinture et il poussa un grognement de fureur. Le projectile tiré sur lui avait frappé le colt à crosse d'ivoire, l'arrachant de son holster.

D'un bond, il vint se réfugier dans l'ombre du Toyota. Malko croisa son regard et y lut de la peur.

Pendant une fraction de seconde, une tentation folle s'empara de lui : ramener Matt Grit *et* Khun Sa ! Il l'écarta aussitôt. Un homme d'honneur n'avait qu'une parole. Même avec Khun Sa. Il braqua le M.16 dans la direction d'où le coup de feu était parti et cria de toute la force de ses poumons :

– Cessez de tirer, Khun Koi !

Pas de réponse ! Malko bouillait de rage. Il n'allait pas laisser ce sanguinaire chasseur de primes faire échouer sa mission au dernier moment. Le soldat de Khun Sa, dans le pick up, avait sûrement une radio ou un téléphone. Au jugé, il visa la zone d'où était parti le coup de feu et tira une brève rafale de M.16. Il entendit un gémissement sourd et arrêta le tir. Remontant dans la cabine, il balaya la butte avec le projecteur orientable, et découvrit un corps allongé vers lequel il se dirigea. Khun Sa, derrière lui, bondit sur le projecteur. En une minute, il eut retrouvé son colt. Il arriva presque en même temps que lui devant le blessé. Khun Koi grimaçait, les deux mains crispées sur son ventre. Sans s'occuper de Malko, Khun Sa se pencha sur lui. Posément, il défit les boutons de la chemise de Khun Koi, comme s'il voulait examiner sa blessure. Puis il tira son colt et se retourna vers Malko, l'arme à la main. Ses petits yeux noirs brillaient de haine.

– Cet homme a voulu me tuer, dit-il, il m'appartient.

Sans attendre la réponse de Malko, il posa l'extrémité du canon de son arme contre le premier des neuf bouddhas accrochés à la chaîne d'or et appuya sur la détente. La détonation fut assourdissante. Khun Koi ouvrit la bouche, et son corps fut secoué d'un spasme brutal. Khun Sa visait déjà le second bouddha. Des débris d'or jaillirent partout et le projectile s'enfonça entre les côtes. Khun Koi réagit à peine...

Khun Sa continua... jusqu'au neuvième bouddha. Khun Koi était mort depuis longtemps. Seule demeurait la chaîne, avec les débris d'or. Khun Sa se redressa avec une drôle de grimace.

– Ainsi, conclut-il, aucun *phi* ne le vengera.

Même lui était superstitieux! Il remit son arme dans son étui.

– Partez, dit-il. Vous m'avez sauvé la vie, rien ne vous arrivera sur la route. Mais si vous croisez à nouveau mon chemin, je vous ferai couper la tête.

Malko regarda la jungle impénétrable autour de lui. Pour la première fois, il était certain que Khun Sa disait la vérité.

– Vous aviez préparé un piège? demanda-t-il.

Khun Sa ne répondit pas. Il lui montra la piste redescendant vers le sud.

– Allez. Vous ne pouvez pas vous tromper.

Puis, il fit demi-tour et se dirigea vers la barrière. Malko était déjà au volant du pick-up. Matt Grit était recroquevillé sur lui-même, terrorisé. Il poussa une sorte de cri quand Malko démarra et s'engagea dans la pente.

– Je n'arrive pas à y croire! bredouilla-t-il. Il devait me tuer ce matin. D'une façon horrible.

Il expliqua à Malko le sort que Khun Sa lui avait réservé. Malko commença à regretter son geste chevaleresque. Ses regrets s'envolèrent lorsque, cinq cents mètres plus loin, ses phares éclairèrent une colonne d'hommes à pied qui remontaient la piste qu'il était en train de dévaler. Ils arboraient sur leur uniforme l'écusson de la MTA. Ils firent comme s'ils ne voyaient pas le pick-up.

En dépit des cahots, Matt Grit était en train de s'assoupir, vaincu par la fatigue.

Malko, profitant d'un plat, regarda le ciel à travers le pare-brise. Des nuages accouraient de l'ouest et les étoiles se cachaient une à une, rendant le paysage encore plus sinistre. Il se sentait vidé et conduisait machinalement. Retrouver Virginia serait une compensation agréable. Il avait réussi son pari fou, mais à quel prix...

Khun Sa devait déjà être à Ho-mong. Méditant son échec. Jamais il n'aurait cru qu'on lui arracherait sa victime.

Matt Grit glissa et vint se coller contre l'épaule de Malko. Dans son sommeil, il gémissait et parlait.

Brutalement, les roues du Toyota roulèrent sur de la soie : Malko avait atteint la grande route.

*
**

Malko lisait *The Nation*, installé à la piscine du *Westin*. Deux jours s'étaient écoulés. Personne ne semblait avoir réalisé que le célèbre Khun Sa était venu à quelques kilomètres de Chiangmai... Matt Grit était reparti pour Bangkok avec Mike Herald qui avait laissé son Land Cruiser réparé à Malko. Celui-ci détendait ses nerfs en faisant l'amour à haute dose avec Virginia, qui n'avait plus du tout envie de retourner dans son *guest house* sans eau chaude. Cela décuplait ses facultés amoureuses...

Un *boy* se dirigea vers lui, portant un petit paquet. Malko ne s'inquiéta pas, c'était trop petit pour être un colis piégé.

– On vous a apporté ceci, M. Linge.

Malko ouvrit le paquet. Il contenait un très beau bracelet en or, incrusté de diamants et de rubis. Il se dit que la plus grande victime de cette aventure, c'était Yu Niang. Plus jamais elle ne croirait à la sincérité d'un homme.

François SIMON
PARIS
Fine Gueule
400 restaurants pour dîner sans "déguster"

PARIS FINE GUEULE c'est plus de 1 000 adresses de restaurants parisiens dont 400 passés au crible de la plume alerte et aiguisée de François Simon. Grand reporter au *Figaro*, François Simon écume les salles de restaurants depuis qu'il est entré à la rédaction en chef du *Figaroscope* voici 7 ans. Dégustateur impitoyable, il ne s'annonce jamais et règle lui-même l'addition sous un nom d'emprunt afin de ne jouir d'aucun traitement de faveur.

François Simon a sélectionné **LES TABLES QUI VALENT LE COUP**, les 5 à 10 restaurants incontournables pour chaque arrondissement parisien. Il nous emmène ensuite à la découverte d'une sélection plus large de restaurants recommandés et classés par tranche de prix.
Nous plongeons ensuite dans les **VERTIGES DE L'ADDITION** où François Simon décode scrupuleusement la note effectivement réglée lors de sa visite. Dans ses chroniques **DU MIEL ET DU FIEL**, il pourfend la médiocrité et tord le cou à la moindre faute de goût. **ETATS DE SIEGES** permet de visiter en détail certains restaurants grâce à un plan de salle illustré et une étude minutieuse du service, des odeurs, bruits, emplacements,... Enfin, avec les rubriques pratiques **ENCORE PLUS, TERRASSES, AUTOUR DE MINUIT, OUVERT LE DIMANCHE**, François Simon vous permet de faire « mouche » à chacune de vos sorties, pour un dîner qui se doit d'être toujours une fête...

Prix : **149 FF TTC** En vente dans toutes les bonnes librairies et grandes surfaces.

éditions du levant

IMPRIMÉ EN FRANCE PAR BRODARD ET TAUPIN
Usine de La Flèche (Sarthe), le 22-03-1995.
5605 B-5 - Dépôt Éditeur 7251 - 04/1995.
Édition : 01.
Dépôt légal : avril 1995
ISBN : 2-7386-5731-1

42/5731/7